평범한 인생

평범한 인생

카렐 차페크 장편소설 송순섭 옮김

Obyčejný život

열린책들 세계문학
모노 에디션

OBYČEJNÝ ŽIVOT
by KAREL ČAPEK (1934)

평범한 인생

7

역자 해설 — 세상은 내가 아닌 우리가 있어
좀 더 따뜻하다

245

카렐 차페크 연보

259

「아니, 정말입니까? 그 친구가 이미 세상을 떴다고요? 어쩌다 그렇게 됐습니까?」 늙은 포펠 씨는 놀라 목소리를 높였다.

「동맥 경화였습니다.」 의사는 짤막하게 대답했다. 고인의 나이에 대해 한마디 덧붙이려다 노신사를 곁눈질해 보고는 입을 다물었다.

포펠 씨는 잠시 생각에 잠겼다. 자신은 다행히도 모든 게 정상이었고, 증세라고 할 만한 것은 아무것도 느끼지 못했다. 그런 안도감 속에서 포펠 씨는 멍하니 되뇌었다. 「그가 죽었다니. 하지만 그 친구 일흔도 안 됐었지요? 나보다 연배가 조금 아래였는데. 그와는 아는 사이였소⋯⋯ 어릴 때 우린 같은 학교에 다녔지요. 그 후 오랜 세월 만나지 못하다가, 그 친구는 프라하 교통부에서 일하게 됐어요. 가끔 마주치긴 했습니다만⋯⋯ 1년에 한두 번 정도였던가. 처신이 아주 분명한 사람이었는데!」

「좋은 분이었죠.」장미 꽃망울 하나를 받침목에 묶으면서 의사는 말을 이었다. 「그분을 처음 알게 된 곳은 여기 이 정원이었습니다. 언젠가 정원 울타리 너머로 누군가 말을 걸어오더군요. 〈실례합니다만, 거기 키우고 있는 장미는 어떤 종류인가요?〉〈이건 말루스 할리아나입니다.〉그렇게 대답하고는 그분에게 안으로 들어오라고 했습니다. 원예가 두 사람이 만나면 어떻게 되는지 아실 테죠. 그분은 내가 한가해 보이면 때때로 이리로 와서 시간을 보냈습니다. 우린 늘 꽃 이야기만 나누었습니다. 난 그분이 누군지, 뭐 하시는 분인지 전혀 몰랐고, 내게 사람을 보내 왕진을 청했을 때도 그랬습니다······ 이미 그분의 상태는 매우 좋지 않았습니다만. 그런데 그분의 정원만큼은 정말 아름답더군요.」

「그 친구답구먼..」포펠 씨는 기억을 더듬었다. 「내가 기억하는 바로는, 그는 참 정직하고 양심적인 사람이었지요. 훌륭한 공무원이었다고나 할까. 사실, 사람들은 그런 점잖은 사람에 관해 아는 게 별로 없는 법 아니겠소?」

「그분은 기록을 남겨 두었습니다.」의사가 불쑥 말을 던졌다.

「뭘 남겼다고요?」

「자신의 삶에 대한 기록 말씀입니다. 작년에 우리 집에서 유명한 사람의 전기를 한 권 집어 보더니, 언젠가는 평범한 사람의 전기가 써져야 할 거라더군요. 건강이 나빠지자 그분은 자신의 삶에 대해 글을 쓰기 시작했습니다. 그러다…… 그러다가 병이 악화되었을 때 내게 그 기록을 주었습니다. 아마 달리 맡길 데가 없었나 봅니다.」 의사는 잠시 머뭇거렸다. 「옛 친구이시라니 한번 보여 드려도 되겠지요.」

늙은 포펠 씨는 가슴이 뭉클해졌다. 「정말 고마운 말씀입니다. 그 친구를 기리는 마음에서라도 한번 보고 싶소만…….」 포펠 씨는 그게 죽은 사람을 위한 봉사라고 여기는 것 같았다. 「그러니까 고인이 된 그 친구가 자서전을 써두었단 말이군요!」

「바로 가지고 나오겠습니다.」 의사는 말하는 도중에 장미나무에서 곁순 하나를 조심스레 떼어 냈다. 「이 잎자루가 들장미로 변하려는 걸 보세요. 잎자루 안에 들어 있는 들장미의 야성을 항상 억눌러 줘야 합니다.」 의사는 몸을 일으켜 세웠다. 「참, 그 책을 보여 드리기로 했었지.」 의사는 아무 생각 없이 말하고는, 집으로 들어가기가 내키지 않는 듯 자신의 정원을 한 번 더 둘러보았다.

노신사는 깊은 생각에 잠겼다. 그 친구가 죽었어. 그처럼 규칙적인 사람도 해내는 걸 보면 죽는다는 건 아주 평범한 일임이 틀림없겠군. 하지만 분명히 돌아가고 싶지는 않았겠지. 아마 삶에 애착이 있었으니까 자서전을 썼을 게야. 그렇게 평범해 보이던 사람도 어느 날엔가는 훌쩍 세상을 뜨게 된다는 걸 누가 알겠나.

「자, 여기 있습니다.」 의사가 건네준 것은 말끔히 정돈된 종이 묶음이었고, 결재 서류철처럼 조심스럽게 끈으로 묶여 있었다. 포펠 씨는 벅찬 마음으로 그 종이 묶음을 받아 들고 처음 몇 장을 넘겨 보았다. 「이 깨끗한 글씨를 봐요!」 그의 탄성은 거의 경건하게까지 들렸다. 「나이 든 공무원의 모습이 눈에 선하군요. 의사 선생, 그 시절엔 아직 타자기라는 게 없어서 모든 걸 직접 손으로 썼지요. 그때만 해도 수려하고 깨끗한 필체를 중시했답니다.」

「기록의 뒷부분은 그다지 깨끗하지 못합니다. 줄을 그어 지운 곳도 많고 서두른 흔적이 자주 보이는 데다, 필체도 그다지 유연하거나 규칙적이지 않습니다.」 의사가 중얼거렸다.

포펠 씨는 참 묘하다고 생각했다. 죽은 사람의 글을 읽는다는 것은 죽은 사람의 손을 만지는 것 같다는 느낌이 들었다. 필체에서도 뭔가 죽은 것이 느껴졌다. 이 책을 집으로 가져갈 필요가 있을까. 이걸 읽겠다고 할 필요도 없었는데.

「다 읽어 볼 만한 가치가 있겠습니까?」 그는 막연히 물어보았다.

의사는 어깨를 움츠릴 뿐이었다.

※

1

 사흘 전 나는 정원에서 무릎을 꿇고 앉아, 꽃을 피운 범의귀[虎耳草] 풀 주변에 난 잡초를 뽑고 있었다. 약간 현기증이 났고, 이런 현상은 최근 들어 점차 빈번해졌다. 어쩌면 이 장소가 그 어느 때보다 아름답게 보이는 것은 현기증 때문인지도 모른다. 범의귀의 진홍색 이삭과 그 뒤에 있는 조팝나무의 희고 시원한 원뿔형 꽃들은 너무도 아름답고 거의 신비하기까지 해 아찔할 정도였다. 내게서 두 걸음 정도 떨어져 방울새 한 마리가 돌 위에 내려앉아 있었다. 그 새는 머리를 옆으로 돌린 채 한쪽 눈으로 나를 바라보고 있었다. 〈너는 대체 누구지?〉 나는 새를 놀라게 할까 봐 숨을 멈췄다. 심장이 세차게 뛰는 것이 느껴졌다. 그것은 갑작스레 찾아왔다. 어떻게 형용해야 할지 모르겠지만, 그것은 엄청나게 강하고 확실한 〈죽음의 느낌〉이었다.

 정말 다른 표현은 떠오르지 않는다. 숨을 몰아쉬면서 내가 의식했던 유일한 것은 형용할 수 없는 두려움이었다. 그 느낌이 가라앉았을 때 나는 여전히 무릎을 꿇고 있었지만, 두 손에는 찢어진 나뭇잎이 가득했다. 그 느낌은 물결처럼 소멸해 가며 마음 깊은 곳에 슬픔을 남겨 놓았는데, 그다지 불쾌하지는 않았다. 나는 우스울 정도로 두 다리가 떨리는 걸 느꼈고, 조심스럽게 앉을 곳을 찾으며 눈을 감고 자신에게 말했다. 그래, 이제 때가 되었고 올 것이 온 거다. 그러나 그것은 공포가 아니라, 단지 놀라움이었다. 어떻게든 감당해야 한다는 생각이 들었다. 그 후 용기를 내어 눈을 뜨며 고개를 움직여 보았다. 정말로 정원이 이처럼 아름답게 보인 적은 한 번도 없었다. 이렇게 오랫동안 앉아서 빛과 그림자가 교차하고, 조팝나무가 만발하는 것과 까마귀 한 마리와 지렁이가 싸우는 장면을 지켜본 적이 없었다. 어제 어느 때인가 나는 새봄이 오면 흰곰팡이가 핀 고깔제비꽃 두 그루를 뽑아내고 다른 걸 심어야겠다고 마음먹었는데, 어쩌면 더 이상 그 일을 해내지 못하리라는 느낌이 들었다. 그러면 이듬해엔 나 병에 걸린 것처럼 모양이 뒤틀린 식물들이 이곳에 자라나겠지. 안타까운 마음이 들었고, 많은 일에 대해 아쉬움이 일었다. 나는 떠나야 한다는 생각 때문에 약하나마 충격을 받고 있었다.

어쩌면 가정부에게 이 일을 알려야 할지 모른다는 생각에 곤혹스러웠다. 가정부는 좋은 사람이었지만 암탉처럼 호들갑스러운 편이었다. 그녀는 몹시 놀랄 것이고, 울다가 부어오른 얼굴로 사방을 돌아다니며 아무 일도 손에 잡지 못할 것이다. 어떤 소동이나 법석이 일어나선 안 된다. 이 일은 조용히 처리될수록 좋다. 나는 마음을 가라앉히며 내 물건들을 정리해야 한다고 자신에게 말했다. 다행히도 2~3일의 시간 여유가 있다. 나같이 홀아비이자 은퇴한 사람이 잡동사니를 정리하는 데 많은 시간이 필요하겠는가? 더 이상 고깔제비꽃을 갈아 심지도, 겨우내 썩어 버린 매발톱나무의 껍질을 손질해 주지도 못하겠지만, 내 책상 서랍은 깨끗이 치워지고 미완의 서류처럼 보일 그 어떤 것도 남아 있지 않을 것이다.

내게 어쩌다가, 그리고 왜 나의 〈주변을 정리해야겠다〉는 충동이 일어났는지 분명하게 밝히기 위해 이 순간을 상세히 기술하려 한다. 전에 이미 여러 번 비슷한 경험을 한 적이 있다는 느낌이 들었다. 공직 생활을 하면서 어디론가 전근을 가게 될 때마다 나는 아무것도 미완의 상태로 남겨 두거나 얼버무린 채 놓아두지 않으려고 내 책상을 정돈하곤 했다. 마지막으로 책상을 정돈한 것은 은퇴할 때였다. 열 번 정도 정돈을 되풀이하고는 모든 서류를 한 장 한 장 들여다보았다. 어쩌다 서류 하나가 제자리가 아닌 곳에 끼어 있거나 완결되어야 하는 경우가 생기면, 미심쩍어 모든 것을 처음부터 다시 점검했다. 오랜 세월 복무를 마치고 휴식을 취하기 위해 일을 마무리하는 참이었지만 마음이 무거웠고, 그 후 한참이 지나도 어떤 것을 어디에다 두고 잊어버리지는 않았는지, 마지막으로 서류에 인식 번호를 매길 때 확인하지 않은 경우가 있었는지 걱정이 되곤 했다.

나는 여러 번 이런 경험을 했기 때문에 이제 마지막으로 뭔가 익숙한 것을 할 수 있다는 편안한 느낌을 가지게 되었다. 더 이상의 두려움은 생기지 않았고, 죽음의 느낌이 야기하던 놀라움은 익숙함과 친근함에서 느껴지는 안도감으로 옮겨 갔다. 이래서 사람들은 죽음을 잠이나 휴식이라고 하면서 자신이 알고 있는 대상으로 이름 붙이고, 그 때문에 사람들은 이미 그 길을 지나간 친구들을 만나길 희망하면서 미지의 세계로 들어감에 두려움을 느끼지 않는가 보다. 아마도 한 인간의 죽음이 중요한 경제적 사건이 되기 때문에 사람들은 유언을 남기는 것일 게다. 그래, 두려워할 것은 아무것도 없다. 우리 앞에 놓여 있는 것은 우리가 익히 잘 알고 있는 일과 다를 바 없다. 나는 내 주변을 정리하려 한다. 그 이상도 그 이하도 아니며, 또한 그리 어려운 일도 아닐 것이다.

이틀 동안 나는 서류를 점검했고, 이제 정돈이 끝나 끈으로 묶었다. 초등학교 1학년 때의 성적표를 비롯하여 모든 증명서들이 있었다. 얼마나 많은 〈수〉를 집으로 가져오며 의기양양해했던가. 아버지는 두툼한 손으로 내 머리를 쓰다듬으며 감격하여 말했다. 「앞으로도 잘하거라, 내 아들아!」 세례 증명서와 거주 증명서, 결혼 증명서와 임명장 등 모두 정돈되어 빠진 게 없었다. 여태 그 서류들에 문서 명칭과 인식 번호를 매기지 않은 게 의아했다. 타계한 아내의 편지도 모두 남아 있었다. 그건 몇 통 되지 않았는데, 우리가 떨어져 지낸 적이 드문 데다 그나마도 짧은 기간뿐이었기 때문이다. 그리고 친구들의 편지 몇 통 — 그게 전부였다. 나는 서류 묶음을 책상 서랍 안에 넣었다. 이제 남은 일이라곤 한 장의 종이 위에 청원서를 깨끗이 작성하는 일이다. 〈아무개. 위의 퇴직 공무원은 다른 세상으로 옮겨질 것을 청원함. 필요하면 문서 A-Z를 참고하시오.〉

서류에 몰두한 그 이틀간은 조용하고도 거의 사랑스럽기까지 한 시간이었다. 가슴에 느껴지는 통증 외에는 기분은 훨씬 가벼워졌다. 아마 고요함과 그늘지고 서늘한 방, 바깥 새들의 지저귐 소리, 내 앞 책상 위에 놓여 있는 오래되고 왠지 모르게 감동을 주는 서류들 때문에 그랬을 것이다. 정자체로 쓰인 학교 증명서, 아내의 친필 편지, 공문서의 두툼한 종이 품질…… 더 점검해 보고 정리할 것이 있었으면 했지만 나의 삶은 단순했다. 나는 늘 질서를 사랑했고, 불필요한 서류는 간직하지 않았다. 정말 더 이상 정리할 게 없었다. 그만큼 단순하고 정돈된 삶이었다.

더 이상 아무것도 정돈할 게 남아 있지 않았지만 내 마음속에는 뭐라 할까, 질서에 대한 편집증 같은 게 있었다. 감은 지 얼마 되지 않은 시계태엽을 다시 감았고, 부주의로 넘겨 버린 뭔가 있을까 싶어 서랍을 열어 봤지만 소용이 없었다.

내가 일하던 사무실을 생각해 보았다. 완결 짓지 않았거나 끈으로 묶어 두지 않은 뭔가 남아 있을까? 나는 〈그래, 넌 대체 누구지?〉라고 말하려는 듯 한쪽 눈으로 나를 바라보던 방울새를 더 이상 생각하지 않았다. 이제 여행을 떠나기 위해 마차가 오기를 기다리는 것처럼 모든 게 준비된 셈이다. 그런데 무슨 영문인지 갑자기 허전한 생각이 들었고, 무엇을 해야 좋을지 모르면서 뭔가 잊은 듯 주위를 두리번거렸다. 그것은 불안감이었다. 나는 정돈해야 할 또 다른 무언가를 찾고 있었고, 남아 있는 것은 아무것도 없었다. 다만 어떤 중요한 것을 잊은 듯한 불안한 마음이 되었다. 어리석은 일이었지만, 가슴을 내리누르는 육체적 압박감처럼 답답함이 가시질 않았다. 더 이상 정리할 것은 없다. 그럼 이제 뭘 해야 하나? 그 순간 어떤 생각이 떠올랐다. 나의 삶을 정리하자. 바로 그거다. 내 삶을 짧고 간결하게 기록하여 끈으로 묶는 거다.

그 생각은 처음에는 거의 우스꽝스럽게 느껴졌다. 대체 무엇을 위해서, 그리고 그걸 가지고 뭘 하려는 건가? 누굴 위해 그걸 쓰려는 건가? 이런 평범한 삶에 대해 쓸거리가 있을까? 그러나 나는 내가 그걸 쓰리라는 걸 이미 알고 있었다. 다만 쑥스러움 때문에 망설일 뿐이었다. 어렸을 때 이웃에 사는 노파가 죽어 가는 걸 본 적이 있었다. 어머니는 나를 노파에게 보내 필요한 것을 가져다주도록 했다. 그녀는 외톨이 할

멈이었고, 아무도 그녀가 거리로 나오거나 누군가와 이야기를 나누는 걸 보지 못했다. 아이들은 노파가 그처럼 혼자 지냈기 때문에 그녀를 다소 무서워했다. 언젠가 어머니는 내게 말했다.「이젠 그곳에 갈 필요가 없구나. 신부님이 할머니 곁에서 고해를 받으신단다.」나는 그처럼 외롭게 지내던 노파가 고해할 게 무엇인지 상상할 수가 없었다. 나는 그 집 창문에 코를 들이밀며 노파가 고해하는 모습을 들여다보고 싶었다. 신부님은 신기할 정도로 오랜 시간 동안 노파 곁에 머물렀다. 나중에 집 안으로 들어가 보았더니, 노파는 눈을 감고 누워 있었다. 그녀의 얼굴이 너무도 평화롭고 환해서 나는 두려운 생각이 들었다.「필요한 게 있어요?」나는 소리를 질렀다. 노파는 고개를 가로저을 뿐이었다. 이제 나는 그녀 역시 자신의 〈삶을 정리〉했다는 것을 안다. 또한 그와 같은 모습 속에 죽어 가는 사람들의 성스러움이 있다는 것도.

2

 사실, 아주 평범한 삶에 대한 전기를 쓰지 말라는 법이 있는가? 어쨌든 이는 나의 사적(私的)인 일이다. 아마도 내 이야기를 들어 줄 사람이 있다면, 그걸 기록으로 남길 필요는 없을 것이다. 사람들은 때때로 지나간 어떤 것에 대한 기억을 대화거리로 삼는다. 그저 어머니가 뭘 자주 요리하곤 했던가 하는 이야기라도 말이다. 지나간 이야기를 꺼낼 때마다 가정부는 〈맞아요, 참 많은 일을 겪으셨군요. 저도 힘들게 살아 봐서 그걸 알죠〉라고 말하는 듯 머리를 끄덕인다. 그런 일상적인 일에 대해 이야기를 나누기에는, 그녀는 성격상 쉽게 애절해하고, 매사에 감상적인 면만을 보려고 한다. 다른 사람들은 남의 추억을 한 귀로 흘려듣다가 〈내가 젊었을 때는 우리 집에선 이러저러했었지〉라면서 이야기 속으로 뛰어들려고 안달한다. 사람들은 자신들의 추억에 대해 자랑스러워하는 것 같으며, 어린 시절에 디프테리아가 돌았거나 엄청난 폭풍을 겪은 걸 가지고 우쭐거리는 것처럼 보인다. 마치 그러한 경험이 자신들의 업적이나 되는 듯이. 어쩌면 누구에게나 자신의 삶 속에서 뭔가 특이하고, 중요하고, 아주 극적인 면을 보고 싶어 하는 욕망이 꿈틀거리고 있는지도 모른다. 그 때문에 자신이 경험한 사건에 주목해 주기를 바라고, 그로써 더 많은 관심과 경탄의 대상이 되기를 기대하는가 보다.

나의 삶에서는 비일상적이고 극적인 일은 아무것도 일어나지 않았다. 내게 기억나는 것이라곤 조용하고 당연해 보이는, 거의 기계적인 세월의 흐름이며, 내게 다가올 마지막 순간까지도 다른 시간들과 마찬가지로 별로 극적이지 못할 것이다. 돌이켜 볼 때, 내 뒤에 놓인 직선적이고 분명한 길을 걸어온 것이 기쁘다고 말하지 않을 수 없다. 그 길은 잘 닦인 대로처럼 아름다웠고, 그 길 위에서는 방황할 일이 없었다. 그 길이 올바르고 편안했다는 것에 거의 자랑스러운 생각까지 든다. 단숨에 유년기까지 회상할 수 있으며, 그 선명함에 또다시 기쁨을 느낀다. 이 얼마나 아름답고 평범하고 시시한 삶인가! 어느 곳에도 모험이나 투쟁 같은 것은 없으며, 예외적이거나 비극적인 면도 없었다. 제대로 작동하는 기계를 바라보는 것같이 흐뭇한 눈길로 되돌아볼 수 있다. 나의 삶은 소리도 내지 않고 멈출 것이다. 아무런 흔들림도 없이, 조용하고 묵묵히 움직임을 끝낼 것이다. 또한 그래야 한다.

나는 평생 동안 책을 읽었다. 얼마나 많은 신기한 모험 이야기를 읽고, 비극적인 인물들과 별난 성격들을 접했던가.

마치 비일상적, 예외적, 일회적 사건과 우연 외에 다른 이야깃거리는 없는 것처럼 말이다! 하지만 인생이란 별난 모험이 아닌 일상적 법칙의 흐름이다. 삶에 나타나는 특이하고 비일상적인 것은 단지 삶의 바퀴가 덜컥거리는 소리일 뿐이다. 오히려 정상적이고 평범한 삶을 찬미해야 옳지 않을까? 덜컥거림이나 비통함이 없고 산산이 부서지지 않았다고 해서 부족한 삶일까? 그 대신 우리는 많은 일을 해냈고, 태어나서 죽음에 이르기까지 모든 책임을 완수했다. 나의 삶은 전체적으로 보아 행복했고, 소심하지만 목가적인 삶에서 발견한 조그맣고 규칙적인 행복은 부끄러울 게 없다.

고향 마을의 장례 행렬이 기억난다. 맨 앞에는 십자가를 든 사제가 걸어갔고, 그 뒤로 악대가 행진했다. 번쩍이는 트럼펫, 호른, 클라리넷…… 가장 아름다운 악기는 튜바였다. 그다음에는 하얀 제의를 입고 사각모를 쓴 신부와 여섯 사람이 운반하는 관이 따랐다. 마지막으로는 진지하고 엄숙한 표정을 하고, 어딘가 인형들처럼 보이는 검은 옷차림의 사람들이 걸어갔다. 사람들의 슬픈 발걸음, 트럼펫과 클라리넷의 슬픈 소리와 튜바의 저음이 그 모든 것 위로 강렬하고 드높게 울려 퍼졌다. 그 소리는 거리와 마을 전체를 가득 메웠고, 하늘로 올라갔다. 모든 사람들이 일을 멈추고 집 밖으로 나와 떠나가는 사람에게 머리 숙여 경의를 표했다. 〈누가 죽은 걸까? 이처럼 장중하고 엄숙한 행렬을 보면 어떤 왕이나 공작, 아니면 영웅의 장례식인가? 아니, 죽은 자는 채소 장수였어. 하느님의 영원한 가호가 있기를.〉 그는 착하고 곧은 사람이었고, 자신의 삶을 살았다. 아니면 수레 수리공이거나 갖바치의 장례식일 때도 있었다. 그들은 이미 자신들의 일을 매듭지었고, 이 길은 그들의 마지막 길이었다. 어린 나는 누구보다 행렬 맨 앞에 선 사제가 되고 싶었고, 그게 아니면 관 속에 실려 가는 사람이 되고 싶었다. 왕을 운반하는 것처럼 성대한 행사였으니까. 온 세상이 정직한 사람이자 이웃이었던 사람이 가는 영광의 길에 머리 숙여 경의를 표했고, 그를 기리는 종이 울리는 가운데 장중한 트럼펫 소리가 흘렀다. 인간이라고 불리는 성스럽고 위대한 존재 앞에선 누구든 무릎을 꿇으리라.

3

 나의 아버지는 소목장이였다. 내 가장 오래된 기억은 작업장 옆 마당에서 따뜻한 톱밥 더미 속에 앉아 두르르 말린 대팻밥을 가지고 놀던 일이다. 아버지의 조수인 프란츠는 나를 보면 싱긋 웃으며 대패를 들고 다가온다. 「이리 와, 네 머리를 밀어 주마.」 어머니가 뛰어나와 나를 안아 준 걸로 보아 내가 훌쩍거렸던 모양이다. 소목장이 작업장의 그 즐거움과 소란스러움이 내 유년기 전체를 감싸고 있다. 판자가 쪼개지는 소리, 나무옹이를 잘라 내는 기계의 윙윙거리는 소리, 건조한 대팻밥의 바스락거림, 톱질 소리. 목재와 아교, 니스 냄새. 소매를 걷어붙이고 작업하는 직공들. 손가락이 두툼한 아버지는 굵은 목수 연필로 판자에 뭔가를 표시하고 있었다. 땀이 밴 셔츠가 넓은 등에 달라붙은 채 아버지는 가쁘게 숨을 쉬며 일에 몰두했다. 뭘 만드는 중이었을까? 맞아, 찬장이었지. 판자를 서로 연결하고 홈을 끼워 맞추면 찬장이 된다. 아버지는 엄지손가락을 능란하게 놀려 완성품의 모서리를 따라 훑어보다가 잘못된 곳을 바로잡았다. 〈잘 마무리됐어. 거울처럼 반들거리는군.〉 때로는 관을 만들 때도 있었다. 하지만 관을 짜는 일은 그다지 정교한 작업이 아니었다. 그저 망치질하고 나무 위에 장식을 붙인 다음, 페인트와 니스 칠을 해서 윤을 많이 내면 끝이었다. 아버지는 재목(材木)이 피아노처럼 무거운 고급 오크 나무가 아니면 관에 연마질을 하지 않았다.

목재 더미 위 높은 곳에 한 꼬마 아이가 앉아 있었다. 다른 아이들에게는 그렇게 높이 앉아 볼 데나, 가지고 놀 수 있는 목재 더미나, 비단처럼 매끄러운 대팻밥이 없었다. 예를 들어 유리 장수 아이에겐 장난감으로 쓸 만한 게 전혀 없었는데, 유리를 가지고 놀 수는 없었기 때문이다. 어머니가 본다면, 유리는 깨지면 다치니까 가지고 놀아선 안 된다고 했을 것이다. 또한 미장이 집에도 가지고 놀 물건이 없기는 마찬가지였다. 벽에다 페인트칠을 하면 몰라도. 하지만 니스가 더 낫고 접착성도 더 좋았다. 「이것 봐, 우리 집에는 하늘색 페인트와 이 세상의 모든 색깔이 있어.」 미장이의 아들이 자랑했다. 그러나 소목장이 아들이 기죽을 수는 없었다. 「색깔이 뭔지 알아? 그건 종이봉투에 든 가루일 뿐이야.」 미장이들이 노래를 부르며 일을 하는 것은 정말이었다. 하지만 소목장이의 일이 훨씬 깨끗했다. 옆집에는 옹기장이가 살았다. 그러나 그 집에는 아이가 없었다. 옹기를 만드는 일도 근사했다. 물레가 돌기 시작하면 볼거리가 생겼다. 옹기장이는 엄지손가락으로 점토를 빚으며 옹기를 만들었다. 그는 옹기들을 마당에 길게 세워 놓았는데, 아직 덜 굳은 상태의 옹기들로부터 한눈을 팔기라도 하면, 어떤 녀석이든 옹기에 손자국을 냈다. 그와는 달리 석공 일은 재미가 없었다. 석수장이가 나무망치로 정을 두드리는 모습을 한참 바라봤자 아무런 구경거리가 생기지 않았고, 그 돌에서 어떻게 종려나무 잎을 든 무릎 꿇은 천사상이 만들어지는지 알 수가 없었다.

목재 더미 위 높은 곳에 한 꼬마 아이가 앉아 있었다. 목재 더미는 늙은 자두나무와 키가 같아 두 손으로 나무를 잡고 가지 위로 옮겨 앉을 수 있었다. 그곳은 훨씬 더 높아서 현기증이 날 정도였다. 이제 꼬마는 소목장이네 마당을 벗어나 자신만의 세계를 가지게 된다. 단 하나의 가지만이 그 세계와 다른 세계를 연결하고 있었다. 그것은 뭔가 짜릿한 느낌을 주었다. 아버지도 어머니도 여기까지 올라오지 못하며, 프란츠 역시 어쩔 도리가 없는 곳이었다. 꼬마는 난생처음으로 외로움이란 걸 맛보았다. 꼬마만이 홀로 소유하는 또 다른 세계들이 있었다. 예를 들면 기다란 판자 사이에는 짤막한 것들이 있어 아담한 동굴이 자연스레 생겨났고, 그 동굴에는 지붕과 벽이 있었으며, 수액과 따뜻한 나무 냄새가 났다. 아무도 그리로 끼어 들어올 수 없었으나, 꼬마와 그의 신비한 세계를 위해서는 충분한 공간이었다. 또한 꼬마는 나뭇조각들을 땅에 꽂아 울타리를 만들고, 울타리 주위에다 톱밥을 뿌렸다. 그다음엔 색색 가지 콩 한 줌을 담아 놓았다. 이 콩은 암탉들이고, 그 가운데 가장 크고 반점이 있는 콩은 수탉이었다. 실제로 소목장이네 뒤뜰에는 울타리가 있었다. 그 안에는 암탉들이 꼬꼬댁거렸고, 한 다리로 서서 타는 듯한 눈빛으로 주위를 둘러보는 황금색 수탉이 있었다. 하지만 꼬마는 자신의 상상의 뜰에 웅크리고 앉아 톱밥을 주위에 뿌리며 낮은 목소리로 〈구구구〉하며 모이를 주었다. 그것은 그의 농장이었다. 어른들은 모른 척해야 했다. 어른들이 보면 이 마법의 세계는 망가지고 말 테니까.

하지만 어른들은 어떤 점에서는 아주 쓸모가 있었다. 예를 들어 교회 종소리가 정오를 알리면, 인부들은 톱질을 멈추고 반쯤 잘린 판자에서 톱을 끌어낸 뒤 목재 더미 근처에 둥글게 모여 앉아 식사를 했다. 그러면 꼬마는 힘센 프란츠의 등을 타고 올라가 땀에 젖은 그의 목덜미 위에 앉았다. 이것은 꼬마에게 허용된 권리였고, 그의 하루 일과 가운데 가장 황홀한 순간이었다. 프란츠는 대단한 싸움꾼이었고, 이미 누군가의 귀를 물어뜯은 적이 있었지만, 꼬마는 그 사실을 알지 못했다. 꼬마는 프란츠의 강인함과 정오 휴식 시간이 되면 왕좌에 앉듯 그의 목덜미 위에 올라앉을 수 있는 자신의 권리 때문에 그를 숭배했다. 마르티네크 씨라고 불리는 또 한 사람의 인부가 있었는데, 조용하고 깡마른 사람이었다. 양쪽으로 갈라져 내린 콧수염에 두 눈은 커다랗고 아름다웠다. 그가 결핵에 걸렸다고 했으므로 꼬마는 그와 놀아선 안 되었다. 꼬마는 결핵이 무엇인지 몰랐지만, 마르티네크 아저씨가 친절하고 다정하게 쳐다볼 때마다 약간 당황하거나 두려움을 느꼈다.

때때로 〈어른들〉의 세계를 탐험해 볼 때도 있었다. 어머니가 부른다. 「애야, 가게에 가서 빵을 사오렴.」 뚱보인 빵집 주인은 밀가루를 뒤집어쓰고 사는 사람이었다. 가끔 진열창을 통해 그가 가게 안에서 밀가루를 섞어 반죽을 만들다가 둥그런 반죽 통 주위를 뛰어다니는 모습이 보였다. 그처럼 몸집이 크고 뚱뚱한 사람이 그렇게 뛸 수 있다는 것이 믿어지지 않았지만, 빵집 주인은 슬리퍼가 벗겨질 때까지 가게 안을 빙빙 돌아다녔다. 꼬마는 아직 온기가 남아 있는 빵 덩어리를 성찬을 모시듯 조심스럽게 집으로 가져왔다. 거리의 따뜻한 먼지 속으로 빠져들 듯 맨발로 걸어가면서 꼬마는 빵 냄새를 맡으며 황홀해했다. 푸줏간에 고기를 사러 갈 때도 있었다. 끔찍스러운 고깃덩이가 갈고리에 걸려 있었다. 얼굴이 번들거리는 푸줏간 주인과 그의 아내는 커다란 식칼로 단숨에 붉은 뼈를 저며 내어 저울 위에 올려놓았다. 그러다가 손가락을 다치지 않는 것이 신기했다! 그런데 잡화 가게는 전혀 달랐다. 그곳에선 생강과 과자 냄새가 났다. 잡화상의 아내는 낮은 목소리로 부드럽게 말하며, 아주 작은 저울추를 사용해 조미료의 무게를 달았다. 그곳을 떠날 때마다 꼬마는 호두 두 개를 받았는데, 그중 하나는 대개 벌레가 먹고 말라 있었다. 하지만 껍질 두 개만 있으면 상관이 없었으며, 다른 도리가 없으면 발로 밟아 부수면 그만이었다.

나는 오래전에 세상을 뜬 이 사람들을 회상하면서, 그때의 모습으로 그들을 다시 한번 보고 싶다고 생각한다. 그들 모두 각자의 세계를 가지고 있었으며, 그 세계 속에서 각자의 신비스러운 일과를 영위해 나갔다. 모든 직업은 그 자체로 하나의 세계였고, 다른 소재와 다른 의식(儀式)을 가지고 있었다. 일요일은 묘한 날이었는데, 사람들이 작업복을 입지도 않았고, 소매를 걷어붙이지도 않았기 때문이었다. 모두들 검은색 옷을 입었고, 거의 똑같은 모습이었다. 그런 그들의 모습이 내게는 어쩐지 낯설었다. 때때로 아버지는 내게 주전자를 쥐어 주며 맥주 심부름을 시키곤 했다. 주인이 주전자에 맥주를 채우는 동안 나는 술집 구석을 슬쩍 훔쳐보았다. 테이블 주위에는 푸줏간 주인과 빵집 주인과 이발사와, 가끔은 외투 단추를 풀어 젖히고 소총을 벽에 기대어 세워 놓은 뚱뚱한 순경까지 함께 앉아 떠들고 있었다. 그 사람들이 작업장이나 가게 밖에 있는 것이 이상하게 여겨졌다. 내게는 볼썽사납고 어울리지 않는 것처럼 보였다. 이제 와서 생각해 보면, 각기 닫혀 있는 그들의 세계가 서로 교차되는 모습을 본다는 게 나를 당황하게 만들었던 것 같다. 어떤 질서 같은 것을 깨느라 그들이 그렇게 소리를 질러 댔는지도 모른다.

누구나 자신의 세계, 자기 직업의 세계를 가지고 있었다. 어떤 사람들은 신성시되기도 했는데, 마르티네크 아저씨나 고함을 지르며 거리를 헤치고 다니는 광대나, 과묵한 심령주의자인 외톨이 석수장이 같은 사람들이 그랬다. 이 어른들의 세계 사이에서 꼬마는 자신에게만 속하는 조그만 세계를 가지고 있었다. 그에게는 자신의 나무와 나뭇조각들로 둘러막은 울타리와 목재 더미 사이에 있는 자신만의 구석이 있었다. 그곳은 아무와도 나누고 싶지 않은 가장 커다란 행복이 있는 비밀 장소였다. 거기에서 꼬마는 쪼그리고 앉아 숨을 들이쉬었다 ─ 이제 모든 것은 하나의 아련하고도 정겨운 소음으로 변한다. 판자가 쪼개지는 소리, 작업하는 사람들의 둔탁한 소리, 석수장이의 돌 깨는 소리. 땜장이 집에서는 함석이 딸그락거리고, 대장간에서는 모루가 쨍그랑거리며 누군가 대낫을 망치로 두드려 만들고 있다. 어디선가 아기가 울고, 멀리서는 아이들의 소리가 들린다. 닭들이 놀라 꼬꼬댁거리고, 어머니가 문가에서 부른다. 「아가야, 어디 있니?」 그곳이 마을이라는 곳이고, 커다란 강처럼 삶들이 모여 있는 곳이다. 자신의 조그만 배에 올라타, 아무런 소리도 내지 말고 배를 저어 멀리 나가 보라. 그러다가 뒤를 돌아보면 두려움이 생기리라. 모든 사람들에게 자신을 감추는 것 ─ 그것 또한 세상으로 나아가는 탐험이다.

4

  아이들의 사회, 그것은 뭔가 아주 다른 세계이다. 혼자 노는 아이는 자신과 주위의 모든 것을 잊어버린다. 그의 무아경은 시간의 굴레를 뛰어넘는다. 아이들이 서로 어울려 노는 데에는 좀 더 광범위한 주위 상황이 작용하며, 그들의 공동 세계는 계절의 법칙에 의해 지배된다. 아무리 심심해도 아이들이 여름철에 구슬치기를 하며 노는 법은 없다. 구슬치기는 언 땅이 녹는 봄에 하는 놀이이다. 그것은 스노드롭을 꽃피우게 하거나 부활절에 어머니들로 하여금 케이크를 굽게 만드는 것과 같은 지엄하고 거역할 수 없는 법칙이다. 치기 장난이나 숨바꼭질은 더 나중에 하는 놀이이며, 방학이 되면 들에서 메뚜기를 잡거나 강가에서 몰래 수영을 하는 등 모험을 즐긴다. 자존심이 있는 아이라면 서늘하다고 해서 여름에 모닥불을 피우려고 하지 않는다. 모닥불은 연날리기를 하는 가을이 되어야 지핀다. 부활절, 방학, 성탄절, 장날, 성지 순례일, 교회 봉헌 축일 등은 중요한 날짜들이며 시간의 뚜렷한 분기점들이다. 아이들의 한 해에는 제 나름대로의 질서가 있고, 계절에 따라 놀이 양식이 정해진다. 무리를 지어 노는 아이들은 시간의 흐름과 더불어 놀이를 하지만, 혼자 노는 아이는 영원과 놀이를 한다.

아이들 가운데 소목장이의 아들은 별로 두드러지지 못했다. 곧잘 무시를 당하는 편이었고, 다른 아이들은 그 아이를 응석꾸러기, 겁쟁이라고 놀렸다. 하지만 부활절이 되면 마르티네크 아저씨가 딸랑이 장난감을 깎아 주었고, 아이는 전쟁놀이 칼을 만드는 데 필요한 각목을 얼마든지 구할 수 있지 않았던가? 목재는 비싼 재료였다. 그에 반해 유리 장수의 아이는 지저분한 접착제를 묻히고 다니지 않았던가? 미장이 아들의 경우는 조금 달랐다. 그 아이는 언젠가 온 얼굴에 군청색 페인트를 칠했는데, 그 후 아이들로부터 특별한 대우를 받았다. 하지만 소목장이네 마당에는 널따란 판자가 있어 멋지게 시소를 탈 수 있었다. 공중으로 솟아오르는 시소 놀이는 놀이 가운데 으뜸이었다. 미장이 아들이 얼굴을 시퍼렇게 칠했다고 하더라도 상관없었다. 그 애는 한 번도 시소 놀이에 초대받지 않았다.

놀이는 놀이이자 진지하며 명예에 관련된 일이다. 놀이에 무승부란 없으며, 이기고 지는 일만이 있을 뿐이다. 솔직히 나는 놀이에 이기는 편은 아니었다. 나는 무리 가운데 제일 힘이 세거나 용감하지도 못했고, 그 때문에 괴로워했던 것으로 기억한다. 경찰관이 미장이에게는 그런 적이 한 번도 없었지만 우리 아버지에게는 경례를 했다 한들 별 도움이 되지 못했다. 아버지가 검은색 코트를 입고 시청에 가는 날이면 나는 아버지의 두툼한 손가락을 붙잡은 채 아버지처럼 커다란 보폭으로 걸으려고 애를 썼다. 애들아, 여길 봐. 우리 아빠가 얼마나 멋진 신사인지. 심지어 아버지는 부활절이 되면 신부님보다 더 높은 곳에 서서 십자 봉을 들었고, 아버지의 생일 전날에는 마을 악사들이 저녁에 찾아와 축하 연주를 해주었다. 그날이 되면 아버지는 앞치마를 두르지 않았고, 문지방에 서서 위엄을 갖추며 생일 축하를 받았다. 그럴 때 달콤하고도 아픈 자랑스러움에 취한 나는 경건하게 연주를 듣고 있는 아이들을 둘러보았다. 그들에게 싸늘한 눈길을 보내며 이 지상 최고의 영광을 경험했고, 아버지 쪽으로 몸을 기대어 내가 그에게 속한 사람이라는 사실을 모두에게 과시하려고 했다. 다음 날 아이들은 이미 나의 영광 따위에는 관심이 없었다. 나는 다시 뛰어난 데도 없고 시소를 함께 타자고 집으로 초대라도 하지 않으면 아무도 따르려 하지 않는 아이로 되돌아갔다. 서러움과 오기로 나는 최소한 학교에서라도 뛰어나야 한다고 나짐했다.

학교는 전혀 또 다른 세계이다. 그곳에서 아이들은 아버지가 누구냐에 따라서가 아니라, 이름에 따라서 서로 구별된다.

누구는 유리 장수의 아들이고 누구는 제화공의 아들이라는 것에 의해서가 아니라, 한 아이의 이름이 아다메츠이고 다른 아이는 베란이라는 것에 의해 아이의 존재가 결정된다. 이는 소목장이의 어린 아들에게 충격이었고, 아이는 오랫동안 그것에 적응하지 못했다. 그때까지 가정과 작업장과 친구들 무리에 속해 왔던 아이는, 이제 학교라는 곳에서 대부분 알지도 못하고 공통된 세계를 나눌 것이 없는 40명의 아이들 속에 외롭게 홀로 앉아 있었다. 아버지나 어머니, 최소한 프란츠라든가, 아니면 슬픈 모습의 키다리 마르티네크 아저씨라도 함께 앉아 있었더라면 양상은 전혀 달랐을 것이다. 그들의 옷소매를 붙잡고 있으면 자기 세계와의 연결이 끊어지지 않을 테고, 마음 또한 든든할 것 같았다. 아이는 울음을 터뜨리고 싶었지만, 다른 아이들의 비웃음을 살까 봐 두려웠다. 그는 같은 반 아이들과 전혀 어울리지 못했다. 다른 아이들은 쉽게 사귀었고, 서로 옆구리를 쿡쿡 찌르며 즐겁게 지냈다. 그 아이들의 집에는 소목장이의 작업장도, 톱밥을 뿌려 놓은 나무 울타리도, 힘센 프란츠도, 마르티네크 아저씨도 없었다. 그 아이들은 못내 그리워할 대상을 가지고 있지 않았다. 소목장이의 아들은 같은 반 아이들 무리 속에 목이 멘 채 묵묵히 앉아 있었다. 선생님이 그를 굽어보며 칭찬해 주었다. 「넌 착하고 조용한 아이로구나.」 아이의 얼굴은 붉어졌고, 전에는 알지 못했던 행복감으로 눈물이 괴었다. 그때부터 아이는 학교에서 착하고 조용한 아이가 되었고, 그로 인해 다른 아이들과는 당연히 더욱 멀어질 수밖에 없었다.

그러나 학교는 아이의 삶에서 또 다른 새롭고 커다란 경험을 의미했다. 그곳에서 아이는 처음으로 인생의 위계질서가 무엇인지를 알게 되었다. 그 전에도 아이가 누구에게든 복종해야 했던 것은 다를 바 없었다. 어머니는 명령을 했지만 자기편이었다. 어머니는 요리를 해주었고, 입을 맞추며 머리도 쓰다듬어 주었다. 아버지는 때때로 화를 냈지만, 여느 때에는 아버지의 무릎에 올라앉거나 그의 두툼한 손가락을 붙잡을 수 있었다. 다른 어른들이 가끔 호통을 치거나 욕을 하더라도 대수롭지 않았고, 달아나면 그만이었다. 하지만 선생님은 달랐다. 그는 오로지 주의를 주고 명령하기 위해 존재했다. 달아나 어디론가 숨을 곳이 없었고, 그저 면박이나 창피를 당할까 두려울 뿐이었다. 결코 그의 품에 안길 수도, 그의 청결한 손가락을 붙잡을 수도 없었다. 신부님은 더 높은 존재였다. 그가 머리를 쓰다듬으면 그것은 칭찬을 넘어 다른 아이들보다 뛰어나다는 인정을 의미했다. 그럴 때에는 너무나 감사하고 자랑스러워 감격의 눈물을 억제하기가 힘들었다. 그때까지 아이에게는 자신의 세계가 있었고, 빵집 주인이나 석수장이, 그 외 다른 사람들의 신비하고 닫힌 세계들이 주위를 에워싸고 있었지만, 이제 모든 세계는 두 개의 계층으로 구분되었다. 보다 높은 세계에는 선생님과 신부님,

그리고 그들과 교제하는 약제사, 의사, 행정관과 판사가 속했다. 그리고 아버지들과 그들의 아이들이 속하는 평범한 세계가 있었다. 아버지들은 마치 집에 붙어 있는 사람들처럼 작업장이나 가게의 문지방을 넘지 않으며 살았다. 높은 세계에 사는 사람들은 광장 한가운데에서 만났고, 커다란 몸짓으로 인사하며 대화를 나누거나 잠시 길을 함께 걸었다. 광장에 있는 술집의 여느 식탁보들은 붉은색이나 파란색 체크무늬 천이었지만, 그들이 앉는 식탁에는 하얀 식탁보가 씌워져 있어 마치 제단처럼 보였다. 지금은 그 하얀 식탁보가 그다지 깨끗하지 않았다는 사실과, 신부님이 깔끔하지는 않았지만 마음씨 좋은 뚱뚱이였고, 선생님은 코가 빨간 시골 노총각이었다는 걸 알고 있다. 그러나 그 당시 내게 그들은 뭔가 높고 거의 초인적인 것의 화신이었다. 그것은 신분과 권력에 따라 세상을 구분해 보는 첫 경험이었다.

나는 조용하고 부지런한 학생이었고, 다른 아이들 앞에 모범생으로 제시되었다. 그런데 나는 미장이의 악동 아들에게로 남몰래 마음이 끌리고 있었다. 그 애는 심한 장난으로 선생님을 기겁하게 만들었고, 신부님의 엄지손가락을 깨문 적도 있었다. 그들은 그 애를 두려워하기까지 했고, 어찌해야 할 바를 몰랐다. 죽도록 매질을 당해도 그 애는 그들의 눈을 바라보며 미소를 지었다. 어떤 경우에도 눈물을 흘린다는 것은 그 애의 야성적인 위엄에 비춰 볼 때 상상할 수 없는 행동이었다. 어쩌면 미장이의 아들이 나를 친구로 삼지 않은 것이 내 인생을 결정하는 가장 큰 사건이었는지도 모른다. 그 애가 나를 찍었더라면 나는 그 애에게 모든 것을 바쳤을 것이다. 한번은 그 애가 무슨 짓을 저질렀는지는 모르지만, 들보가 그 애의 손가락 위로 떨어진 적이 있었다. 다른 아이들은 비명을 지르는데도 그 애는 아무 말 없이 얼굴만 창백해진 채 이를 악물고 있었다. 나는 피가 흐르는 왼손을 마치 트로피처럼 오른손으로 받치고 집으로 향하는 그 애를 보았다. 아이들은 떼를 지어 뒤따라가면서 함성을 질렀다. 「얘 손에 들보가 떨어졌대요!」 나는 두려움과 동정심에 정신이 없었고, 양다리를 떨며 어지러움을 느꼈다. 「아프니?」 나는 헐떡거리며 물었다. 그 애는 교만하고 이글거리는 눈길로 비웃듯이 나를 바라보았다. 「그게 너랑 무슨 상관이야?」 그 애의 악문 이 사이로 흘러나온 말이었다. 나는 거부되고 무시당한 채 멍하니 서 있었다. 두고 봐! 내가 얼마나 잘 참을 수 있는지 네게, 네게 보여 줄 테니까! 나는 작업장으로 달려가 판자를 고정시키는 바이스에 왼손을 끼운 다음 나사를 조였다. 너희들한테 보여 줄 거야! 내 눈에는 눈물이 핑 돌았다. 자, 이제 그 애만큼 아프게 됐어. 녀석에게 보여 줄 거야! 나는 나사를 계속 조였다. 이미 통증이 아닌 황홀감이 느껴졌다. 사람들은 작업장 안에서 바이스에 손가락을 매단 채 기절해 있는 나를 발견했다. 오늘날까지 내 왼손의 손가락 끝마디들은 마비된 상태이다. 이 손은 이제 칠면조의 발처럼 주름지고 메말라 있다. 하지만 지금도 그 손으로 이렇게 회상을 기록하고 있지 않은가. 그런데 무엇에 대한 회상인가? 복수심에 불타는 어린 날의 증오인가, 아니면 격정적인 우정인가?

5

 그 무렵 우리가 사는 작은 마을에는 철도가 놓이고 있었다. 공사를 시작한 지 꽤 오래여서 거의 마무리되어 가고 있을 때였다. 소목장이네 마당에는 산기슭에서 남포 놓는 소리가 들렸다. 우리 같은 아이들이 공사장 근처로 가는 것은 엄격히 금지되어 있었는데, 한편으로는 다이너마이트가 터지고 다른 한편으로는 그곳에 좀 이상한 사람들이 살고 있었기 때문이다. 사람들은 그들을 귀신도 속여 먹을 패거리라고 했다. 철도가 어떻게 놓이는지를 보여 주려고 아버지가 나를 처음 그리로 데려갔을 때, 나는 아버지의 손가락을 꼭 쥐면서 〈그 패거리〉를 두려워했다. 그들은 판잣집에서 살았고, 집 사이사이에는 너절한 내의들이 빨랫줄에 걸려 있었다. 가장 큰 집은 공동 식당이었고, 그곳에서는 올챙이처럼 배가 불룩하고 험상궂게 생긴 여자가 쉴 새 없이 욕설을 퍼붓고 있었다. 선로변에는 웃통을 벗은 남자들이 곡괭이질을 하면서 아버지를 향해 뭐라고 외쳤지만, 아버지는 대꾸하지 않았다.

그 뒤편에는 붉은 깃발을 손에 든 사람이 서 있었다. 「저길 봐라, 저곳에 남포를 놓으려는 거란다.」 아버지의 말에 나는 손에 힘을 더 주었다. 「겁낼 것 없다, 아빠가 곁에 있잖니.」 아버지의 믿음직스러운 말에 나는 안도의 숨을 내쉬며, 새삼 그가 얼마나 강하고 든든한 존재인지를 느꼈다. 아버지만 곁에 있으면 어떠한 일도 일어날 리 없었다.

언젠가 누더기 차림의 한 소녀가 우리 작업장 옆으로 다가와서, 울타리 나무 사이로 코를 들이밀며 뭔가 알아듣지 못할 소리로 재잘거린 적이 있었다. 「뭐라고 그러는 거냐?」 프란츠가 묻자 소녀는 혀를 쑥 내밀더니 계속 재잘거렸다. 그러자 프란츠는 아버지를 불렀다. 아버지는 울타리에 몸을 기대며 소녀에게 물었다. 「뭘 원하는 거니, 꼬마야?」 소녀의 말은 더욱 빨라졌다. 「무슨 말인지 알 수가 있나. 네가 어느 나라 사람인지 모르겠어. 잠깐 기다려 봐라.」 아버지는 근엄하게 말하고는 큰 소리로 어머니를 불렀다. 「애 눈을 좀 보세요. 참 예쁜 아이예요!」 그 아이는 크고 까만 눈과 아주 긴 속눈썹을 가지고 있었다. 어머니는 감탄하며 소녀에게 물었다. 「배가 고픈 거니?」 소녀는 아무런 대답도 하지 않고 두 눈으로 어머니를 뚫어지게 쳐다보고만 있었다. 어머니는 소녀에게 버터 빵 한 개를 가져다주었으나 소녀는 고개를 가로저었다. 「이탈리아인이나 헝가리인일지 모르지, 아니면 루마니아인이든지. 뭘 원하는지 알 수가 없군.」 아버지는 막연히 추측을 하다가 작업을 계속하기 위해 안으로 들어갔다. 아버지가 자리를 뜨자 마르티네크 아저씨는 주머니에서 동전 한 닢을 꺼내 아무 말 없이 소녀에게 건네주었다.

이튿날 학교에서 돌아오니, 소녀가 울타리 위에 앉아 있었다. 「이 아이가 너한테 마음이 있나 보다.」 프란츠가 웃으며 말했다. 나는 그 말에 몹시 화가 나서 소녀에게 전혀 관심을 기울이지 않았다. 소녀는 주머니에서 반짝거리는 동전을 꺼내 나의 주의를 끌려고 했지만, 나는 목재 더미에서 널빤지 하나를 골라 가로눕혀서 시소를 만들고는 한쪽 끝에 걸터앉았다. 널빤지의 다른 쪽 끝이 허공으로 솟아올랐으나 아랑곳하지 않았다. 화가 났고 부루퉁해져서 나는 주위로부터 등을 돌려 버렸다. 그런데 갑자기 내가 앉아 있던 널빤지가 서서히 위로 올라가기 시작했다. 돌아보지는 않았지만, 무한하고 거의 고통스럽기까지 한 행복감이 밀려왔다. 내 몸은 짜릿하게 높이 떠올랐다. 나는 내가 앉아 있는 쪽을 아래로 내리기 위해 몸을 앞으로 수그렸다. 시소의 다른 쪽 끝이 가볍게 응답했고, 거기에는 소녀가 앉아 있었다. 소녀는 아무 말 없이 잔잔한 기쁨으로 시소를 탔고, 다른 쪽 끝에서는 소년이 똑같은 마음으로 시소를 흔들고 있었다. 둘은 서로를 바라보지 않은 채 혼신을 다해 시소 놀이에 몰두했고, 그렇게 서로 사랑을 나누었다. 적어도 소년에겐 그랬다. 사랑이라는 말은 아직 알지 못했겠지만 그 느낌으로 가득했고, 아름답고 동시에 고통스러운 느낌이었다. 두 아이는 아무 말 없이 마치 의식(儀式)을 거행하듯 시소를 타면서, 더욱 커다란 기쁨을 만들려고 가능한 한 천천히 움직였다.

소녀는 나보다 몸집이 컸고 나이가 위였으며, 검정고양이처럼 머리칼이 검었고, 피부도 거무스름했다. 그 애의 이름이 뭐였는지, 그 애가 어떤 종족이었는지는 지금도 알지 못한다. 나는 그 애에게 나의 뜰을 보여 주었지만, 그 애는 관심을 보이지 않았다. 아마 뜰 안의 콩들이 내가 기르는 닭이라는 걸 모르는 것 같았다. 그 때문에 나는 기분이 몹시 상했고, 이후로 내 상상의 뜰은 더 이상 기쁨이 되지 못했다. 그 대신 소녀는 이웃집 새끼 고양이를 움켜잡았고, 놀라서 눈을 부릅뜬 고양이를 품에 안았다. 또한 그 애는 손가락에 끈으로 고리를 엮어 별 모양을 만들었는데, 꼭 마술을 하는 것 같았다. 소년은 사랑의 감정을 억제하기가 힘들었다. 사랑은 너무 무겁고 고통스러워 때때로 그 느낌을 단순한 우정으로 끌어 내려야 했다. 다른 아이들은 여자애하고 논다고 나를 놀려 댔는데, 그런 행동은 자신들의 품위에 비춰 볼 때 있을 수 없는 일이라고 했다. 나는 잘 참아 냈지만 아이들과의 사이는 더욱 벌어지기만 했다. 한번은 소녀가 마구상의 아들을 할퀴어 싸움이 일어났다. 그러자 미장이의 아들이 끼어들면서 멸시하듯 말했다. 「애들아, 놔둬. 계집애잖아!」 그 애는 일꾼들이 그러는 것처럼 침을 내뱉었다. 만일 그 순간 미장이의 아들이 내게 손짓을 했더라면 나는 이 깜치 말괄량이 대신 그 애를 따라갔을 것이다. 그러나 미장이의 아들은 내게서 등을 돌렸고, 다른 놀이를 하기 위해 자기 패거리를 이끌고 가버렸다. 나는 모욕감과 질투 때문에 어쩔 줄을 몰랐다. 「걱정 마. 재들이 우리를 못살게 굴면 한 방 먹여 줄 테니까!」 나는 주먹을 불끈 쥐며 소녀에게 말했다. 그러나 소녀는 그 말 역시 이해하지 못했고, 아이들을 향해 혀를 쑥 내밀었다. 소녀는 마치 자신이 나를 보호하고 있는 양 행동했다.

여름 방학이 되어 우리는 때때로 며칠씩 함께 지냈고, 저녁때가 되면 마르티네크 아저씨가 소녀의 손을 잡고 강 건너 판잣집으로 데려다주었다. 어쩌다가 소녀가 오지 않는 날이면 나는 크게 실망하곤 했다. 그럴 때면 나는 목재 더미 사이에 있는 은신처로 들어가 책을 읽는 척했다. 먼 곳에서는 더 이상 나를 상대하지 않는 아이들의 뛰노는 소리와 함께 폭파된 바위가 굴러떨어지는 소리가 들렸다. 마르티네크 아저씨는 목재의 숫자를 세는 것처럼 몸을 기울이며 내게 동정하듯 말했다. 「오늘은 그 애가 안 왔니?」 나는 못 들은 척 열심히 책을 읽는 시늉을 했다. 그렇지만 가슴에 피가 끓어오르는 느낌이 들었고, 마르티네크 아저씨는 그걸 알고 있었다. 어느 날 나는 더 참을 수가 없어 소녀를 찾아가기로 마음먹었다. 그것은 내게는 대단한 모험이었다. 그 애에게 가려면 다리를 건너가야 했는데, 그날따라 강물은 어느 때보다도 거세고 두렵게만 보였다. 가슴이 쿵쿵거렸고, 꿈을 꾸듯이 걸으며 나는 빈집처럼 보이는 판잣집들로 향했다. 가끔 뚱뚱한 식당 여주인이 고함을 질러 댔고, 내의와 치마 차림의 한 여자가 푸줏간 집 개처럼 큰 소리로 하품을 하며 빨래를 널고 있었다. 피부가 까만 소녀는 어느 판잣집 앞 나무 상자에 앉아 천 조각을 꿰매고 있었다. 그 애는 긴 속눈썹을 깜박거리며 완전히 집중하느라 혀끝을 날름거렸다. 소녀는 가만히 옆자리를 비워 나를 앉히고는 자기 나라말로 신나게 이야기를 늘어놓기 시작했다. 나는 그때처럼 집에서 멀리 떨어져 있다는 느낌을 가져 본 적이 없었다. 그곳은 다른 세계이며, 나는 이제 더 이상 집으로 돌아가지 못하게 되리라는 느낌이 들었다. 그것은 절망적이면서도 굉장한 느낌이었다. 소녀는 맨살의 가느다란 팔로 내 목을 감싸 안으며 한참을 내 귀에 대고 촉촉하고 부드럽게 속삭였다. 아마 자기 나라말로 나를 좋아한다고 말했을 것이고, 나는 더없이 행복했다. 소녀는 내게 판잣집 안을 보여 주었는데, 그 집에 살고 있는 것이 분명했다. 집의 내부는 해가 들어 질식할 정도로 더웠고, 개집처럼 악취를 풍겼다. 벽에는 남자 외투가 걸려 있었고, 바닥에는 누더기들과 가구 대신으로 쓰는 궤짝 몇 개가 널려 있었다. 그곳은 어두웠고, 소녀의 눈이 아주 가까이에서 아름답게 나를 바라보고 있었기 때문에 나는 울음을 터뜨릴 뻔했다. 그게 사랑 때문이었는지, 무력감 아니면 두려움이었는지는 지금도 알 수가 없다. 소녀는 무릎에 턱을 괴고 궤짝 위에 앉아 어떤 노래를 흥얼거리며, 커다란 눈을 깜박이지도 않은 채 나를 바라보았다. 흡사 내게 마술을 거는 것 같았다. 바람에 문이 닫혀 갑자기 칠흑같이 어두워졌다. 나는 가슴이 뛰는 것을 목에까지 느꼈고, 이제 무슨 일이 일어날지 몰랐다. 어둠 속에서 바스락거리는 소리가 들리더니 문이 열렸다. 소녀는 문틈으로 들어오는 빛을 향해 서서 움직이지 않고 밖을 내다보았다. 다시 산기슭 숲속으로부터 폭발음이 들렸다. 소녀는 그 소리를 흉내 냈다. 「쿵.」 갑자기 소녀는 다시 명랑해졌고 내게 끈 놀이를 가르쳐 주었다. 그 애가 왜 내게 어머니나 유모처럼 행동했는지는 알 수 없다. 소녀는 마치 내가 어린애인 양 내 손을 붙잡고 집으로 데려다주려고 했다. 나는 그 애의 손을 뿌리치며 있는 힘을 다해 휘파람을 불어 나를 과시하려고 했다. 심지어 다리 위에 서서 강물에 침을 뱉음으로써, 내가 꼬마가 아니며 아무것도 두려워하지 않는다는 걸 보여 주고 싶었다. 집에서는 내게 어디를 돌아다녔느냐고 물었다. 나는 거짓말을 했다. 여느 아이들처럼 빈번하고 쉽게 거짓말을 해왔지만, 그때의 거짓말은 훨씬 심하게 느껴졌다. 그 때문에 나는 아주 상황하고 빠른 말투로 거짓말을 했다. 어머니가 눈치채지 못했다는 건 지금도 의아스러운 일이다.

다음 날 소녀는 아무 일도 없었던 것처럼 찾아왔고, 삐죽

내민 입술로 휘파람을 불어 보려고 했다. 나는 나의 우월한 부분을 그 애에게 바치고자 휘파람 부는 법을 전수했다. 우정은 위대한 것이니까. 그 대신 판잣집을 찾아가는 일은 좀 더 쉬워졌다. 우리는 멀리서부터 서로 휘파람을 불어 신호를 보냈고, 그것은 우리의 우정을 단단히 결속시켜 주었다. 함께 언덕 위로 올라가면 인부들이 작업하는 광경이 보였다. 소녀는 뱀같이 바위 위에 자리를 틀고 앉아 햇볕을 쬐었고, 나는 마을의 지붕들과 양파처럼 생긴 교회의 지붕을 바라보았다. 그곳에선 멀리까지 볼 수 있었다. 저기 타르를 칠한 지붕이 있는 곳이 소목장이네 작업장이었다. 아버지는 가쁜 숨을 내쉬며 판자에 뭔가를 재고 있었다. 마르티네크 아저씨는 기침을 했고, 어머니는 문가에 서서 고개를 가로젓고 있었다. 「이 말썽꾸러기가 또 어디로 간 걸까?」 여기야, 엄마. 나 여기 숨어 있어. 여기는 쑥과 질경이, 민들레가 피어 있고 햇살이 비치는 언덕이야. 여기 강 건너편에는 곡괭이질 소리가 들리고 다이너마이트가 터지는데, 모든 게 아주 다른 곳이라고. 아주 은밀한 곳이라서 여기선 모든 걸 볼 수 있지만, 아무도 여기를 볼 수가 없다니까. 이미 언덕 아래까지 선로가 깔렸고, 사람들은 수레로 돌과 흙을 운반하고 있었다. 어떤 사람이 기차에 올라타자 기차는 저절로 굴러갔다. 나도 한번 타 보았으면 했고, 붉은 수건으로 터번을 만들어 머리에 쓰고 싶었다. 그러면 마르티네크 아저씨가 여기서 내가 살 판잣집을 만들어 주겠지. 피부가 까만 소녀는 물끄러미 나를 쳐다보고 있었는데, 나는 그 애와 아무 말도 나누지 못하는 게 답답했다. 나는 비밀스러운 언어로 말을 건네 보았다. 「우리두리 내리코리 포브로비리림.」 그러나 소녀는 이 말도 알아듣지 못했다. 서로 혀를 내밀고 번갈아 가며 가장 험상궂은 표정을 지어 일치된 생각을 표현하는 방법 외엔 다른 도리가 없었다. 아니면 함께 돌을 던지던가. 이 순간은 혀를 내밀 차례였다. 그 애의 혀는 붉은 뱀처럼 날렵하고 가늘었다. 혀는 가까운 곳에서 들여다보면 묘하게도 수많은 핑크빛 알갱이들로 이루어져 있었다. 언덕 아래에서 고함을 지르는 소리가 들렸는데, 그곳에서는 항상 고함 소리가 들렸다. 우리는 눈싸움도 했다. 그 애의 눈은 까맣게 보였지만, 자세히 보면 황금색과 초록색으로 되어 있어 신기했다. 눈동자 한가운데 있는 것은 나였다. 갑자기 그 애의 눈이 놀란 듯 커졌고, 그 애는 벌떡 일어나 무슨 소리를 지르며 언덕을 내려갔다.

아래편 길가에는 사람들이 허둥대며 식당으로 가고 있었다. 그들 뒤에 남아 있는 것은 여기저기 널려 있는 곡괭이들뿐이었다.

저녁이 되자 마을에서는 사람들이 왁자지껄 떠드는 소리가 들렸다. 그 〈패거리〉 중 한 사람이 싸우다가 현장 감독을 칼로 찔렀고, 경찰이 와서 그자에게 수갑을 채워 끌고 갔는데, 그자의 아이가 그 뒤를 따라갔다고 했다.

마르티네크 아저씨는 커다랗고 아름다운 눈을 내게 향하며 손짓을 했다. 「그자가 누군지 아무도 모르지. 그들은 떠돌이들이야.」 마르티네크 아저씨는 혼자 중얼거렸다.

그 후 나는 소녀를 다시는 보지 못했다. 슬픔과 외로움 때문에 나는 목재 더미 사이로 들어가 닥치는 대로 책을 읽었다. 「아이가 참 대견하군요.」 이웃 사람들이 칭찬을 할 때면 아버지는 겸손하게 대답했다. 「뭐가 될는지 두고 봐야죠.」

6

 나는 아버지가 강하고 단순했기 때문에 그를 좋아했다. 아버지와의 접촉은 어떤 벽이나 단단한 기둥에 기대는 듯한 느낌을 주었다. 나는 아버지가 이 세상에서 제일 힘이 센 사람일 거라고 생각했다. 그에게는 싸구려 담배와 맥주와 땀 냄새가 배어 있었고, 그의 건장함은 내게 한없는 안정과 신뢰감을 안겨 주었다. 가끔 화를 낼 때는 아주 무서웠고 벼락이 내리치듯 고함을 질렀지만, 분노가 가라앉은 아버지의 품에 안길 때 느끼는 조마조마한 두려움은 그럴수록 더욱 달콤했다. 아버지는 말이 적었고, 설사 입을 열더라도 자신에 관한 이야기를 꺼내는 법이 없었다. 아버지가 마음만 먹으면 얼마든지 자신의 무용담을 들려줄 수 있으리라는 생각이 내게서 떠나질 않았다. 그런 이야기를 들으며 나는 아버지의 단단하고 털이 수북이 난 가슴에 손을 대고 심장이 뛰는 것을 느끼고 싶었다. 아버지는 소목 일과 더불어 평생을 살았다. 돈이란 것을 자신이 한 일의 양에 따라 셈했기 때문에 그는 매우 검소했다. 몇 번인가 일요일에 아버지가 서랍에서 저금통장을 꺼내어 들여다보던 모습을 본 기억이 난다. 그 모습은 가지런히 정돈되어 세워져 있는 재질 좋은 판자 더미를 만족스럽게 바라보던 아버지의 모습과 다를 바 없었다. 〈얘야, 이 통장에는 일과 땀이 모여 있는 거란다. 돈을 낭비하는 건 완성된 일을 망치는 것이나 마찬가지야. 그건 죄악이지〉라고 하는 아버지에게 내가, 〈아버지, 그러면 그 돈은 어디에 쓰기 위한 거죠?〉라고 묻는다면 아버지의 대답은 이럴 것이다. 〈노후를 위해서 그러는 건 아니다. 그건 그저 사람들이 해보는 소리지. 돈이란 근면과 절제를 미덕으로 하는 노동의 결과를 보기 위해 존재하는 거란다. 이 통장에는 삶의 내용이 들어 있고, 그건 평생의 결실이야. 여기에 내가 열심히, 그리고 검소하게 살았다는 기록이 들어 있는 것이지.〉 아버지에게 노후의 시간이 다가왔다. 어머니는 오래전부터 공동묘지의 대리석 비석 아래 잠들어 있었고(비석을 만드는 데 정말 많은 돈이 들었다고 아버지는 경건한 표정을 지으며 말하곤 했다), 나는 좋은 일자리를 가지고 있었다. 하지만 여전히 아버지는 무겁고 부어오른 다리를 이끌며 예전보다 일감이 줄어든 소목 공장 일에서 손을 떼지 않았고, 저축한 액수를 계산했으며, 일요일마다 집에서 홀로 통장을 꺼내어 자신의 정직한 삶의 합계를 들여다보았다.

어머니는 그처럼 단순하지 않았다. 훨씬 예민하고 감성적이며, 나에 대한 사랑으로 넘쳐흐르던 분이었다. 어머니가 나를 숨이 막힐 정도로 끌어안고선 〈내 하나밖에 없는 아가야. 넌 내 목숨보다 소중하단다!〉라며 애처로워하던 시기가 있었다. 소년이 된 후, 나는 어머니가 그런 식으로 사랑을 분출하는 것에 부담을 느꼈다. 어머니가 내게 열렬히 입 맞추는 걸 다른 아이들이 볼까 봐 부끄러웠다. 하지만 아주 어렸을 때 어머니의 격정적인 사랑은 나를 일종의 복종 상태로 몰아넣었고, 나는 어머니를 무척 좋아했다. 어머니가 울음을 터뜨리는 나를 품에 안을 때마다 내 몸이 녹아드는 느낌이었다. 나는 내 입에서 흘러내린 침과 눈물로 젖어든 어머니의 부드러운 목덜미에 얼굴을 묻고 흐느끼는 걸 참 좋아했다. 어깨의 들먹거림을 힘껏 억누르다가는 만족스러운 상태가 되어 잠에 취해 웅얼거렸다. 엄마, 엄마……. 전체적으로 어머니라는 존재는 울며 응석을 부리면서 고통을 탐닉하고 싶어 하는 내 속에 있는 강렬한 충동과 결합되어 있었다. 다섯 살배기 남자아이가 되어서야 비로소 나의 내면에는 그러한 여성적인 감성의 표출에 대한 거부감이 일었다. 어머니가 나를 안아 가슴에 묻으면 나는 고개를 돌리며 〈엄마가 왜 이러는 거지〉 하고 생각했다. 아버지가 더 좋은데. 담배 냄새가 나고 강인함을 느낄 수 있으니까.

어머니는 지나치게 감성적이었기 때문에 모든 것을 극화시키곤 했다. 사소한 가정 내의 갈등이 어머니의 부어오른 눈과 슬픔에 젖은 침묵으로 끝나기 일쑤였다. 아버지가 문을 쾅 닫고 나가 일에 자신을 파묻어 버리는 동안, 부엌에서는 탄식의 적막이 하늘로 피어오르고 있었다. 어머니는 내가 약한 아이이고 어떤 불행에 처하거나 죽을지도 모른다는 생각을 품고 있었다(실제로 어머니의 첫째 아이, 그러니까 생면부지의 내 형은 어린 나이에 죽었다). 그 때문에 어머니는 내가 어디에서 뭘 하는지 확인하려고 쉴 새 없이 밖을 내다보았다. 나중에 나는 어머니의 그와 같은 감시에 남자답게 단호히 얼굴을 찌푸렸고, 무뚝뚝하고 퉁명스럽게 대꾸했다. 어머니는 계속 물었다. 「어디 아프니? 배가 아프지는 않니?」 그런 취급을 받는 것이 처음부터 기분 나빴던 것은 아니었다. 병이 나면 찜질을 받으며 대단한 사람이 된 듯 느꼈다. 어머니는 나를 격렬히 끌어안으며 말했다. 「내 소중한 아가야, 죽으면 안 돼!」 또한 어머니는 나의 건강을 빌기 위해 내 손을 붙잡고 기적이 일어났다는 곳으로 순례를 갔다. 그곳에서 어머니는 나를 위해 성모 마리아에게 조그만 반신상을 봉헌했는데, 내가 가슴이 약하기 때문이라고 그랬다. 여자의 반신상을 봉헌한다는 것이 내게는 너무나도 창피스러웠고, 사내애로서의 내 자존심을 상하게 했다. 그런 순례는 도무지 마음에 들지 않았다. 어머니는 나직하게 기도를 드리거나 눈물로 가득 찬 눈을 고정한 채 탄식을 했다. 막연하게나마 나는 그게 나만을 위한 것은 아니라고 느꼈다. 순례가 끝나면 어머니는 내게 롤빵을 사주었다. 그 빵은 물론 집에서 먹는 것보다 맛이 좋고 부드러웠지만, 그럼에도 불구하고 나는 순례지에 가는 걸 싫어했다. 이와 같은 기억은 내 생애 내내 따라다녔고, 어머니는 병과 고통에 결부되어 있었다. 지금도 나는 남성적이고 담배 냄새를 풍기는 아버지 쪽에 기대기를 더 좋아하리라는 생각이 든다. 아버지는 기둥 같은 존재였다.

내 어린 시절의 고향을 특별히 미화할 이유는 없다. 그곳은 수많은 다른 고향처럼 평범하고 좋은 곳이었다. 나는 아버지를 존경했고 어머니를 사랑했으며, 전원에서 즐거운 시절을 보냈다. 그들은 자신들이 바라는 대로 나를 예의 바른 사람으로 키웠다. 나는 아버지처럼 강하지도 않았고, 어머니처럼 커다란 사랑을 지니진 못했지만, 적어도 성실하고 정직했으며, 감수성이 풍부했고, 어느 정도 공명심도 가지고 있었다. 이 공명심은 분명히 어머니의 활달한 성격의 유산이다. 나의 내면에서 상처를 받곤 하던 것은 대개 어머니에게서 물려받은 것이다. 그렇지만 그 또한 어떤 점에선 쓸모가 있었다. 내 속에는 노력하는 인간 외에 꿈꾸는 인간이 살고 있었다. 거울을 들여다보듯이 과거를 회상하는 나의 이런 모습은 정녕 아버지에게서 물려받은 면모는 아니다. 아버지는 아주 객관적이었고, 일 속에 묻혀 살았기 때문에 현재 외의 것을 생각할 겨를이 없었다. 회상이나 미래는 꿈을 꾸는 성향이 있고 보다 자기 자신에 몰두하는 사람들의 것이다. 내 생애에서 그것은 어머니의 몫이었다. 그리고 이제 내 속에서 무엇이 아버지의 것이고 무엇이 어머니의 것인지를 생각해 볼 때, 그 둘 다 내 평생에 걸쳐 나와 함께 있었으며, 나의 고향 이야기는 결코 끝나지 않았음을 깨닫게 된다. 지금도 아버지는 일을 하며 셈을 하고, 어머니는 걱정과 사랑의 눈길로 나를 바라보고 있으며, 나는 은밀한 자신만의 세계를 가진 아이로 남아 있는 것이다.

7

내가 공부는 잘하지만 외로움을 타고 붙임성이 없어 책에 빠져 살았기 때문에, 아버지는 나를 상급 학교에 진학시켰다. 어떻게 생각하면 당연한 일이기도 했는데, 아버지는 배운 사람을 존경했고 사회적, 경제적 신분 상승을 신사와 그의 자손들이 해야 할 가장 성스럽고도 지당한 과제라고 여겼기 때문이다. 나는 제일 유능한(출세의 관점에서) 아이들의 대부분이 겸양과 절제로써 보다 나은 삶을 획득한 근면한 중산층 출신이라는 것을 알았다. 우리들의 출세는 아버지들의 노력에 의해 촉진된다. 그 당시 나는 장차 내가 무엇이 될 것인가에 대해 아무런 생각이 없었다. 어느 날인가 저녁 무렵 마을 광장에서 줄타기를 하던 광대나, 또 언젠가 우리 집 울타리에 멈춰 뭔가 독일어로 물어보던 기병(騎兵)같이 멋진 사람이 되고 싶다는 생각 외에는. 어머니가 물 한 잔을 건네주자 기병은 경례를 붙였고, 그의 말은 춤을 추듯 민첩하게 움직였는데, 그 모습을 보는 어머니의 얼굴은 장미처럼 새빨개졌다. 나는 기병 같은 사람이나, 아니면 기차가 출발할 때 문을 닫고 더없이 우아한 모습으로 자신의 발판 위로 뛰어오르는 기차 차장이 되고 싶었다. 하지만 어떻게 해야 차장이나 기병이 되는지는 알지 못했다. 어느 날 아버지는 방학이 끝나면 나를 상급 학교에 진학시키겠노라고 근엄한 목소리로 선언했다. 어머니는 눈시울을 적셨다. 그 후로 학교에 가면 선생님은 내게 교육받은 사람이 된다는 의미를 일러 주었고, 신부님은 내게 인사말을 건넸다. 「잘 지내는가, 인문 학교 학생.」 나는 자랑스러워 얼굴이 달아올랐고 더없이 뿌듯했다. 이제는 아이들과 노는 것이 부끄럽게 여겨졌고, 항상 책을 들고 다니면서 고통과 외로움 속에서 의젓한 청소년의 모습으로 성숙해 갔다.

김나지움에서 보낸 그 후 8년간의 세월이 적어도 집에서 보낸 유년기와 비교해 볼 때 무의미하게 느껴지는 것은 이상한 일이다. 아이는 주어진 삶의 시기를 전체로 받아들이며, 현재의 순간인 유년기를 일시적이고 지나가는 것으로 여기지 않는다. 집에서 아이는 자신의 몫으로 주어지는 지위를 누리며 중요한 인물로 대접 받는다. 그러던 어느 날 시골 아이는 도회지에 있는 학교로 옮긴다. 낯선 사람들 사이에서 보내는 8년 — 그 시기는 이렇게 표현될 수 있을 것이다. 도회지는 고향이 아니며, 아이는 외톨이가 되고, 결코 어떤 확실한 소속감을 느끼지 못하는 탓이다. 낯선 사람들 사이에서 자신을 아주 보잘것없이 여기고, 끊임없이 자신이 아직 아무것도 아니라는 생각을 할 것이다. 학교와 낯선 환경은 아이의 마음속에 왜소함, 무기력, 열등감을 심어 줄 것이며, 아이는 그런 감정을 악착같이 공부하거나 — 몇 번에 그친 데다 그것도 어느 정도 시간이 지나서이지만 — 교사들과 교칙에 완강히 반발함으로써 떨쳐 버리게 될 것이다. 학교는 닥쳐오는 모든 생활에 대한 〈준비〉에 불과하다고 지속적으로 주입한다. 1학년은 2학년을 준비하기 위함일 뿐이며, 4학년은 — 물론 공부에 아주 적극적이고 부지런한 아이들만 — 5학년으로 진급하기 위해서만 존재한다. 「8년이라는 긴 세월은 오로지 졸업 시험을 준비하는 기간이며, 제군은 그 후에 비로소 진짜 공부를 시작하는 것이다. 우리는 자네들이 인생을 대비하도록 돕는 걸세.」 선생님들은 자기들 앞에서 의자에 앉아 꿈틀거리는 것들이 삶이란 이름을 붙여 줄 가치가 없는 존재들인 양, 그와 같은 설교를 늘어놓는다. 삶이란 졸업 시험이 끝나면 비로소 찾아오는 것이다. 이는 단적으로 말해 인문 학교가 우리에게 주입하는 가장 뚜렷한 표상이다. 그 때문에 우리는 졸업을 통해 청소년기와 작별하게 된다는, 약간의 감동을 느끼기보다는 자유를 얻는다는 느낌을 가지고 학교를 떠난다.

아마 그와 같은 이유로 학교에 대한 우리의 기억이 그저 단편적이고 산만한지 모른다. 그렇지만 이 시절 우리의 감수성은 얼마나 예민한가! 나는 우습기 짝이 없고 반미치광이 같은 꽁생원 선생님들과, 고삐 풀린 학생들을 통제하려고 헛되게나마 애를 쓰던 좋은 선생님들과, 몇 안 되는 고매한 학자 선생님들을 생생하게 기억한다. 이 학자 선생님들로부터 나는 막연했지만 경외심으로 거의 얼어붙은 상태가 되어, 그들이 가르치는 것은 준비가 아니라 지식에 관한 것이며, 그 순간 내 자신이 무엇인가가, 누구인가가 되고 있다는 느낌을 받았다. 또한 동급생들, 마모된 의자, 오래된 학교 건물의 복도를 비롯한 수천 가지 기억이 생생한 꿈처럼 눈에 선하다. 그러나 학교에서 보낸 시기, 그 8년이라는 세월은 전체적으로 보아 이상하게도 형태가 없고, 거의 아무런 의미를 가지지 못한다. 그 시기는 인내심 없이 오직 지나쳐 버리기 위해 산 젊음의 세월이었다.

다시 돌이켜 보면, 그 시기에 나는 얼마나 굶주린 듯 열렬히 학교와 무관한 것을 경험하려고 들었던가. 〈삶을 위한 준비〉가 아니고 삶 그 자체라면, 그것이 우정이든, 소위 첫사랑이라고 하는 것이든, 친구들과의 갈등이든, 독서나 신앙 문제 또는 바보짓이든 가리지 않았다. 그것은 자신이 몰두할 수 있는 어떤 것, 바로 현재의 자신에게 속하는 것이며, 졸업 시험이 끝난 후이거나 학교에서 말하듯 〈준비가 끝난 후〉의 것이 아니었다. 내 생각에는 젊은 시절 내적인 충격과 여러 가지 비극적이고 심각하게 체험하는 어리석음의 대부분은

이 유보된 삶의 소산이며, 그런 삶 속에서 우리의 청춘은 흘러가는 것이다. 그것은 우리가 진지하게 받아들여지지 않는 데 대해 행하는 복수에 가깝다. 이 지속적인 임시 상태에 대항하여 우리는 가능한 한 충만하고 진실한 삶을 살려고 애를 쓴다. 그 때문에 젊은 시절에는 어리석은 소년적 행동과 비극적이며 예기치 못했던 진지함이 뒤섞이고, 때로는 고통스럽게 불거져 나온다. 인생은 아이의 상태에서 서서히, 그리고 눈에 띄지 않게 남자가 되는 것처럼 그런 식으로 진행되는 것이 아니다. 갑자기 아이에게서 놀랍게도 완성되고 성숙한 인간의 면모가 나타난다. 그러한 면모는 서로 들어맞지도 조직적이지도 않으며, 아이의 내면에서 연관성이나 논리성 없이 상충되어 거의 광기처럼 나타난다. 다행히도 우리 어른들은 이 상태를 사려 깊게 관조하는 데 익숙하며, 인생을 대단히 심각하게 여기기 시작하는 소년들에게 그 시기는 지나가는 것이라며 위안을 준다.

 (〈행복한 청춘 시절〉이라는 말은 얼마나 단순한 표현인가! 그런 표현과 더불어 우리는 분명 그 당시 건강했던 치아와 위장을 생각할 따름이지 고통스러워하던 영혼은 간과해 버린다. 우리에게 그때처럼 긴 인생이 주어진다면 우리는 즉각 우리의 존재를 바꾸려 할 것이다. 나는 그때가 내게 가장 불행했던 시기였고, 동경과 고독의 시기였음을 안다. 하지만 내가 변화하고 그 우울했던 청춘을 두 손으로 다시 붙잡는다

고 해도, 나의 영혼이 또다시 그처럼 한량없이 절망하고 괴로워한다면 무슨 소용이겠는가!)

8

 이 모든 것은 여느 아이에게서처럼 내게 일어난 일이지만, 아마 다른 아이들의 경우보다는 덜 심각하고 덜 두드러졌을 것이다. 무엇보다도 이 청춘의 동요 중 많은 부분이 내게는 고향에 대한 끊임없는 그리움으로, 낯설고 어딘가 우월해 보이는 주위 환경 속에서 느끼는 시골 소년의 외로움으로 용해되었다. 구두쇠 아버지는 조그만 양복점을 운영하는, 근심거리가 가득한 가정에 나를 맡겼다. 나는 난생처음으로 내가 가진 것 없는 학생일 뿐이고, 내핍하며 초연하게 살아야 할 운명에 처했다는 생각을 하게 되었다. 나는 내성적인 시골뜨기로서 당당한 도회지 아이들의 관심을 끌지 못한다는 것도 알았다. 그들은 도회지가 고향이며, 아는 것도 많고 서로 공통된 부분도 많았다. 내가 그들에게 다가갈 수는 없었기 때문에 나는 최소한 그들보다 뛰어나야 한다는 생각을 뇌리에 심고 다녔다. 나는 공부벌레가 되었고, 학년이 높아질 때마다 1등을 빼앗기지 않는 데에서 어떤 인생의 의미를 찾았으며, 복수의 쾌감이나 승리감을 느꼈다. 학교 친구들은 나의 고독하고 독기 서린 노력 속에 숨어 있는 꺼림칙한 야욕을 알아챘고, 나를 경원시했다. 그럴수록 나는 더 독해졌고, 양복점 다리미의 후덥지근한 열기와 양복장이의 아내가 넋두리를 늘어놓으며 윤기 없고 시큼한 맛이 나는 음식을 요리하는 부엌의 악취 속에서 머리를 싸매고 공부에 파고들었다. 나는 의식이 마비될 정도로 공부를 했고, 어디를 가든 공부한 내용을 끝없이 반복하느라 입술을 우물거렸지만, 학교에서 나의 능력을 과시하고는 질리고 적대적인 교실의 침묵 속에서 내 자리에 앉을 때마다 얼마나 자주 무언의 깊은 승리감을 느꼈는지 모른다. 한 번도 뒤돌아본 적은 없었지만, 모두들 나를 적대적인 눈길로 바라보고 있다는 걸 느낄 수 있었다. 그리고 이 조그만 공명심이 젊은 시절의 위기와 전환기를 넘기게 해주었다. 나는 〈순다 열도〉 같은 낯선 이국의 지명들과 그리스어 불규칙 동사들을 암기하면서 자신으로부터 도피할 수 있었다. 그것은 내 속에 있는 몰두하는 아버지의 모습이었다. 일에 몰입하고 엄지손가락으로 완성품을 점검하면서 〈잘됐군, 틈이 벌어진 곳은 없어〉라고 되뇌는 아버지의 모습 말이다. 땅거미가 내려앉아 공부를 계속하기엔 너무 어두워졌고, 열린 창으로 병영의 소등 신호가 들릴 때면, 나는 이글거리는 눈으로 창가에 서서 너무나 아름다우면서도 절망적인 그리움에 숨 막혀 했다. 대체 무슨 까닭일까? 그것은 이름이 없고 매우 광활하고 깊은 느낌이어서, 사방에서 내성적인 나를 괴롭히던 모든 사소한 모욕감, 굴욕감, 패배감, 실망감의 예리한 바늘들이 그 안에 용해되었다. 그래, 이것은 고통과 사랑으로 넘치던 어머니의 모습이었다. 억척스럽게 몰두하는 모습은 아버지였고, 한없이 서정적이고 부드러운 모습은 어머니였다. 내 소년기의 좁은 가슴에 이 두 가지의 모습은 어떻게 합쳐지고 조화를 이루었을까?

한동안 내게는 절친한 친구가 한 명 있었다. 그 친구는 나보다 나이가 위인 시골 아이로, 입가에는 솜털 수염이 나 있었으며, 전혀 재능이 없는 약골이었다. 그 애의 어머니는 그 애 아버지의 건강이 회복된 데 대해 하느님께 감사의 제물로 바치려고 자식에게 신부 교육을 시켰다. 선생님이 질문을 던질 때마다 대답을 하려 애쓰는 그 애의 선한 의지와 당황해 쩔쩔매는 모습은 비극의 한 장면이었다. 그 애는 사시나무 떨듯 몸을 떨었고, 한마디의 말도 하지 못했다. 나는 열심히 그 애의 공부를 도와주었다. 그 애는 입을 벌리고 내 말을 경청했으며, 아름다운 눈으로 나를 숭배하듯 바라보았다. 그 애가 질문을 받을 때마다 나는 이루 말할 수 없이 안타까워했다. 교실 전체가 그 애에게 답을 일러 주려 했고, 아이들은 내게까지도 관대해져서 내 옆구리를 쿡 찌르며 물었다. 「야, 너 답이 뭔지 알지?」 그 애는 얼굴이 붉어졌고, 낙담하여 자리에 주저앉았다. 나는 눈물이 가득 고인 채 그 애의 자리로 가서 위로의 말을 건넸다. 「그것 봐, 벌써 조금 나아졌잖니. 거의 답을 말할 뻔한 거야. 좀 더 지나면 잘 될 거라구.」 수업 시간에 문제를 푸는 동안 나는 답을 적은 종이를 돌돌 말아 그 애에게 보냈다. 그 애는 교실 반대편 구석에 앉아 있었다. 내 쪽지는 다른 아이들의 손에 손을 거쳐 그 애에게 전달되었고, 아무도 미리 열어 보지 않았다. 그것은 그 애를 위한 것이었으니까. 소년기는 냉담하긴 하지만 기사도를 중시하는 시기이다. 우리 모두의 단결된 힘 덕분에 그 애는 3학년까지 진급했지만, 그다음에는 낙제를 하고 말았고 집으로 돌려보내졌다. 나는 그 애가 자살했다는 소식을 전해 들었다. 그 애는 아마도 내 생애에서 가장 크고 열정적인 사랑이었을 것이다. 나는 후에 청소년 시절의 우정에 담겨 있는 성적(性的) 동기에 관한 글들을 읽을 때마다 그 친구에 대한 사랑을 회상해 보곤 했다. 그건 말도 안 되는 소리였다. 우리는 어색하게 서로의 손을 잡은 적도 없으며, 우리 존재가 영혼이라는 경이로운 사실에 거의 억눌리고 압도되어 있었고, 우리가 같은 대상을 바라볼 수 있다는 것이 우리를 행복하게 했다. 나는 그 애를 돕기 위해 공부를 하는 거라는 느낌을 가지게 되었다. 진정 공부하는 것이 즐거웠고, 그 모든 것이 아름답고 좋은 의미를 지니던 유일한 시기였다. 지금도 내게는 애를 태우며 간청하던 나의 목소리가 들린다. 「자, 여길 봐. 나를 따라서 해. 떡잎식물은 외떡잎, 쌍떡잎, 뭇떡잎 식물로 나뉜다.」 이미 남자의 목소리를 내며 맑고, 믿음에 차고, 강아지처럼 복종하는 눈길로 나를 쳐다보던 친구가 중얼거린다. 「식물은 외떡잎식물로 나뉜다.」 그 얼마 후 내게는 다른 사랑이 생겼다. 그 애는 열네 살이었고 나는 열다섯 살이었으며, 라틴어와 그리스어에서 낙제를 한, 덩치만 컸지 전혀 쓸 데가 없는 같은 반 학생의 여동생이었다. 어느 날인가 초라한 옷차림에 우울한 모습의 한 신사가 약간 술에 취한 채 학교 복도에서 나를 기다리고 있었다. 그는 모자를 벗어 들며 자신을 하급 공무원 누구라고 밝혔는데, 그때 그의 턱은 떨리고 있었다. 그는 내가 매우 뛰어난 학생이라는 말을 들었다고 하면서, 자기 아들에게 라틴어와 그리스어 공부를 좀 도와줄 수 있는지 물었다. 「우리 애한테 가정 교사를 대어 줄 돈은 없소.」 그는 우물거렸다. 「하지만 귀하께서 도와줄 수만 있다면…….」 그는 나를 〈귀하〉라고 불렀다. 그것으로 충분했다. 더 이상 뭘 바라겠는가? 나는 새로운 일거리에 신이 났고, 그 털북숭이 악동을 가르치기로 마음먹었다. 그 집은 좀 이상한 가정이었다. 아버지는 늘 관청 사무실에 붙어 있거나 술을 마셨고, 어머니는 삯바느질을 다녔다. 그들은 좁고 평판이 별로 좋지 않은 동네에 살았고, 저녁이 되면 뚱뚱하고 나이 든 여인들이 집 밖으로 나와 거위들처럼 뒤뚱거렸다. 악동은 집에 있을 때도 있었고 나가 버리기도 했는데, 그 애의 여동생만은 늘 집에 있었다. 여동생은 깨끗했고 수줍음을 탔으며, 얼굴은 하얗고 갸름했는데, 근시 때문에 약간 튀어나온 눈을 늘 바느질감이나 자수감 위로 내리뜨고 있었다. 악동과의 공부는 거의 진척이 없었고, 공부할 의사도 보이지 않았다. 그 대신 나는 고통을 느끼면서 이 수줍음 많고 조그만 테이블가에 조용히 앉아 바느질감을 눈가에 붙이고 있는 소녀에 대한 사랑에 흠뻑 빠져 있었다. 소녀는 항상 눈을 갑작스럽고 조금 놀란 듯이 들어 올렸는데, 그럴 때마다 떨리는 미소로 변명을 하는 듯했다. 악동은 더 이상 내가 준비해 온 공부 내용의 복습을 따라 하려 들지 않았고, 나더러 자기 숙제를 해놓으라 하고는 사라져 버렸다. 나는 힘든 일을 하는 것처럼 악동의 공책을 내려다보았다. 내가 머리를 들면 소녀는 얼굴은 물론이고 귀밑까지 빨개져서 재빨리 눈을 돌렸다. 내가 소리를 내어 읽으면 소녀의 눈은 놀라 번쩍 뜨였고, 입가에는 애틋하고 수줍은 미소가 떨리고 있었다. 우리는 아무 말도 나눌 게 없어 몹시 당황스러웠다. 벽시계는 째깍거리다가 시각을 울리는 종소리 대신 끄르륵거리는 소리를 냈다. 나는 나도 모르는 새 소녀의 호흡이 갑자기 빨라지고 바느질 속도도 빨라지는 것을 감지했다. 내 가슴도 두근거려 나는 감히 머리를 들지 못했다. 무슨 일이라도 일어나야겠기에 까닭 없이 악동의 공책만 넘겨 댔다. 당황하는 내 모습에 나는 피가 거꾸로 흐르는 듯이 창피해졌고, 마음을 다져 먹었다. 내일은 뭔가 말을 걸어야지. 그녀가 나하고 대화를 시작하도록 말이야. 나는 수많은 이야깃거리를 생각해 냈고, 그녀가 뭐라고 대답할까도 생각해 보았다. 〈내게 자수 놓은 걸 보여 줘요. 이게 뭘 만드는 거죠?〉와 같은 말을 걸어야겠다고 다짐했다. 그러나 그 집에 가서 입을 열려고 하면 가슴이 뛰기 시작했고, 목이 말라붙어 아무 말도 꺼내지 못했다. 소녀는 놀라 눈을 들어 올렸고, 나는 공책을 내려다보면서 어른 남자 목소리로 틀린 게 잔뜩 있다며 중얼거렸다. 그 후 나는 집으로 가는 길이건 집이건 학교건 간에 그녀에게 무슨 말을 할까, 무슨 행동을 해야 할까 하는 생각이 머리에 가득했다. 그녀의 머리를 쓰다듬어 줘야지, 아르바이트로 돈을 벌어 반지를 사줘야지, 어떻게든 그녀를 그 집에서 구해 내야지 하는 생각을 했고, 그녀의 곁에 앉아 목 주위를 팔로 감고…… 그다음에는 어떻게 해야 할지 생각이 나질 않았다. 그런 생각을 하면 할수록 내 가슴은 더욱 두근거렸고, 속수무책이었으며, 온몸에는 힘이 빠졌다. 악동은 일부러 우리 둘만 남겨 두었다. 〈수업 시간에 답을 가르쳐 줘야 해〉라며 협박조로 말하곤 집을 뛰쳐나갔다. 그래, 이제 그녀와 입을 맞춰야 해. 그녀에게 가서 키스를 할 테야. 일어나 그녀에게 가자. 갑자기 나는 내가 실제로 일어나서 그녀에게 가고 있는 것을 혼란스럽게, 거의 경악하면서 깨달았다. 바느질감을 든 채 일어선 소녀의 두 손은 떨렸고, 입은 놀라움으로 반쯤 열려 있었다. 우리는 서로 이마를 부딪쳤다. 그게 전부였다.

소녀는 몸을 돌려 격렬히 숨을 몰아쉬더니 울음 섞인 목소리로 말했다. 「당신을 정말 좋아해요. 당신을 사랑해요!」 나도 울고 싶었고, 어찌해야 할 바를 몰랐다. 「누가 와요.」 나는 불쑥 어리석은 말을 내뱉었다. 소녀는 흐느낌을 멈췄다. 그러나 그것은 그 격렬한 순간의 종말이기도 했다. 나는 얼굴을 붉힌 채 당황스러워하면서 책상을 향해 서서 공책들을 정리하기 시작했다. 그녀는 바느질감을 눈가에 바짝 대고 앉아 무릎을 심하게 떨고 있었다. 「그럼 이만 가겠어요.」 나의 우물거리는 말에 그녀의 입가에는 얌전하고 겁을 먹은 듯한 미소가 스쳐 갔다.

다음 날 악동은 모든 내막을 안다는 표정으로 비아냥거리며 내게 말을 걸었다. 「네가 내 동생하고 무슨 짓을 하고 있는지 다 알아!」 악동은 한쪽 눈을 깜빡거렸다. 젊음이라는 것은 이상하게도 타협할 줄을 모르고 인과응보의 법칙을 따르는 시기이다. 나는 더 이상 그 집을 찾아가지 않았다.

9

결국 인생의 항로는 크게 보아 두 개의 힘으로 진행되며, 습관과 우연이 그것이다. 졸업 시험에 합격했을 때(시험이 너무 쉬워 실망할 정도였다), 나는 앞으로 무엇이 될 것인지에 대해 확실한 생각을 가지고 있지 않았다. 하지만 이전에 이미 두 번이나 누군가를 가르쳐 보았기 때문에(그리고 그 두 경우가 나 자신을 중요하고 대단하게 느끼게끔 했던 시기였기에) 남을 가르친다는 일은 내겐 조금이나마 습관의 형태를 지니는 유일한 것이었다. 그래서 나는 철학과에 등록하기로 마음을 굳혔다. 아버지는 만족했는데, 김나지움 선생이 된다는 것은 아버지에게는 공직과 연금을 의미했기 때문이다. 이미 나는 키가 훤칠하고 의젓한 젊은이가 되어, 신부님과 행정관, 그 밖의 명사(名士)들과 함께 하얀 테이블보가 덮인 식탁에 앉을 수 있었으며, 꽤 우쭐거리면서 지냈다. 이제 내 앞에는 인생이 있다. 갑자기 나는 이 지방 명사들이 얼마나 소시민적이고 시골스러운 존재들인지를 깨닫게 되었다.

나는 그들보다 내가 더 높은 곳에 도달해야 한다는 소명감을 느끼며, 원대한 계획을 품고 있는 사람처럼 은밀한 표정을 지었다. 그러나 그 또한 미지의 세계로 발을 들이미는 데 대한 불안감과 약간의 두려움의 표현일 따름이었다.

여행 가방을 들고 프라하 역에 내려 얼떨떨해하던 당시가 내 인생에서 가장 곤혹스러웠던 때가 아니었나 싶다. 이제 어디로 가야 하나? 발 옆에 가방을 내려놓은 채 어쩔 줄 몰라 하는 내 모습을 많은 사람들이 뒤돌아보며 비웃는 것 같았다. 나는 짐꾼들의 왕래에 방해가 되고 있었고, 사람들은 나를 밀쳐 댔으며, 마부들은 내게 소리를 질렀다. 「젊은 양반, 어디로 가시게요?」 당황한 나머지 나는 거리에서 허둥대기 시작했다. 「여보시오, 가방을 가지고 도로에서 비켜요!」 경관이 내게 외쳤다. 나는 옆길로 몸을 피했지만 목적지도 없이 어디로 가야 할지 몰랐고, 가방만 이 손에서 저 손으로 옮겨 들었다. 어디로 가야 하지? 생각이 떠오르지 않았고, 나는 뛰어야만 했다. 멈춰 선다면 더 낭패일 것 같았다. 손가락이 뻣뻣해지고 아파서 마침내 나는 가방을 떨어뜨리고 말았다. 그곳은 조용한 거리였고, 고향의 광장처럼 포장된 도로 틈 사이로 풀이 자라나고 있었다. 바로 눈앞에 보이는 집 대문에 쪽지가 한 장 붙어 있었다. 〈미혼 남성용 방 임대.〉 나는 이루 말할 수 없는 안도의 한숨을 내쉬었다. 이럴 수가. 어쨌든 찾은 거야.

나는 벙어리 노파가 세를 놓는 그 방을 계약했다. 방에는 침대와 소파가 있었고, 퀴퀴한 냄새가 났지만 상관없었다. 적어도 나는 안전한 곳을 찾은 것이다. 너무 흥분한 탓에 몸살이 났고, 아무것도 먹을 수가 없었다. 하지만 체면상 식사를 하러 나가는 척했고, 거처를 잊어버릴까 봐 조마조마해하며 거리를 헤맸다. 그날 밤 나는 날카로워진 신경과 열 때문에 수많은 꿈을 꾸며 뒤척거렸다. 새벽이 되어 잠에서 깨었을 때 침대가에는 한 뚱뚱한 친구가 앉아 있었다. 그는 맥주 냄새를 풍기며 어떤 시를 암송하고 있었다.「놀랬나?」그는 짧게 말한 후 시 암송을 계속했다. 나는 내가 아직 꿈을 꾸고 있나 보다 생각하며 눈을 감았다.「어럽쇼. 이것도 물건이네.」그 친구는 옷을 벗기 시작했다. 나는 침대에 일어나 앉았다. 그 친구는 침대가에 앉은 채 구두를 벗었다.「또 다른 멍청이한테 익숙해져야 하다니.」그는 한숨을 내쉬었다.「전에 같이 살던 녀석의 입을 틀어막느라고 얼마나 애를 먹었는지 알아? 그런데 이제 넌 미련퉁이처럼 잠만 자려고 들어?」그는 불평을 늘어놓았다. 나는 누군가 내게 말을 건다는 것이 매우 기뻤다.「그게 무슨 시였지?」나는 그에게 물었다. 그 친구는 버럭 화를 냈다.「시라구! 너 같은 얼간이가 나와 시에 대해 이야기하자는 거냐? 똑똑히 들어.」그는 화가 나 더듬더듬 말했다.

「나하고 지내려면 바보 같은 파르나시앵[1]에 대해 말을 걸

---

[1] parnassien. 고답파(高踏派) 시인을 뜻한다. 감성을 배격하고 이지적이

생각일랑 집어쳐. 네까짓 게 시가 뭔지 알기나 해!」 그는 손에 구두 한 짝을 들고 안을 들여다보며 나지막하고 감미로운 목소리로 시를 외우기 시작했다. 나는 기쁨으로 몸을 떨었다. 그 모든 것이 내게는 매우 새롭고 신기했다. 시인은 낭송이 끝난 것을 알리는 듯 문 쪽으로 구두를 던지고는 일어났다. 「에이, 제기랄.」 그는 또다시 한숨을 내쉬었다. 그는 불을 끄고 소파에 무겁게 내려앉았다. 한동안 그가 뭐라고 중얼거리는 소리가 들렸다. 잠시 후 어둠 속에서 그가 물었다. 「이봐. 어떻게 되는 거지? 〈주의 천사여, 나의 수호자여…….〉 넌 그것도 모르니? 너도 나와 같은 돼지가 되면 까먹을 거야. 두고 보라니까, 얼마나 잊어버리게 되는지…….」

아침이 된 후에도 그는 얼굴이 퉁퉁 부어오르고 머리가 헝클어진 채 잠이 들어 있었다. 잠에서 깨어나자 그는 나를 희미한 눈으로 더듬어 보았다. 「철학과에 등록한다구? 뭐 하려고? 이봐, 왜 하필 그따위 생각을 했나!」 그러면서도 그는 나를 수호신처럼 품고 다니며 대학을 구경시켜 주었다. 여기는 어디고, 저기는 어디고, 염병할……. 나는 황당해하기도, 감탄하기도 했다. 그러니까 이곳이 프라하이고, 이런 사람들이 살고 있는 곳이다. 이게 이 도시의 삶이고, 나는 그에 맞춰 행동

며 실증적인 정신을 중시한 1860년대 프랑스 시 문학의 한 유파로, 현실과는 동떨어진 예술 지상주의를 주장했다. 이하 〈원주〉라고 표시하지 않은 모든 주는 옮긴이의 주이다.

해야 한다. 며칠이 지나자 나는 대학 생활을 대충 익혔고, 강의 내용 중 이해하지 못하는 게 있으면 공책에 적어 두었다. 밤이 되면 술 취한 시인과 함께 시와 여자와 삶에 대해 대화를 나누었다. 그런 생활은 시골뜨기인 내 머리를 어지럽게 만들었지만 나쁘지 않은 느낌이었다. 그 외에도 볼 것이 많았다. 전체적으로 그건 한꺼번에 일어나기에는 너무 많은 일이었고, 내 마음을 사로잡다가 혼란과 격정이 되어 버렸다. 뚱뚱한 주정뱅이 시인과 그의 번뜩이는 설법이 없었더라면, 나는 아마 성실하고 외로움을 타는 공부벌레로 되돌아갔을 것이다. 「그건 개똥 같은 거야.」 그는 단정적으로 말했고, 그 한마디로 모든 게 정리되었다. 오로지 시만이 그의 무자비한 경멸의 대상에서 부분적으로나마 벗어나는 유일한 것이었다. 나는 인생사에 대한 그의 냉소적인 당당함을 기꺼이 받아들였고, 그는 내게 새로운 느낌들과 이겨 내야 할 많은 어려움들을 훌륭히 극복하는 데 도움을 주었다. 나는 모든 것을 비웃을 수 있는 내 모습이 자랑스럽고 만족스러웠다. 그로 인해 내가 부정하는 것에 대해 얼마나 한없는 우월감을 느꼈던가! 나의 모든 화려한 자유와 공인된 성숙에도 불구하고, 내 손에 붙잡히지 않는 삶에 대한 낭만적이고 고통스러운 꿈으로부터 자유로워지지 않았던가! 젊은이는 눈에 보이는 모든 것을 원하고, 가질 수 없으면 화를 낸다. 그 때문에 그는 세상과 사람들에게 복수하고, 그들을 부정할 수 있는 어떤 것을 찾는다. 그러고는 자신의 마음속에 일어나는 격랑을 시험해 보려 한다. 빈둥거리는 밤, 인생의 가장자리로의 탐험, 장황하기 그지없는 토론과 이성 경험을 위한 사냥이 시작된다. 마치 그것들이 남자의 가장 자랑스러운 트로피인 양.

아마 다른 이유도 있었을 것이다. 어쩌면 그 8년의 답답한 인문 학교 시절의 야만스러움과 난센스가 내 마음속에 쌓였고, 이제 발산되어야 했는지도 모른다. 어쩌면 수염이 자라고, 흉선(胸腺)이 사라지는 것처럼 젊음의 당연한 현상인지도 모른다. 그 체험은 분명 필요하고 자연스러운 일이지만, 삶 전체로 따져 볼 때 그것은 생소하고 혼란스러운 시기이며, 시간의 커다란 낭비이며, 우리가 삶의 의미를 훼손하는 데 성공할 때 느끼는 기쁨 같은 것이었다. 나는 더 이상 대학에 등록을 하지 않았고 시를 썼다. 내 생각엔 형편없는 시들이었는데, 그럼에도 불구하고 잡지에 실렸고, 이제는 그 시에 관해 아는 사람은 아무도 없다. 그 시들을 보관하지 않았고, 전혀 기억에 남아 있지 않아 마음이 편하다.

난리가 난 것은 당연했다. 아버지가 나를 찾아와 끔찍한 소동을 벌인 것이다. 당신은 그렇게 살겠다는 아들놈에게 낭비할 돈을 보내 줄 바보가 아니라고 했다. 모욕감을 느낀 나는 양심의 가책은 있었지만 의기양양하게 대들었다. 경제적으로 독립하는 모습을 보여 주리라. 나는 철도청 하급 공무원 자리에 구직 원서를 보냈고, 놀랍게도 긍정적인 회답을 받았다.

10

나는 프라하의 프란츠 요세프 역 발송계로 수습직 발령을 받았다. 어두운 플랫폼이 내다보이고 온종일 불을 켜놓아야 하는 역 사무실은 섬뜩하고 갑갑한 동굴 같았고, 그곳에서 나는 통과 운임 따위를 계산하는 일을 했다. 창문 앞으로는 누군가를 기다리거나 어디론가 떠나가는 사람들이 지나갔다. 사람들이 출발하고 도착하느라 긴장되고 거의 격앙된 분위기가 흐르고 있는 반면, 창문 뒤에 앉아 있는 나는 무의미하기 짝이 없는 숫자들만 긁적거렸다. 그런 생활에서 할 일이라고는 가끔 플랫폼에 서서 사지를 펴고 무심한 표정을 짓는 일이 고작이었다. 그곳이 나의 집이었다. 또 한편으로는 이루 말할 수 없이 공허한 권태가 느껴졌다. 내가 자립한 남자가 되었다는 것이 유일한 만족이었다. 그래, 나는 수학 문제를 풀던 시절처럼 지금도 고개를 숙이고 있다. 그러나 그때는 단지 인생을 준비하던 시기였지만, 이제는 삶 그 자체를 살고 있는 것이다. 이것은 아주 커다란 차이다. 나는 작년

내내 함께 시간을 탕진했던 친구들을 비웃기 시작했다. 그들은 미성숙하고 독립하지 못한 아이들인 반면, 나는 이미 내 두 다리로 서는 남자가 되었다. 나는 그들과 어울리기를 피했고, 그보다는 점잖은 어른들이 자신들의 걱정거리나 주장을 늘어놓는 고상한 술집에 가는 것을 좋아했다. 신사 여러분, 나는 여기 그저 앉아 있는 게 아닙니다. 성인으로서 피곤하고 지루한 일을 하며 생계를 영위하는 사람이지요. 먹고살기 위해 해야 하는 일은 끔찍하기 짝이 없어요. 일터에는 온종일 쉬쉭 소리가 나는 가스 등불이 켜져 있는데, 참기 힘든 노릇입니다. 내가 수습 공무원이든 뭐든 간에, 여러분, 나는 인생이 뭔지 압니다. 왜 그런 일을 택했느냐고요? 가정 형편 같은 이유에서지요. 어린 시절 우리 동네에 철도가 놓였고, 난 기차 승무원이나 광산에서 광차를 모는 사람이 되고 싶었습니다. 아시다시피 그건 소년기의 이상이었고, 그러다가 이제는 통지서 따위를 긁적거리고 있죠. 모두 저마다의 걱정거리가 있는 어른들은 아무도 내게 관심을 기울이지 않았고, 나는 피로에 지쳐 잠자리에 누우면 다시 열이 나 온통 땀에 젖을까 봐 집에 가기를 막연히 두려워했던 것이다. 그건 어두운 사무실 때문이었다. 아무도 그 사실을 알아선 안 되었다. 수습 공무원은 병이 나선 안 되었고, 병들면 해고를 당할 터였다. 밤에 무슨 일을 겪는지는 자신만의 것으로 간직해야 했다. 내가 꿈을 꿀 수 있는 여유를 지닐 만큼 많은 경험을 했던 것이 그나마 다행이었을까. 그 꿈은 또한 얼마나 무거웠는지. 모든 것이 뒤죽박죽으로 혼란스럽고 끔찍했다. 이것은 실제 상황의 진지한 삶이고, 나는 그로 인해 죽어 가고 있었다. 사람이 인생의 가치를 이해하기 위해선 어떻게든 인생을 내던져야 한다.

내 인생의 이 기간은 일종의 끝없는 독백의 시기였다. 독백이란 지독한 것이며, 어느 정도는 자기 파멸이자 우리와 삶을 결속시키는 사슬을 부서뜨리는 일이다. 독백하는 사람은 고독할 뿐만 아니라 끝장난 사람이다. 나의 내면에 어떤 반항 같은 게 있었는지 모른다. 나는 사무실 생활에 대해 나를 파멸시킬 일종의 분노의 쾌락을 느끼기 시작했다. 기차가 떠나고 닿는 그 격앙된 서두름, 늘 똑같은 번잡과 무질서, 역이 나를 그렇게 만들었고, 특히 대도시의 역은 피가 몰려 충혈된 듯이 붐볐으며, 어떻게 보면 곪은 상태의 신경절(神經節) 같은 곳이었다. 왜 그다지도 많은 건달들, 좀도둑, 뚜쟁이, 창녀, 별종의 군상(群像)들이 역으로 몰려드는지 모르겠다. 아마 도착과 출발 사이를 떠도는 사람들은 이미 자신들의 익숙한 궤도에서 이탈하여, 말하자면 모든 종류의 악이 번성하는 데 비옥한 토양 구실을 하기 때문일 거라는 생각이 든다. 나는 이 희미한 몰락의 냄새를 즐겨 맡았다. 그건 나의 열에 들뜬 기분과, 복수심으로 몰락과 죽음을 갈망하는 감정과 어울리는 상태였다. 또한 어떤 승리를 거둔 것 같은 만족감도 작용했다. 한 1년 전쯤 나무로 된 여행 가방을 들고 얼빠진 시골 샌님이 어디로 가야 할지를 모르면서 여기 플랫폼에 나타났었다. 이제는 무관심과 권태에 질린 채 통지서 나부랭이를 흔들며 선로를 건너다니고 있다. 이 시기에 나는 얼마나 먼 곳까지 가서 어리석고 수치스러운 세월들을 보냈던가. 굉장히 멀리, 거의 끝까지 갔던 것이다!

어느 날 나는 서류 더미를 내려다보다 손수건에 피를 조금 토했다. 그 피를 바라보며 놀라는 동안 훨씬 더 많은 양의 피가 나왔다. 내 주위로 몰려든 사람들은 놀라 어쩔 줄을 모르는데, 한 나이 든 공무원이 땀에 젖은 내 이마를 수건으로 닦아 주었다. 나는 나 자신이 고향의 마르티네크 아저씨처럼 느껴졌다. 그는 일하는 도중에 각혈을 했고, 목재 더미에 앉아 무서울 정도로 창백해지고 땀에 젖은 얼굴을 두 손에 파묻었다. 나는 영문을 모른 채 두려운 마음으로 멀리 떨어져 그를 바라보았다…… 이제 나는 그때와 같은 강한 두려움과 소외감을 느꼈다. 까맣고 느릿느릿한 딱정벌레같이 생긴, 안경 낀 그 공무원은 나를 집으로 데려가 침대에 뉘었다. 그는 나를 자주 찾아오기까지 했는데, 내가 겁을 내는 걸 보았기 때문이다. 며칠이 지나 나는 다시 자리에서 일어났으나, 무슨 일이 일어났는지 알지 못했다. 살고 싶다는 충동이 거세게 일었고, 비록 그 나이 든 공무원처럼 조용하고 느릿느릿하더라도, 가스등이 나지막하고 고집스럽게 쉭쉭거리는 사무실 책상에 앉아 서류를 넘기고 싶은 욕구를 느꼈다.
 그 당시 역의 〈윗사람〉 중에는 아주 사리에 밝은 사람이 있어, 내 건강 상태를 조사하는 데 별 소란을 피우지 않고 나를 산골에 있는 역으로 전근시켜 주었다.

11

 그곳은 세상의 끝 그 자체였다. 그곳에서 기찻길은 끝나고, 역 뒤로 조금 가면 적치장이 있고 녹슨 선로 부근에는 냉이와 억새풀이 무성하게 자라나 있었다. 기차는 더 이상 달릴 곳이 없었고, 좁은 계곡이 휘어지는 곳에는 초록빛 개여울이 소리를 내며 흘렀다. 주머니의 바닥처럼 그곳이 끝이었고, 더 이상은 아무것도 없었다. 내 생각에 철도가 여기까지 놓인 이유는 오로지 제재소의 목재와 사슬로 묶은 길고 곧은 통나무를 운반하기 위해서인 것 같았다. 역과 제재소 외에 그곳에는 술집과 몇 채의 통나무집, 나무토막같이 생긴 독일인들과 바람에 울려 오르간 소리를 내는 숲이 있을 뿐이었다.
 역장은 무뚝뚝하고 해마처럼 생긴 사람이었다. 그는 나를 의심스럽게 훑어보았다. 〈이 애송이를 프라하에서 이리로 전근시킨 이유가 뭘까. 어쩌면 문책을 받은 건지도 모르지. 눈여겨봐야겠어.〉 하루에 두 번씩 두 대의 차량이 달린 객차가 다녔고, 톱과 도끼를 든 한 무리의 털북숭이들이 그곳에 내렸다. 그들의 주황색 머리에는 녹색 모자가 씌워져 있었다. 기차의 도착을 알리는 신호가 땡땡 울리면 사람들은 하루 일과의 대사(大事)를 거들기 위해 플랫폼으로 모여들었다. 뒷짐 진 역장은 차장과 이야기를 나누었고, 기관사는 맥주를 마시러 갔으며, 화부(火夫)는 지저분한 걸레로 기관을 훔쳤다. 그러고 나면 다시 고요해졌다. 조금 떨어진 곳에서 열차에 목재를 싣는 요란한 소리가 들릴 따름이었다.

그늘진 조그만 사무실에서는 전신기가 타닥거리며 제재소 사장이 자신의 도착을 알려 왔다. 저녁이 되면 콧수염 달린 마부가 역전에 마차를 댈 테고, 처량한 모습으로 붉은 털의 말 등에 달라붙은 파리들을 쫓을 것이다. 「이랴, 쯧쯧.」 마부가 간간이 카랑카랑한 소리를 지르고 말들은 발길질을 한다. 그러고는 또다시 조용해진다. 그때 두 대의 차량이 달린 기차가 칙칙 소리를 내며 도착하고, 역장은 조금 위엄을 갖추곤 믿음직스럽게 이 부자 제재소 사장에게 경례를 한다. 제재소 사장은 상당히 높은 억양으로 지껄이며 마차에 올라탄다. 역에 서 있는 다른 모든 사람들은 나지막이 웅얼거린다. 그러면 이미 하루는 끝이 난다. 이제 술집으로 가는 일 외에는 남은 일이 없었다. 술집에는 역과 제재소와 영림서(營林署)의 우두머리들이 앉는 자리로 하얀 테이블보가 덮인 식탁이 하나 있었다. 또는 잠시 선로를 따라 풀과 냉이가 자라는 곳까지 걸어가 목재 더미 위에 앉아 싸늘한 공기를 마시는 일을 할 수 있었다. 목재 더미 위 높은 곳에 아이가 앉아 — 아니, 그곳은 그다지 높지 않았다. 예전의 아이는 단추를 꼭 채운 공무원 셔츠에 역무원 모자를 쓰고 흥미롭게 창백한 얼굴에 흥미로운 콧수염을 기른 어른이 되어 있었다. 〈저자를 왜 이리로 보냈을까?〉 세상 끝에 있는 역의 역장은 생각했다. 그렇습니다, 역장님. 바로 이럴 목적으로 이리로 보낸 겁니다. 고향 집에서처럼 목재 더미 위에 앉아 있으라고요. 고향으로 돌아가기 위해 사람들은 많은 길을 가야 한다. 많은 것을 배우고 많은 어리석은 일을 겪어야 하며, 나무와 송진 냄새가 나는 목재 옆에 있는 자신으로 돌아가려면 삶의 한 조각을 각혈해 뱉어 내야 한다. 사람들은 이곳이 폐에 좋다고 했다. 이미 어둠이 깔렸고 하늘에는 별들이 나타났다. 고향에도 별은 있었는데, 도시에는 없었다. 여기에서 보이는 별들은 믿을 수 없을 정도로 많았다. 별을 쳐다보면서 나는 인생에서 얼마나 많은 것을 경험했는지 아는 것이 뭐 그리 대단한 일인가, 하는 생각이 들었다. 그처럼 많은 별들이 빛나고 있었다. 이곳은 실로 세상 끝에 있는 마지막 역이었다. 선로는 풀과 냉이 속으로 뻗어 있었고, 그 뒤에는, 바로 적치장 뒤에는 벌써 우주가 나타났다. 강과 숲이 소리를 냈고, 그 뒤에는 우주가 소리를 냈다. 별들은 오리나무 잎새처럼 깜박이며 소리를 냈고, 산바람이 세상 사이를 가르며 불었다. 아, 그곳은 폐를 채우기에 좋은 곳이었다!

또는 송어 낚시를 한다고 쏜살같이 흐르는 강가에 앉아 낚시하는 흉내를 내거나, 그저 물속을 들여다보며 물의 흐름을 보기도 했다. 그것은 변함없이 똑같은 물결과 변함없이 새로운 물결이었고, 끝이 없었다. 아, 얼마나 많은 것이 이 물과 함께 흘러가는가! 마치 마음속 어떤 것이 떨어져 내리거나 흘러나와 이미 물이 데리고 가버리는 것 같았다. 사람의 어느 부위에서 나오는 것일까만, 쉬지 않고 우울과 슬픔 같은 것이 함께 사라져 갔고, 또다시 다음번을 위해 충분한 양으로 생겨났다. 고독도 그렇게 많이 흘러갔건만 결코 끝이 없었다. 나는 물가에 앉아 고독을 숲 쪽으로 뿜어내고 있었다. 마음속 무언가가 말했다. 그래, 잘하는 거야. 숨을 많이 들이쉬라고. 아주 깊게. 폐에 좋거든. 송어 낚시꾼은 한껏 공기를 들이마셨다.

그러나 나는 쉽게 굴복하지 않았고, 세상 끝에 있는 마지막 역과 타협하지도 않았다. 우선 내가 프라하에서 왔으며 하찮은 존재가 아니라는 것을 보여 줘야 했다. 약간 신비스러운 존재가 되는 것은 내 기분을 좋아지게 했고, 영림서 조수들과 코가 빨간 털북숭이 제재소 인부들 앞에서 산전수전을 겪어 본 사람 같은 표정을 지었다. 인생이 이 입가에 얼마나 깊고 아이로니컬한 선을 그어 놓았는지 보라니까. 그들은 그런 생각을 잘 이해하지 못했고, 그러기에는 너무나 건강한 사람들이었다. 그들은 산딸기를 따는 처녀들과 노닐던 행각이나 마을 무도회에서의 경험을 자랑했다. 또 일요일이면 오후 내내 나무 공놀이에 몰두했다. 흥미롭게 창백한 청년이었던 나는 시간이 지나면서 공놀이하는 모습과 나무 핀이 쓰러지는 것을 평화롭고 조용히 바라보는 자신을 발견하게 되었다. 강의 물결처럼 늘 똑같고 늘 새로운 생활. 선로가는 냉이와 억새풀로 뒤덮이고 있었다. 목재 더미가 운반되고, 또다시 새로운 더미가 쌓였다. 늘 똑같고 늘 새로운 반복. 그리고 나는 송어 다섯 마리를 잡았다. 어디에서? 바로 역 뒤에서. 이만한 놈들이었지. 가끔 나는 놀랐다. 이것이 인생이란 말인가? 그렇다. 이것이 인생이다. 하루에 기차 두 대가 오가고, 끊긴 선로에는 풀이 덮이고, 그 바로 뒤에는 병풍 같은 우주가 나타나는 것이.

흥미롭게 보이는 젊은이였던 나는 목재 더미 위에 앉아 느긋한 표정으로 몸을 숙여 돌멩이를 집어서 신호수가 기르는 암탉을 향해 던졌다. 자, 날뛰어 봐라. 이 바보야. 난 이미 분별력 있는 사람이 되었단 말이다!

12

지금 나는 그 모든 소음과 요동이 단지 궤도 변경의 과정에서 일어나는 현상일 뿐이라는 것을 알고 있다. 나의 내면이 뒤흔들릴 때 나는 산산이 부서지게 되겠지 하고 생각했지만, 그사이 나는 이미 인생의 올바르고 긴 궤도에 들어서고 있었다. 인생이 궁극적인 본궤도에 다다르게 되면 사람의 내면에는 어떤 보호 장치가 작동한다. 그때까지는 자신이 이런 또는 저런 존재가 되거나, 여기로 또는 저리로 가야 하나 하는 모호함이 있었지만, 이제는 자신의 의지보다 더 높은 정당성에 의해 자신이 결정된다. 그 때문에 내면의 자아는 이 흔들림이 바로 운명이라는 기차의 바퀴가 올바른 궤도로 진입하면서 내는 덜커덕 소리임을 모르는 채 좌충우돌한다.

이제 나는 모든 것이 유년기 때부터 올바르고 밀접한 연관성을 가지고 진행되었음을 알고 있다. 단순한 우연에 기인하는 것은 아무것도, 거의 아무것도 없었고, 모두가 필연의 사슬로 연결되어 있었다. 나의 운명은 유년기를 보내던 마을에 철도가 놓일 때 결정되었다고 볼 수 있다. 작고 오래된 마을의 좁은 세계는 갑자기 넓은 공간과 접촉하게 되었고, 세상으로 나아가는 길이 열렸으며, 마을은 장족의 발전을 하게 되었다. 마을은 그 이후로 엄청난 변화를 겪어 공장들이 솟아올랐고, 돈이 흘러 들어오고 극빈자들이 생기고…… 단적으로 말해 역사적 재탄생을 겪었다. 나는 그 당시에는 분명하게 의식하지 못했지만 아이의 폐쇄된 세계로 밀려 들어오는 그 새롭고, 소란스럽고, 남성적인 일들과 떠들썩한 철도 인부들, 온 세상에서 모여든 잡배들, 다이너마이트의 폭발음, 폭파되어 깎여진 언덕들에 매료당하고 있었다. 그 옛날 낯선 소녀에 대한 커다란 사랑 또한 그 매료의 한 표현이었다고 생각한다. 그 기억은 무의식 속에 남아 지워진 적이 없었다. 그런 게 아니라면 왜 기회가 생기자마자 대뜸 철도청에 취직하려 들었겠는가?

공부를 하던 시절은 또 다른 인생의 선로였음을 안다. 그때 얼마나 향수에 시달리며 방황했던가! 그러나 그 대신 나는 주어진 의무를 완수함으로써 만족과 자신을 얻었다. 수업 시간과 숙제라는 미리 규정된 길을 따르는 것은 내게 위안이 되었다. 거기에는 일종의 질서가 있었고, 내가 달릴 수 있는 고정된 선로가 있었다. 내게는 분명 공무원으로서의 천부적 기질이 있다. 스스로 제 기능을 잘 발휘하고 있다는 느낌을 가지기 위해선 나의 삶은 의무감에 의해 지시되어야 한다.

그렇기 때문에 프라하에 간 후로 나를 인도해야 할 곧고 안전한 궤도에서 이탈하자 파국을 만났던 것이다. 어느 날 갑자기 나는 강의 시간표나 다음 날 아침까지 마쳐야 할 과제 따위를 아랑곳하지 않게 되었다. 더 이상 다른 권위가 나를 제압하지 못했기 때문에 그 뚱뚱한 주정뱅이 시인의 야성적인 권위에 복종하고 말았다. 이처럼 뻔한 경우였는데, 그 당시 나는 내가 경험 부족이라고 여기고 있었다. 그 시절 나는 여느 학생들처럼 시라는 것도 썼으며, 마침내 나 자신을 발견했노라고 생각했다. 철도청에 취직하려 한 것은 아버지에게 과시하려는 반항심에서 비롯된 행동이었다. 전혀 의식하지 못했지만, 사실 나는 이미 공고한 나만의 궤도를 가지려 했던 것이다.

너무 지나친 과장일지는 모르겠으나, 하찮은 것이지만 분명히 또 다른 뭔가가 있었다. 나의 궤도 이탈은 가방을 들고 어쩔 줄 몰라 하며 플랫폼에 서서 수치심과 당혹감으로 거의 울음을 터뜨릴 뻔했던 바로 그 순간에 시작되었다. 오랫동안 나는 그때의 패배를 수치스럽게 생각했다. 어쩌면 그 고통스럽고 자존심 상하는 순간을 나 자신에게서 지워 내고 만회하기 위해 철도청 직원이 되었고, 나중에는 좀 더 높은 간부 공무원이 되었는지도 모른다.

이와 같은 설명은 사실, 지금의 관점에서 보는 회상이다.

그러나 때로는 지금 경험하는 순간이 뭔가 나의 삶에서 오래전에 일어났던 어떤 일과 연관이 있다고, 이미 예전에 경험했던 어떤 것이 그 순간 완성되고 있다고 분명하게 느껴질 때가 있었다. 예를 들어 역 사무실의 가물거리는 등불 아래에서 보고서를 작성하던 때 말이다. 그래! 그때가 펜을 물어뜯으며 숙제를 끝내야 한다는 걱정에 쫓겨 미친 듯 공부를 파던 때나 전 생애에 걸쳐 떨쳐 버리지 못했던, 나 자신이 모든 숙제를 해낸 성실한 학생이라는 느낌을 가졌을 때와 똑같지 않은가! 이 뭔가 오래전에 일어난 일과 아득하면서도 놀랍게도 분명한 연관성을 의식하는 순간들은 어떤 신비하고 위대한 것의 현시(顯示)처럼 묘하게 나를 흥분시켰다. 그 순간들에서 인생이 이해될 때는 아주 드물지만, 인생은 보이지 않는 연관성들로 점철된 심오하고 필연적인 단일체로 나타났다. 세상 끝에 있는 마지막 역에서 아버지의 소목 공장 마당을 연상시키는 목재 더미 위에 앉아 있을 때 나는 난생처음으로 경이로움과 무상함을 느꼈고, 인생의 아름답고 단순한 질서를 좇으며 살기 시작했다.

13

 어느 정도 시간이 지나서, 나는 좀 더 중요한 역으로 자리를 옮기게 되었다. 그 역은 사실 별로 크지도 않고 평범한 역이었으나 중앙 철도망에 속해 있었고, 하루에 여섯 번 — 물론 멈춰 서지는 않았지만 — 대형 특급 열차가 지나갔다. 역장은 아주 심성이 좋은 독일인이었다. 그는 온종일 사기로 된 파이프를 물고 있었다. 그러다가 특급 열차가 지나가는 신호가 울리면 파이프를 구석에 놓아두고 머리를 빗은 후, 국제선 기차에 걸맞은 예의를 표하기 위해 플랫폼에 다가섰다. 역은 매우 깔끔했고, 창문은 모두 피튜니아 꽃으로 장식되었으며, 어디에나 로벨리아와 한란이 담긴 꽃바구니가 놓여 있었다. 역에 딸린 정원은 라일락과 재스민과 장미로 가득했고, 통제소와 신호실 옆 화단에는 물망초와 금잔화가 만발했다. 창문과 신호등과 녹색 페인트가 칠해진 물 펌프 등 모든 것이 깨끗이 닦여 빛을 발했는데, 그렇지 않으면 노신사 역장은 매우 화를 내며 불평을 터뜨렸다. 「이게 무슨 짓인

가. 국제선 특급 열차가 이곳을 지나가는데, 이렇게 더럽게 해놓다니!」 오물이 휴지 조각 같은 것일지라도 다가오는 장엄한 순간 앞에서 용인될 수는 없었다. 저 언덕 너머로 둔탁하게 포효하는 소리를 내며 덩치가 크고 힘이 넘치는 특급 열차의 가슴이 드러나고 있었고, 노신사가 세 발짝 앞으로 나아가자 기차는 이미 굉음을 울리며 지나쳐 갔다. 기관사가 수인사를 하고 계단에 선 차장들이 경례를 붙이면, 노신사는 거울처럼 반들거리게 닦인 구두 뒤꿈치를 딱 붙여 선 채 손을 자신의 붉은 모자 쪽으로 점잖게 들어 올렸다(다섯 발걸음 뒤로 흥미롭게 창백한 얼굴에 높은 챙 모자를 쓰고, 엉덩이 부분이 닳아 윤이 나는 바지를 입고, 남들보다 조금은 무심하게 경례를 붙이는 사람은 나였다). 그다음 노신사는 푸른 하늘과 깨끗한 창문, 만개한 피튜니아 꽃들과 갈퀴로 반듯하게 고른 모래함, 잘 닦인 자신의 구두와 특별히 특급 열차가 지나갈 때를 대비하여 잘 손질해 놓으라고 명령한 듯한 선로를 둘러보며 만족스럽게 코를 매만졌다. 〈좋아, 모든 게 제대로 되어 있군〉 하고는 다시 파이프를 피우러 안으로 들어갔다. 그와 같은 의식(儀式)은 하루에 여섯 번이나 거행되었지만, 항상 변함없이 장엄하고 엄숙하게 치러졌다. 제국의 모든 철도 관계자들은 노(老)역장과 그의 모범 역을 알고 있었다. 축제와도 같은 그 통과 의식은 모든 사람들이 기대하는 진지하고도 유쾌한 유희였다. 매주 일요일 오후가 되면

치장된 플랫폼에서는 야유회가 개최되었고, 맵시 있게 차려입은 마을 사람들이 로벨리아가 담긴 꽃바구니 아래를 공손한 태도로 조용히 지나가면 노신사는 뒷짐 지고 선로변을 오가면서 기관의 책임자답게 모든 게 정상인지를 점검했다. 그곳은 그의 역이자 가정이었다. 기적이 일어나 의로운 영혼들에게 보상과 영광이 주어진다면, 어느 날엔가는 국제선 특급 열차(12시 17분 기차)가 멈춰 서고 황제가 잠시 기차에서 내릴지도 모른다. 황제는 모자 쪽으로 두 손가락을 들어 올리며 말할 것이다. 〈역을 아주 훌륭하게 꾸며 놓았구먼, 역장. 자네의 역은 자주 내 눈길을 사로잡았네.〉

역장은 자신의 역을 사랑했고, 철도와 관련된 모든 것을, 그중에서도 특히 기차의 동력 기관을 사랑했다. 그는 어떤 기관이든 일련번호와 장점을 알고 있었다. 「저건 오르막길을 잘 달리지는 못하지만, 저 맵시를 좀 보시오!」 「여기 이건 아주 길이가 길지…… 반드시 한번 몰아 볼 만한 기관차요!」 역장은 기관을 여성을 대하듯 했으며, 자신의 감탄과 기사도 정신을 표현하는 데 주저함이 없었다. 「그래, 저 뭉툭한 연통이 달린 땅딸막하고 불룩한 36 시리즈를 비웃겠지. 하지만 그 대신 그녀의 나이가 얼마나 됐는지 생각해 보란 말일세, 새파랗게 젊은 친구야!」 특급 열차의 기관에 대한 그의 열정은 절대적이었다.

「저 짧고 다부진 연통, 저 불룩한 가슴, 저 바퀴들을 보게.

그녀는 아름다움 그 자체일세.」 그의 인생은 전광석화처럼 자신을 지나쳐 가는 기관차의 아름다움에 흠뻑 젖어 있었다. 바로 그 아름다움을 위하여 그는 구두를 닦았고, 그 아름다움을 위하여 창문을 피튜니아로 장식했으며, 아무 데에도 티끌만 한 결점이 없는 기관차를 바라보았다. 행복한 인생에 필요한 처방은, 사물에 대한 사랑에서 우러나오는 일은 얼마나 단순한지 모른다.

또한 그 역을 중심으로 심성 좋은 사람들이 모여 지내는 것은 참으로 놀라운 일이었다. 전신 기사는 내성적인 성격에 말을 더듬는 젊은이로, 우표 수집가이기도 했다. 그는 우표를 모으는 자신의 취미를 아주 창피스러워했는데, 항상 우표들을 재빨리 서랍 속에 감추고는 머리끝까지 얼굴을 붉혔다. 우리 모두는 그 일을 전혀 모르는 체하며, 입수되는 모든 우표를 그의 책상 위에 몰래 떨어뜨려 두거나, 서류나 그가 읽고 있는 책 사이에 끼워 놓곤 했다. 모두들 자기 손을 거쳐 가는, 외국에서 온 편지들에서 우표를 떼어 내는 것 같았다. 그것은 규정 위반이었기 때문에 역장은 전혀 모르는 듯 처신했다. 우리의 비밀 작전 중 금지된 부분을 수행하는 일은 나의 임무였다. 얼마 후 역장은 대단한 열의를 가지고 소심한 전신 기사를 상대로 하는 장난에 한몫 거들기 시작했다. 그 딱한 젊은이는 자신의 낡은 외투 호주머니 안에 페르시아 우표가 들어 있는 걸 보았고, 간식을 싸가지고 온 구겨진 종이를 펴다가 콩고 우표와 마주쳤다. 등잔 밑에는 용이 그려진 중국 우표가 놓여 있었고, 손수건을 펴면 볼리비아 우표가 떨어졌다. 그의 얼굴은 어김없이 새빨개졌고, 눈에는 감격과 탄복의 눈물이 가득했다. 그는 우리를 흘끗 곁눈질했지만, 우리는 완벽하게 시치미를 뗐다. 아무도 우리 중에 우표를 수집하는 사람이 있다는 티를 내지 않았다. 행복한 성인들의 유희였다.

검표원은 쉴 새 없이 투덜거리며 하루에 열 번씩 플랫폼에 물을 뿌려 댔고, 역에서 무질서와 혼란을 일으키는 고약한 인간들에게 야유를 퍼부었다. 마음 같아선 아무도 역 안으로 들여놓고 싶지 않았겠지만, 광주리와 짐 꾸러미를 든 노파들을 어쩌겠는가? 그는 늘 다른 사람들에게 겁을 주었으나 아무도 그를 무서워하지 않았다. 그의 삶은 고달팠지만, 국제선 특급 열차가 역을 흔들어 놓을 때면 불평을 그치고 가슴을 폈다. 그곳의 모든 질서를 유지하는 일이 자신의 역할이라는 것을 알리기 위해서였다.

신호수 노인은 우수에 젖은 독서광이었다. 그의 눈매는 고향 집 마르티네크 아저씨나 학창 시절 죽은 친구의 눈처럼 아름답고 잔잔했다. 옛사람들이 연상되어 가끔 나는 나무로 지어진 노인의 신호실을 찾아가 좁은 의자에 앉아 말없는 노인과 함께 한참 여자들은 왜 그럴까, 또는 죽은 후에는 무엇이 있을까 따위의 두서없는 명상을 했다. 명상은 왠지 모르게 한숨을 쉬며 끝이 났으나, 그런 시간마저도 고요하고 평화롭게 느껴졌다. 우리 불쌍한 인간은 이승과 저승의 일들을 있는 그대로 받아들여야 하지 않을까 하는 생각을 하면서.

창고 관리인은 자식이 아홉이나 되었다. 그의 아이들은 대개 창고 안에서 지냈고, 누군가 들어오면 쥐들처럼 재빨리 궤짝 뒤로 숨었다. 그것은 규정 위반이었지만 타고난 자식 복을 어쩌란 말인가? 정오가 되면 한 놈의 머리가 다른 놈보다 좀 더 금발이던 아이들은 키 순서대로 난간에 앉아 살구파이를 먹곤 했는데, 양쪽 귀에 닿을 만큼 온 얼굴에 잼이 묻었다. 그 아이들의 아버지였던 관리인이 어떻게 생겼는지, 어떤 사람이었는지는 기억에 없다. 다만 잔뜩 주름 잡히고 헐렁하던 그의 바지가 떠오르고, 그것이 아이들을 키우는 아버지의 고달픔을 표현했던 것 같다. 그런 인간들이 그 역에 어울려 살아가고 있었다. 그들 모두는 양심적이고 정겨운 사람들이었고, 그렇게 좋은 사람들을 많이 사귀었던 것 또한 분명 내 평범한 인생의 한 부분이었다.

언젠가 나는 기차 뒤에 서서 발차(發車) 준비를 하고 있었다. 반대편에서는 신호수가 선로 기사와 함께 걸어왔다. 그들은 내가 근처에 있는 줄도 모르고 나에 관한 이야기를 나누고 있었다.

「좋은 친구예요.」 선로 기사가 말했다.

「심성이 꽤 고운 사람이지.」 말이 느린 신호수가 중얼거렸다.

  그곳의 삶은 그랬고, 그곳이 우리의 집이었다. 나는 내가 본래 행복하고 단순한 사람인 것처럼 보이기 위해 즉각 사람들과 거리를 두는 생활을 했다.

14

그와 같은 기차역은 나름대로 하나의 세계를 이룬다. 역은 울타리 너머의 다른 세계보다 선로로 연결된 모든 역들과 더 많은 접촉을 한다. 노란 우편 마차가 기다리고 서 있는 역전 공간의 일부까지 우리 역에 속하지만, 시내로 들어가는 것은 낯선 지역으로 들어가는 것이나 다름없다. 시내는 더 이상 역무원들의 영역이 아니며, 거의 아무런 공통점이 없는 이질적인 장소이다. 역에는 〈관계자 외 출입 금지〉라는 팻말이 붙어 있다. 그 팻말 뒤에 있는 것은 우리 역무원들만의 소유이고, 다른 사람들은 플랫폼으로의 입장이 허용되면 기차에 올라타고 기뻐하는 것으로 족하다. 시내로 들어가는 입구에는 〈관계자 외 출입 금지〉라는 팻말을 세울 수도, 역과 같은 배타적이고 폐쇄된 왕국도 허용되지 않는다. 역이란 철도 위에 떠 있는 섬과 같으며, 철도 길에는 군도(群島)처럼 많은 역들이 연결되어 있다. 그 모든 역들이 우리 역무원들의 세계이며, 출입문과 문구와 금지 사항 등에 의해 울타리 뒤 다른 세계와 차단되어 있다.

그러니까 우리의 이 고유 영역에서 우리가 다른 사람들과는 다르게, 훨씬 신중하고 여유만만한 발걸음으로 걷는 모습을 주시해 보라. 그 모습은 다른 사람들의 갈피를 못 잡는 성급함과 커다란 차이를 보인다. 사람들이 우리에게 뭔가 물으면 우리는 다른 세계에서 온 피조물이 우리에게 말을 걸어오는 것을 의아스럽게 여긴다는 듯 고개를 약간 앞으로 수그리며 응답한다. 「맞습니다. 62호 열차가 7분 연착입니다.」 역장이 객차 내 사무실에서 몸을 바깥쪽으로 내밀며 내다보는 차장과 무슨 대화를 나누는지 알고 싶은가? 왜 뒷짐 지고 플랫폼에 서 있던 역장이 때로는 갑작스레 몸을 돌려 서둘러 자기 사무실로 성큼성큼 들어가는지 알고 싶은가? 폐쇄된 세계는 어딘가 신비스럽기 마련이다. 그 세계는 어느 정도 그 점을 의식하며 매우 흡족해한다.

그 시절을 되돌아보면 역이란 위에서 내려다볼 때 조그맣고 깨끗한 장난감처럼 느껴진다. 이 블록들 중 이건 창고이고, 저건 신호실이고, 여기에는 통제소와 선로공들이 기숙하는 집들이 있다. 이 가운데로는 장난감 철도가 뻗어 있고, 이 작은 상자 같은 것들은 기관차와 객차이다. 칙칙폭폭…… 장난감 선로를 따라 정교한 기관차가 달린다. 저기 보이는 땅딸막한 인물은 역장이다. 그는 방금 사무실에서 나와 선로 곁에 서 있다. 그리고 챙 모자를 쓰고 차려 자세로 두 다리가 휘어질 정도로 꼿꼿이 서 있는 사람은 나이고, 저 파란 옷차림은 검표원이며, 제복 상의를 입은 사람은 신호수이다. 그들은 모두 선량하고 정겨운 사람들이며, 그들의 모습은 잘 구별되어 눈에 띈다. 칙칙폭폭…… 〈주의하십시오. 지금 특급열차가 들어옵니다.〉 예전에 어디에서 이런 경험을 했었던가? 그건 바로 어렸을 적 아버지의 소목 공장 뜰에 있을 때와 같았다. 나뭇조각들을 모아 땅바닥에 꽂으면서 울타리를 만들었고, 깨끗한 톱밥으로 울타리를 덮은 다음 몇몇 색깔 있는 콩을 그 안에 넣었었지. 이것은 암탉들이고, 가장 크고 반점이 있는 콩은 수탉이다. 꼬마인 나는 나의 조그만 세계인 울타리를 내려다보며 숨을 모아 속삭인다. 구구구구! 하지만 꼬마는 자신의 울타리로 다른 사람들을 데려올 수 없었다. 어른들에게는 나름대로의 유희가 있었는데, 직업에 종사하고 가사를 돌보고 조그만 마을을 영위하는 놀이였다. 이제 모두가 성인이 되어 함께 유희를 즐기는데, 우리 기차역을 운영하는 놀이를 하는 것이다. 우리의 역이 더욱 우리의 장난감이 되도록 만들기 위해 우리는 열심히 치장했다. 울타리와 금지 사항이 적힌 문구들로 폐쇄된 세계 안의 모든 것은 서로 연결되어 있다. 모든 폐쇄된 세계는 어느 정도는 유희가 된다. 그에 따라 우리는 제일 좋아하는 놀이에 몰두하기 위해 우리의 오락과 취미의 영역을 독점하려 하고, 그것이 오로지 우리의 것이 되도록 얄밉게 벽을 구축하는 것이다.

유희란 진지한 일이며, 규칙과 구속력이 있는 질서가 유지된다. 유희는 어떤 것에 대해, 오로지 어떤 것에 대해 깊이 몰두하거나, 감미롭게 또는 열정적으로 집중하는 일이다. 따라서 우리가 몰두하는 것을 그 밖의 다른 것으로부터 격리하고, 그 규칙에 따라 구분하고, 주변의 현실에서 떼어 내어야 한다. 그렇기 때문에 놀이는 축소된 규모가 되기를 좋아하는 것이리라. 어떤 것이 축소되면, 그것은 다른 현실로부터 분리되고 그 자체로 더욱 넓고 심오한 세계가 된다. 또 다른 세계가 있다는 사실을 잊을 수 있는 우리의 세계가 되는 것이다. 이제 우리는 그 다른 세계로부터 우리 자신을 떼어 내는 데 성공하여 우리를 구분하는 마법의 원 한가운데에 있다. 아이의 세계와 학교, 보헤미안 시인당(詩人黨)이 있고, 세상 끝 마지막 역과 모래를 뿌려 놓고 온통 꽃으로 장식한 깔끔한 역 등이 있으며, 끝으로는 세상으로부터 격리된 마지막 장소인 퇴직 공무원의 조그만 정원과 마지막 침묵과 집중의 유희가 있다. 범의귀 풀의 붉은 이삭과 조팝나무의 시원한 원추화서(圓錐花序)가 있는데, 두 걸음 떨어져서는 방울새 한 마리가 돌 위에 앉아 고개를 옆으로 돌리고 한쪽 눈으로 쳐다보며 물음을 던진다. 〈그래, 너는 대체 누구지?〉

나뭇조각들을 땅에 꽂아 만든 울타리에 장난감 철도가 갈라졌다가는 다시 합쳐지고, 장난감 역, 창고와 통제소인 상자들, 장난감 신호대와 전철기(轉鐵機), 색색 가지 신호등과 물 펌프가 있고, 장난감 열차와 증기를 내뿜는 기관차가 있고, 투덜거리며 플랫폼에 물을 뿌리는 파란 복장의 사람과 붉은 챙 모자를 쓴 뚱뚱한 신사가 서 있고, 거의 휘어질 정도로 두 다리를 곧게 뻗은 이 작은 남자 — 그가 바로 나이다 — 가 있다. 저 위에 만발한 피튜니아 화단 뒤쪽 창가에는 작은 처녀 인형이 서 있는데, 그녀는 노신사의 딸이다. 작은 남자가 경례를 붙이면 처녀는 즉각 머리를 끄덕인다. 그렇게 진행된 것이다. 저녁이 되면 처녀는 밖으로 나와 라일락과 재스민 나무 아래에 있는 녹색 벤치에 자리를 잡았다. 챙 모자를 쓴 친구가 차려 자세로 그녀 곁에 서 있었다. 어두워지기 시작하자 선로 위에는 빨간 등과 녹색등이 켜졌고, 플랫폼에 늘어선 역무원들은 등불을 흔들며 신호를 보냈다. 선로가 휘어진 곳으로부터 기차의 쉰 경적 소리가 들려왔다. 벌써 저녁 특급 열차가 도착했고, 모든 창에 불을 밝힌 기차는 황급히 역을 지나갔다. 챙 모자를 쓴 남자는 돌아보지 않았다. 여기에 더 중요한 일이 있었다. 기차는 어느 먼 곳의 모험을 남기고 가듯, 두 사람에게 격정을 불어넣으며 지나쳐 갔다. 창백한 처녀의 두 눈도 어둠 속에서 빛을 발했다. 그래, 벌써 그녀는 집으로 돌아가야 했는데, 챙 모자의 남자에게 떨고 있는 약간 촉촉해진 손가락들을 내밀었다. 신호실에서 늙은 신호수가 나오면서 뭐라고 중얼거리는 듯했다. 플랫폼에 선 챙 모자의 남자는 창문을 올려다보았다. 그녀는 이 섬에 사는 유일한 처녀였고, 이 폐쇄된 왕국에 사는 유일한 젊은 여성이었으니 그리 놀랄 일이었겠는가? 그 사실은 그녀를 대단히 희귀한 존재로 만들었다. 그녀는 젊고 청순함을 지닌 아름다운 여인이었다. 그녀의 아버지는 참 좋은 사람이었고, 위엄을 띤 어머니는 거의 귀족적이며 설탕과 바닐라 향을 풍기는 듯했다. 처녀는 독일 사람이었는데, 그것은 그녀를 약간 이국적으로 느껴지게 했다. 이 또한 예전에 일어났던 일이다. 그 알 수 없는 언어를 떠들어 대던 여자아이가 떠오른다. 이처럼 인생 전체가 사실은 하나로 이루어져 있는 걸까?

이제 두 사람은 벤치에 나란히 앉아 대부분 서로에 관한 이야기를 나누고 있었다. 이미 오래전에 재스민은 졌고, 가을 달리아가 피어 있었다. 모두들 뒤편에 앉아 있는 그 두 사람을 못 본 척했다. 노신사는 아예 그들이 있는 방향을 피했고, 신호수는 그곳을 지나가야 할 때면 멀리서 헛기침을 했다. 「흠흠, 나일세. 이보게들, 그렇게 당황할 필요 없네.」 상관의 딸과 깊은 사랑에 빠진 게 이상하고 드문 일이라는 것일까. 일이 그렇게 되었고, 이미 평범하고 관습적인 생활의 일부가 되었다. 그 일은 공주에게 사랑을 구하는 동화 속 이야기 같았다. 모든 것이 손바닥 보듯 단순명료했다. 그러나 그것은 뭔가 도달할 수 없는 게 있는 듯, 우물쭈물하며 감행하지 못하는 경우의 시(詩)의 한 부분이기도 했다. 처녀 역시 깊은 사랑에 빠졌지만, 그녀는 게임의 규칙을 마음 깊이 새겨 놓고 있었다. 처음에는 자신의 부단히 떨고 있는 손가락 끝을 건네고 피튜니아 꽃 너머를 바라보며 가만히 있기만 했다. 그러는 중에 다른 편이 아주 심하고 죽을 정도로 병이 들게 되었다. 그러자 처녀는 어머니처럼 그의 손을 쥐며 애원했다. 「몸조심해야 해요. 건강해져야 해요. 당신을 너무나 도와드리고 싶어요!」 이미 정열적이고 너그럽고 신뢰하는 감정들은 한 편에서 다른 편으로 건너갈 수 있는 다리가 생겨나게 했다. 이제 그들에게는 그런 다리만으로는 충분치 않았다. 말을 하지 않아도 서로 마음이 통할 수 있도록 하기 위해서는 손을 잡아야 했다. 가만, 이렇게 고통을 겪는 중에 보살핌과 연민을 누리는 기쁨을 또 언제 겪어 보았지? 그래, 내 어머니가 울부짖는 나를 부둥켜안을 때였다. 〈내 귀염둥이, 이 세상 단 하나뿐인 내 아가야!〉 이제는 몸이 아파 드러누워도 목이 짧고 검정 딱정벌레처럼 생긴 나이 든 공무원은 찾아오지 않겠지. 창백해진 나는 열에 들뜬 채 누워 있었고, 처녀는 눈물이 가득 차서 내 방으로 미끄러지듯 들어왔다. 내가 잠든 척하자, 그녀는 나를 내려다보며 갑자기 울음을 터뜨렸다. 「나의 유일한 사랑, 죽으면 안 돼요!」 그래, 어머니같이. 처녀 또한 어머니 역할을 하며 슬퍼하고 걱정하고 상대방을 돌보는 일에 기쁨을 느꼈다. 눈물에 젖은 그녀는 생각했다. 〈병든 이 사람을 정성껏 돌봐 줘야 해.〉 그녀는 그 순간 자신이 그를 끌어들이고 순응하게 만들고 있다는 것을 지각하지 못한 채, 그가 자신의 것이 되고, 저항하지 말며, 자신의 위대한 희생에 투항하기를 원했다.

  우리가 사랑이라고 부르는 것은 전체적 감정의 덩어리이다. 우리는 그 덩어리 속에 들어 있는 모든 감정을 구별하지 못한다. 예를 들어 보살핌을 받고 싶은 욕망뿐 아니라 깊은 감동을 주고 싶은 욕망도 사랑이다. 나를 봐요, 난 건장한 남자라오. 인생처럼 강인하고 끈질긴 사람이오. 당신은 너무 순수하고 맑아 인생이라는 게 무엇인지 모릅니다. 그러다가 모든 것을 가리는 어느 칠흑 같은 밤, 벤치에 앉아 남자는 고백을 시작했다. 그 남자는 자신이 손을 잡고 있는 처녀의 천사 같은 순수함 앞에서 우쭐거렸을까, 아니면 겸손히 무릎을 꿇었을까? 그는 자신도 모르게 모든 이야기를 해야 했다. 지나간 사랑들을, 프라하에서의 수치스럽고 공허했던 생활을, 매춘부 및 여급들과의 관계와 그와 같은 경험들을 털어놓았다. 처녀는 한마디 말도 하지 않은 채 붙잡던 손을 떼어 내고는 완벽할 정도로 아무런 미동도 없이 앉아 있었다. 그녀가 어떤 감정을 느끼고 있는지는 알 수 없었다. 그게 전부요. 나의 영혼은 깨끗하게 정화되었소. 순결한 그대여, 내게 무슨 말을 할 테요? 그녀는 아무 말도 하지 않은 채, 다만 격렬한 통증을 느끼는 듯 경직된 손으로 내 손을 잠시 누르고는 뛰어가 버렸다. 다음 날 피튜니아 화단 뒤쪽 창문에 처녀는 나타나지 않았다. 모든 게 끝났다. 나는 더럽고 야만스러운 돼지 같은 놈이다. 또다시 그처럼 깜깜하던 밤, 재스민 나무 아래 벤치에 앉아 있던 하얀 물체는 처녀였다. 챙 모자를 쓴 친구는 감히 그녀 곁에 앉지 못하고 애원조로 더듬거리고 있었다. 그녀는 눈물로 얼룩진 얼굴을 다른 쪽으로 돌린 채 곁에 자리를 내주었다. 그녀의 손은 죽은 듯 움직임이 없었고, 아무 말도 하지 않았다. 아, 어쩌란 말인가? 제발, 지난번 내가 한 말을 잊을 수는 없나요? 갑자기 그녀는 내 쪽을 돌아보았고, 우리는 서로 이마를 부딪쳤다(겁먹은 눈망울을 지닌 소녀와 그랬던 것처럼). 하지만 나는 그녀의 경직되고 굳게 다문 입을 보았다. 플랫폼에 뭔가 움직임이 있었지만 상관할 바가 아니었다. 처녀는 내 손을 쥐어 자신의 작고 부드러운 가슴에 얹고 처절하게 내리눌렀다. 「여기에······ 느끼시나요? 저는 당신 거예요. 〈이렇게 될 일이라면〉 받아들이겠어요! 다른 여자는 존재하지 않아요. 제가 여기 있어요. 당신이 다른 사람을 생각하는 건 싫어요. 저는 연민과 사랑 때문에 숨이 막힌답니다.」 아가씨, 결코 나를 위해 그런 거룩한 희생을 할 필요는 없다오. 눈물 젖은 눈에 입을 맞춰 주고 눈물을 닦아 주면 내겐 충분한 위안이 됩니다. 처녀는 이와 같은 기사도 행동에 더할 나위 없이 감동했고 고마워했다. 감사한 마음과 신뢰는 더욱 커져 그녀는 자신을 더 많이 헌신하려 했다. 더 이상은 참을 수가 없었다. 그녀도 그런 감정이 되었다. 그러나 그녀의 마음속에는 질서라는 것이 훨씬 깊이 새겨져 있었다. 그녀는 현명한 얼굴로 내 손을 붙잡으며 물었다. 「우리, 언제 결혼하죠?」

그날 저녁 그녀는 집으로 가야 한다는 말을 하지 않았다. 우리가 평온과 이성을 찾은 그 순간부터 우리의 감정에는 완벽하고 아름다운 질서가 있었다. 당연히 그녀를 방문 앞까지 바래다주었고, 잠시 머물면서 서둘러 헤어지지 않아도 되었다. 투덜거리는 검표원은 다른 방으로 사라졌고, 우리 둘만이 남았다. 모든 게 우리의 것이었다. 기차역, 선로, 신호등, 잠들어 있는 차량들의 대열...... 처녀는 더 이상 피튜니아 화단 뒤로 숨으려 하지 않았다. 그녀는 챙 모자의 남자가 역 사무실에서 플랫폼으로 나와 창문을 향해 손짓할 때마다 자신의 모습을 드러냈다. 그는 행복했고, 자신감에 차 근무에 몰두했다.

그러나 다른 면을 보자. 그것은 유희만은 아니었다. 그것은 전혀 유희가 아니었다. 위대하고 힘든 것이 사랑이다. 또한 가장 행복한 사랑일지라도 도가 지나치면 끔찍하고 부담스러워진다. 고통 없는 사랑이란 없다. 사랑으로 죽을 수 있고, 고뇌를 통해 사랑의 원대함을 측정할 수 있다면! 기쁨은 무한할 수가 없는 것이기에. 우리는 너무도 행복했고 처절할 정도로 서로의 손을 꼭 쥐었다. 그대, 나를 구원해 주오. 나의 사랑은 너무 지나치오. 아직 우리 머리 위에 별들이 있고, 사랑과 같이 커다란 것이 들어가기에 충분한 공간이 있어 다행이오. 우리는 침묵이 우리를 억누르지 못하도록 이야기를 나누었다. 잘 자요, 안녕. 영원을 시간의 조각으로 찢어 내는 일은 얼마나 어려운가! 우리는 잠을 자지 않았고, 무거운 마음이 되어 사랑에 울며 목이 메었다. 빨리 날이 밝아 그녀의 창가에 인사할 수 있기만을 기다리는 시절이었다.

15

 결혼식을 올리고 얼마 되지 않아 나는 큰 역으로 옮기게 되었다. 아마도 장인의 영향력이 작용했을 것이며, 장인은 자발적이고 건전한 동기에서 나의 뒤를 밀어주었다. 「자넨 이제 우리 식구니까.」 그는 내게 그렇게 말했다. 장모의 태도는 그보다는 유보적이었다. 그녀는 오래된 황실 시종 집안 출신이었고, 분명 보다 지체 높은 집안에 딸을 시집보내고 싶었을 것이다. 장모는 실망해서 조금 울긴 했지만, 낭만적이고 감상적인 성격이라 우리의 깊은 사랑에 마음을 열어 주었다.

 새로 부임한 역은 공장처럼 음침하고 시끄러웠다. 교통의 요지답게 선로와 창고, 기관차 차고가 길게 늘어서 있었고, 대형 화물 수송으로 인해 석탄 먼지와 검댕이 모든 것을 손가락 두께로 뒤덮는 가운데 연기를 뿜는 기관차들이 몰려 있는 낡고 붐비는 역이었다. 하루에도 몇 번이나 고장이 발생했고, 급히 원상 복구를 해야 했다. 손가락이 까지고 피가 난 채로 엉긴 밧줄을 풀어야 하는 경우도 있었다. 신경이 곤두선 역무원들이 화를 내면 기사들은 투덜거렸고, 전체적으로 거의 지옥 같은 곳이었다. 역에 종사하는 사람들은 자신이 마치 균열이 생겨 아무 때나 붕괴할 위험이 있는 갱구 안으로 들어가는 광부 같다는 느낌을 가졌으나, 그 일은 남자의 일이었다. 나는 그곳에서 내가 남자임을 느끼며 고함을 질렀고, 결정을 내리며 임무를 수행했다.

일이 끝나고 집으로 가면 허리춤까지 옷을 벗어젖히고 깨끗한 물로 몸을 씻는 기쁨에 소리를 질렀다. 내 아내는 이미 수건을 들고 미소를 지으며 기다리고 서 있었다. 나는 더 이상 창백하고 호기심 많은 젊은이가 아니었다. 숙련된 일꾼이 되어 일에 지치고 수염이 수북이 났지만, 가슴은 장롱처럼 넓어져 있었다. 매번 아내는 크고 쓸 만한 짐승을 다루듯 내 젖은 등을 가볍게 두드리곤 했다. 나는 깨끗한 아내의 옷을 더럽히지 않기 위해 열심히 씻었다. 마지막으로 입가를 닦아내어 역에서 묻혀 온 것이 남아 있지 않도록 했다. 그다음 나는 아내에게 정중하게 키스를 했다. 「그럼, 이제 오늘 있었던 일을 이야기해 봐요.」 「흠, 여러 가지 문제가 있었어. 역 전체를 허물어 버리든지, 적어도 뒤쪽에 있는 창고들을 철거해야 해. 그러면 선로를 여섯 개나 새로 깔 공간이 생기고 관리하기도 더 쉬워질 거라고 오늘 역장에게 말했지. 그러나 그자는 나를 빤히 쳐다보기만 하더군. 내가 여기 온 지 몇 달이나 됐다고 그런 말을 하느냐는 투야.」 아내는 다 이해한다는 듯 머리를 끄덕였다. 그녀는 모든 일에 관해 대화를 나눌 수 있는 유일한 상대였다. 「당신은 오늘 뭘 했소?」 그녀는 그처럼 어리석은 남자의 질문에 미소를 지었다. 「여자들이 뭘 하느냐구요? 이런저런 일을 한 다음 남편을 기다리지요.」 「그래요, 여보. 모든 크고 작은 일이며, 뜨개질 몇 수 놓고 저녁거리를 사러 다니는 일은 눈에 띄지는 않지만, 그 모든 일이 가정을 영위하는 것임을 아오. 당신 손가락에 입을 맞추면 당신이 바느질을 하고 있던 걸 알아맞출 수 있지.」 저녁을 차려주는 아내의 모습은 예뻤다. 저녁 식사는 독일식으로 간소했지만, 머리를 반쯤 그림자 속에 가린 채 그녀의 손만이 가정의 따스한 불빛 아래 아름답고 정겹게 움직이고 있었다. 그녀의 팔목에 입을 맞추면 그녀는 뒤로 움츠리며 그 품위 없는 행동에 얼굴을 붉혔을 것이다. 그래서 나는 그녀의 곱고 여성다운 손을 그저 곁눈질해 보면서 저녁 기도를 중얼거렸다.

우리는 아이를 갖는 일을 나중으로 미뤘다. 아내는 그곳에 연기가 너무 많아 아이의 폐에 좋지 않을 거라고 말하곤 했다. 그녀가 경험 없이 순진하고 감정에 이끌리기만 하던 시절이 얼마나 지났던가? 벌써 그녀는 자기가 할 일이 무엇인지를 아는 사려 깊고 조용한 여인이 되어 있었다. 부부간의 사랑에 있어서도, 옷 사이로 살이 드러나는 예쁜 팔로 저녁을 차려 줄 때처럼 차분하고 사랑스러웠다. 결핵 환자들이 성적 욕구가 강하다는 이야기를 어디서 들었거나 책에서 읽은 그녀는 내게 지나친 성욕이 일어나는지 조심스럽게 관찰하곤 했다. 가끔 그녀는 미간을 찌푸리며 〈너무 자주 하면 안 돼요!〉라고 말했다. 그러나 그것은 진심이 아니었다. 그녀는 다정하게 내 귀에 대고 웃으며 말했다. 「당신, 내일 일에 집중하지 못하게 될 거예요. 그리고 건강에도 좋지 않아요. 푹 주무세요.」 나는 잠이 든 척했고, 그녀는 진지하게 걱정하는 마음으로 어둠 속을 바라보며 나의 건강과 일에 대해 골똘히 생각했다. 때로 나는 — 어떻게 표현해야 할지 모르겠지만 — 그녀가 내 생각만 하지 않기를 절실히 바라던 때가 있었다. 그건 나만을 위해서가 아니오, 여보. 당신을 위해서도 그런 거요. 내 귀에 대고 속삭여 주오. 〈내 유일한 사람, 당신이 그리웠어요〉라고. 그러다가 그녀는 잠이 들었고, 나는 잠에서 깨었다. 나는 그녀와 함께 있으면 행복하고 안전하다는 생각을 했다. 그처럼 믿음직한 친구를 가져 본 적이 없었다.

그때는 힘차고 건강한 시절이었다. 나는 자신을 확인할 수 있는 힘들고 책임감 있는 일과 가정을 가지고 있었다. 또다시 폐쇄된 세계가 생겨 우리 둘만을 위한 세계를 가지게 된 것이었다. 우리란 더 이상 역도 아니었고, 함께 일하는 동료들도 아니었으며, 아내와 나 두 사람만을 의미했다. 우리의 식탁, 우리의 등불, 우리의 저녁 식사, 우리의 침대. 이 〈우리〉

라는 것은 아늑한 조명과도 같아서 집 안의 물건들을 비추면 그것들을 다른 것으로 변화시키고, 그 무엇보다도 더 아름답고 고귀한 것으로 만들었다. 「여보, 이걸 봐요. 이 커튼이 우리 집에 잘 어울릴 것 같지 않아요?」 사랑은 그런 식으로 전개되었다. 처음에는 서로를 소유하는 것으로 족했고, 그것만이 세상에서 제일 중요한 일이었다. 우리의 몸과 마음이 하나가 되자, 우리는 공동의 세계를 위해 물건들을 소유하기 시작했다. 어떤 새로운 것을 우리의 것으로 만들 때마다 말할 수 없이 기뻤고, 우리의 소유가 더 많아지도록 앞으로 실천에 옮길 계획들을 짰다. 갑자기 나는 재산에 애착을 가지기 시작했다. 한 푼이라도 아끼고 절약하는 것이 우리를 위하는 일이고 나의 책임이었기에 기쁨이 되었다. 나는 직장에서도 두 팔을 걷어붙이고 온 힘을 다해 출세하기 위해 애를 썼다. 다른 사람들은 내게 미심쩍은 눈길을 보내고 적대적으로 대하며 경원시했다. 하지만 그건 상관이 없었다. 그 대신 내게는 가정과 사려 깊은 아내가 있고, 신뢰와 연민과 안락의 세계가 있었다. 그 밖의 것은 아랑곳할 바 아니었다. 가정에서 따스한 불빛의 광휘 속에 앉아 아내의 하얗고 포근한 손을 바라보며, 시기하고 사악한 생각을 품은 무능한 직장 동료들에 관한 이야기를 즐겁게 나누었다. 「당신도 알다시피 그자들도 출세하고 싶은 거야.」 아내는 공감하며 고개를 끄덕였다. 그녀와는 모든 일에 관해 이야기를 나눌 수 있었고,

그녀는 그것을 이해했다. 그녀는 모든 게 우리를 위한 일임을 알고 있었다. 그 가운데 나는 힘이 생겼고 건강해졌다. 밤이 되어 가끔 그녀가 황홀하게, 아찔하게 내 귀에 대고 속삭여 주면 되었다. 「여보, 얼마나 당신이 그리웠는지 몰라요!」

16

 그 후 나는 근사한 역 하나를 부여받았다. 역장이 되기에는 조금 이른 나이였지만 윗사람들에게 잘 보이고 있던 처지였다. 장인도 한몫 거든 것 같았으나 자세히는 모른다. 어쨌든 내게는 확실한 삶의 근거가 마련되었고, 내 역이 생긴 것이다. 아내와 그리로 이사하면서 나는 깊고도 진중한 만족감을 느꼈다. 이제 우리는 성공했고, 하느님의 가호로 삶의 기반을 잡게 되었다는 생각이 들었다.
 그 역은 훌륭했다. 주로 객차들이 다니는 요지로 주변이 아름다웠고, 촉촉한 초원이 펼쳐지는 계곡과 소리 내며 도는 물레방아가 있었고, 사냥 망루가 곳곳에 세워져 있는 울창한 숲은 역의 소유였다. 저녁에는 초원의 건초 냄새가 퍼졌으며, 역 소유의 마차들이 밤나무 가로수 길을 떨거덕거리며 달렸다. 가을이 되면 귀족들이 사냥을 왔다. 트위드 드레스를 입은 여자들과 사냥복 차림의 남자들은 방수 케이스에 든 엽총을 들고, 포인터 사냥개를 데리고 다녔다. 공작 한 사람과 백작 몇 사람이었고, 가끔은 귀족 가문의 손님이 끼기도 했다. 그들이 도착하면 역 앞에는 백마가 이끄는 마차들과 하인들이 기다리고 있었다. 겨울에는 여우 꼬리만큼이나 긴 수염을 한 깡마른 산림지기들과 위풍당당한 귀족의 재산 관리인들이 시내로 내려와 질탕하게 술을 마셨다. 간단히 말해서, 그곳은 모든 것이 완벽하게 돌아가야 하는 역이었다. 노신사의 역에서처럼 잘 치장되고 서민적인 야유회는 없었지만 위엄 있고 조용한 역이었다. 급행열차가 소리 없이 멈추면 양털 꼬리가 뒷부분에 달린 모자를 쓴 신사 한두 명이 내렸고, 차장들은 점잖고 조용하게 문을 닫았다. 장인의 귀엽고 깜찍한 화단은 여기에는 어울리지 않을 것 같았다. 이 역에는 다른 분위기가 흘렀고, 어느 성의 안뜰 같은 느낌이 들기도 했다. 질서가 엄격해서 모든 곳에는 깨끗한 모래가 깔려 있었고, 부산스러운 생활 모습은 찾아볼 수 없었다.

역의 업무를 나의 방식대로 만들기까지는 많은 일과 노력이 들었다. 그때까지 역은 정돈은 잘 되어 있으나 특색이 없었다. 말하자면 영감이 전혀 없는 곳이었다. 하지만 주위에는 아름답고 오래된 나무들이 있었고, 초원의 풀 냄새가 물씬했다. 나는 이 역을 예배당처럼 깨끗하고 조용하게, 정확하게 말하자면 성의 안뜰 같은 분위기로 만들었다. 업무를 배정하고, 물건의 배치를 바꾸고, 어디에 빈 차량들을 세워둘까 하는 등의 많은 사소한 문제들이 있었다. 장인처럼 꽃으로 역을 치장하는 대신에 시설물들의 적소 배치와, 질서 있는 매끄럽고 조용한 순환을 통해 나의 역을 아름답게 꾸몄다. 제자리에 놓인 물건은 모두가 아름답지만, 그런 장소는 늘 하나뿐인 법이며, 아무나 그런 장소를 찾지는 못한다. 어느 날 갑자기 이곳에는 자유로운 공간이 늘어났고, 물건들은 훨씬 윤곽이 뚜렷해졌으며, 우아함이 생겨났다. 역은 이제 올바른 제 모습을 갖추었다. 나는 석공들을 불러 역을 지은 게 아니라 있는 그대로를 이용했다. 어느 순간에 이르자 나는 내 작업에 만족을 느꼈다. 장인이 구경하러 들렀다가 눈썹을 치켜 올리며 놀란 듯이 코를 문질렀다. 「흠, 잘 꾸며 놨구먼.」 장인은 중얼거리며 나를 흘끔 곁눈질했는데, 그 순간 자신이 꾸며 놓은 화단에 대해 의구심을 갖는 듯한 표정이었다.

그래, 이제 이 역은 정말 〈나의〉 역이 되었고, 내 생애 처음으로 깊고도 강렬하며 건강한 자신감을 느꼈다. 아내는 내가 자신과 마주치기를 피하면서 나만을 위한 일을 하고 있다고 생각했다. 그러나 사리가 밝은 그녀는 미소 지으며 나를 내버려 두었다. 「가서 일하세요. 그건 당신 일이에요. 당신은 당신 일을 하고, 나는 우리의 것을 지킬 거예요.」 여보, 당신 생각이 맞소. 내 마음은 우리의 것으로부터 조금 거리가 생겼소. 나는 나 자신만을 생각하고 있고, 그 때문에 잠시라도 여유가 생기면 당신에 대해 몹시 신경을 쓰게 된다오. 하지만 알다시피 나는 너무나 바쁘다오! 그녀는 정겹고 어머니 같은 관대한 눈길로 나를 바라보았다. 〈어서 가세요. 당신들 남정네들은 그럴 수밖에 없다는 걸 알아요. 당신 일에 몰두하세요. 아이들이 놀이할 때처럼 말이에요. 그래요, 아이들이 노는 것처럼요.〉 우리는 말을 하지 않아도 모든 것을 이해했으며, 구태여 입에 올릴 필요가 없었다. 그때까지 우리 둘에게 속했던 것이 나만의 것, 나의 일, 나의 공명심, 나의 역을 위해 희생되었다. 아내는 한숨 소리도 내지 않았고, 다만 두 손을 때때로 무릎 위에 포개 놓고는 나를 안쓰럽게 바라볼 뿐이었다. 그녀는 주저하며 말했다. 「여보, 그렇게 일을 〈너무 많이〉 할 필요는 없을 것 같아요. 그래야 할 일은 아니에요…….」 나는 약간 어두워진 표정을 지었다. 이 역이 모범 역이 되려면 어떤 일을 해야 하는지 당신이 뭘 안다고 그러는 거요. 가끔 내게 멋지고 일을 잘한다고 하는 건 몰라도 끊임없이 몸을 아끼라고 말할 필요는 없소. 아내가 그런 말을 할 때마다 나는 차분한 발걸음으로 밖으로 나가 모든 게 제대로 되어 있는지, 일할 만한 가치가 있는 것인지 확인하려 했다. 내가 다시 일속에서 진정한 기쁨을 느끼는 데에는 어느 정도의 시간이 걸렸다.

하지만 낙심할 일은 아니었다. 우리 역은 모범 역이 〈되었고〉, 사람들은 어떤 성안으로 들어온 것처럼 거의 발끝을 들고 다녔다. 이처럼 모든 게 깨끗하고 정돈되어 있다니. 녹색 모자를 쓴 귀족들은 내가 그들을 위해 그러는 것이라고 여겼다. 그들은 아주 만족스러운 서비스를 제공해 준 호텔 주인을 대하듯이 내게 악수를 청하러 왔으며, 트위드 드레스를 입은 부인들도 내게 경의를 표하며 목례를 했다. 심지어 그들의 사냥개들도 역장인 나를 보면 점잖게 꼬리를 흔들었다. 아니, 여러분. 고개를 드시오. 그건 오로지 나 자신을 위한 것이오. 바보 같은 당신네 귀족 손님들이 나와 무슨 상관이 있단 말이오! 어쩔 수 없으니까 당신들에게 경례를 붙이고 절을 할 뿐이오. 철도가 무엇인지, 역이, 질서가, 수송이 매끄럽게 운행되는 게 무엇인지 당신들이 알기나 하오? 이런 일을 좀 이해하는 장인의 칭찬은 어느 정도 의미가 있소만. 내 아버지가 가구를 손바닥으로 문지르면서 〈잘 만들어졌군〉 하고 중얼거리는 것과 동일한 의미를 주는 것이오. 내 역이 어떤 역인지, 내가 어떤 노력을 기울였는지 당신들 중에는 아무도 평가할 자격을 가진 사람이 없소. 내 아내조차도 그 점을 이해하지 못하고 나를 자신의 것으로 만들려 하기 때문에 나더러 몸을 아끼라는 거라오. 그녀가 희생적인 것은 사실이었다. 그녀는 자신을 희생했지만 항구적이고 위대한 일은 아니었다. 이제 아내는 아기가 생기면 남편이 일에 파묻히지 않고 좀 더 오래 집에 머물 거라고 생각했다. 하지만 알다시피 공교롭게도 아이는 생기지 않았다. 당신이 무슨 생각을 하는지 알고 있었지. 그래서 당신은 늘 내게 일을 많이 하지 말라고 했고, 때때로 나무꾼처럼 내게 음식을 먹였던 게 아니오. 나는 살이 쪘지만 소용이 없었소. 당신은 담담한 표정으로 앉아 어머니처럼 뜨개질을 하고 있었소. 그러나 어머니는 늘 눈가에 눈물이 맺혀 있었지. 우리 사이에는 틈 같은 게 생겼고, 아무것도 그걸 원상으로 돌려놓을 수가 없었소. 당신이 내게 더욱 가까이 다가온다 해도 그 틈은 사라지지 않았소. 당신은 누워 있어도 잠이 들지 않았고, 나도 잠을 자지 않고 있었지만, 우리는 대화를 나누지 않았소. 아마 뭔가 잘못되었다는 것을 말하지 않으려 했던 것처럼 말이오. 착한 사람, 그게 조금은 부당하다는 걸 아오. 내게는 내 일과 내 역이 있었고, 나는 그걸로 족했지만 당신에게는 그렇지 못했던 거요.

역장인 나는 플랫폼을 오가며 손짓으로 할 일을 지시했다. 최소한 이 역만은 정말로 나의 것이었다. 내 역은 모범적이고 깨끗했으며, 기름이 잘 먹어 조용하게 돌아가는 완벽한 기계 같았다. 남자에게는 자신의 일을 몰두할 수 있는 곳이 가정처럼 느껴지는 법이다.

17

 모든 것은 시간이 흘러감에 따라 변한다. 결국 인생에서 가장 강력한 것은 시간이다. 아내는 있는 그대로의 상황에 익숙해졌고, 자신과 타협을 했다. 더 이상 아이에 대한 기대는 갖지 않았는데, 그 대신 인생의 다른 사명을 발견했다. 그녀는 자신에게 이렇게 말했을 것이다. 〈내 남편은 자신의 일을 가지고 있고, 나는 남편을 가지고 있지. 그가 세상의 한 부분을 유지하고 있다면 나는 그의 세계를 유지해야 해.〉 그녀는 수많은 일들을 찾아내어 알게 모르게 나의 습관이나 권리로 만들었다. 〈이것은 내 남편이 즐겨 먹고, 이것은 그에게 어울리지 않고, 그는 이렇게 하길 원하지 다른 방식으론 원하질 않고, 여기에 물과 수건이 준비되어 있기를 원하고, 여기에 슬리퍼가 놓여 있어야 하고, 베개는 이렇게, 잠옷은 반드시 이렇게 준비되어 있어야 해. 내 남편은 모든 것이 준비되어 있기를 원하고 자신의 질서에 익숙해져 있어.〉 내가 집으로 돌아오기만 하면 즉각 나의 좀스러운 습관들이 나를 에

워쌌다. 그것들은 아내가 고안해 낸 것이었고, 내가 그런 것을 원하리라는 아내의 상상을 깨뜨리지 않기 위해서는 그것에 순응해야 했다. 어쩔 수 없이 나는 나를 위해 준비된 습관의 세계로 빠져들었다. 모든 것이 나를 중심으로 돌아가다 보니, 나도 모르는 사이에 나 자신을 대단하고 중요한 인물이라고 느꼈다. 슬리퍼가 평소보다 조금 떨어진 위치에 놓여 있으면 나는 놀랍다는 듯 눈썹을 치켜 올렸다. 나는 아내가 나의 습관들을 통해 나를 소유하고 점점 더 지배하고 있다는 걸 깨달았다. 그게 한편으로는 편하기도 했고, 다른 한편으로는 내심 나의 자존심을 부추겨 주었기 때문에 순응하고 있었다. 나의 습관들에 안주하면서 강함과 위엄을 느끼며 나는 조금씩 나이를 먹어 가고 있었다.

아내는 역사(驛舍) 2층의 하얀 피튜니아 꽃으로 가득한 창가에서 그렇게 군림하는 생활에 만족했다. 날마다 항구적이고 거의 신성하기까지 한 일과가 반복되었다. 나는 그 모든 작고 일상적이고 쾌적한 소리의 울림들을 기억한다. 아내는 가만히 침대에서 일어나 잠옷을 입고 발끝으로 걸으며 부엌으로 들어갔다. 그곳에서는 커피 가는 소리가 나지막이 울렸고, 아내는 소곤거리는 소리로 지시를 내렸으며, 누군가의 손이 솔질한 내 양복을 의자 등받이에 걸어 놓았다. 나는 단정하게 차려입은 아내가 들어와 커튼을 열 때까지 잠을 자는 척했다. 내가 조금 미리 눈을 뜨면 아내는 울상이 되어 말했다.「나 때문에 깬 거죠?」 그렇게 날이 가고 해가 갔다. 〈나의 질서〉라는 것은 아내에 의해 창조되었고, 아내는 눈에 불을 켜고 그 질서를 지켰다. 그녀가 그 생활의 주인이었지만 모든 것이 나를 위해 일어났고, 결혼 생활은 그렇게 황금 분할을 이루었다. 나는 역장 모자를 쓰고 아래층에서 생활하며, 역의 이곳저곳을 오가는 일상을 보냈다. 내가 나타남으로써 모든 사람들이 매우 정확하고 열심히 일을 하는 덕분에 나는 당당하고 엄격한 역장이 되었고, 사람들을 둘러보는 일이 나의 주요 업무였다. 그러고는 털북숭이 산림 관리인들과 인사를 나누러 가는데, 그들은 경험이 풍부하고 질서가 무엇인지를 아는 사람들이었다. 녹색 모자를 쓴 귀족들은 신부나 시골 의사에게 하듯이 역장을 찾아와 인사하며 건강이나 날씨에 관해 말을 건네는 것이 예의라고 생각하는 것 같았다. 나는 저녁이 되면 집에 가서 지나가는 말을 풀어놓곤 했다. 「어떤 백작이 왔었는데, 외모가 형편없더군.」 아내는 고개를 끄덕이며 나이 탓이라고 했다. 오십 줄로 들어서는 남자로서 나는 기분이 상해 대꾸했다. 「나이 탓이라니, 그 사람 이제 〈고작〉 예순인데!」 그녀는 미소를 지었고, 나를 바라보며 이렇게 말하는 것 같았다. 〈그래요, 여보. 당신은 힘이 넘쳐요. 그건 안정된 생활 덕분이에요.〉 대화가 끝나면 등잔에 가스 타는 소리가 들릴 정도로 조용해졌다. 나는 신문을 읽었고, 아내는 독일 소설책을 읽었다. 그 책은 위대하고 순수한 사랑에 관한 슬픈 이야기였다. 아내는 늘 그런 소설을 즐겨 읽었으며, 책의 내용이 실제 삶과 다르다고 해도 전혀 개의치 않았다. 하지만 결혼 생활에서 나누는 사랑은 별개의 것으로서 질서가 있어야 했고, 그래야 건강한 것이었다.

가엾은 아내가 이미 오래전부터 땅에 묻혀 있는 지금, 나는 이 글을 쓴다. 나는 하루에도 얼마나 자주 그녀를 생각하는지 모른다. 그녀의 호흡이 아주 힘겹던 임종 전 몇 개월 동안에 대해서는 거의 생각하지 않는다. 놀랍게도 우리가 사랑을 시작할 때와 신혼 시절에 대해서도 거의 회상하지 않는다. 제일 많이 떠오르는 생각은 우리의 역에서 보낸 조용하고 변화 없는 시절이다. 지금 내게는 최선을 다해 나를 돌봐 주는 가정부가 있다. 그러나 수건 한 장을 찾을 때나 침대 밑에서 슬리퍼 한 짝을 꺼낼 때마다 나는 얼마나 커다란 사랑과 배려가 그 질서 속에, 그 모든 것 속에 담겨 있었는지를 비로소 깨닫는다. 서러운 고아가 된 느낌이 들어 목이 멘다.

18

 그 후 전쟁이 일어났다. 나의 역은 군대의 수송과 물자를 보급하는 데 중요한 거점이 되었고, 그에 따라 사령관으로 대위 한 사람이 파견되어 왔는데, 그는 주정뱅이이자 반미치광이였다. 그는 이른 아침부터 의식이 남아 있는 동안에는 고함을 질러 댔고, 내 일에 간섭을 하며 역무 감독을 향해 군도(軍刀)를 휘둘러 댔다. 나는 총사령부에 가능하다면 정신이 덜 나간 사람을 보내 달라고 요청했지만, 아무 소용이 없었다. 내가 할 수 있는 것이라고는 어깨를 움츠리는 일뿐이었다. 내 모범 역은 황폐해졌고, 그것을 지켜보는 일은 슬펐다. 전쟁의 더러움과 무질서가 그곳을 뒤덮었다. 부상병 수송 기차의 악취, 빽빽하게 들어찬 객차, 오물과 쓰레기의 혐오스러운 뒤범벅. 전방에서 소개(疏開)된 피난민들과 그들의 물건들은 플랫폼과 대기실과 벤치 곳곳마다 가득했고, 더러워진 복도에는 군인들이 죽은 듯 잠을 자고 있었다. 목이 쉬고 격앙된 헌병들은 쉴 새 없이 순찰을 돌면서 탈영병과 몇 개의 감자를 훔쳐 가방에 숨기는 불쌍한 사람들을 쫓곤 했다. 사람들은 계속 울부짖고 소리를 질렀으며, 서로 성마르게 핏대를 올렸다. 그러다가 양 떼처럼 어디론가 떠밀려 갔고, 그런 혼란의 한가운데에서 부상병을 싣고 오는 길고 섬뜩할 정도로 고요한 기차는 모든 것을 그림자로 뒤덮어 버렸다. 어디선가 술에 취해 열차에 기대서서 토악질하는 대위의 소리가 들렸다.

나는 전쟁과 철도와 역과 모든 것을 미워하기 시작했다. 오물과 소독약 냄새를 풍기고, 유리창이 깨지고, 벽에는 낙서가 가득한 열차 때문에 나는 화병이 나고 말았다. 그 의미 없는 소란과 기다림이 나를 아프게 만들었는데, 선로는 끊임없이 차단되었고, 뚱뚱한 위생병들과 전체적으로 전쟁과 관련된 모든 것이 아프게 했다. 어떤 뾰족한 도리도 없으면서 나는 그런 상황을 미치도록 혐오했다. 열차 사이를 천천히 걸으면서 증오와 공포에 떨며 거의 울고 있었다. 정말 나는 참을 수가 없었다. 누구라도 그걸 참을 수 없었을 것이다. 집에서는 아무 이야기도 나눌 수가 없었는데, 아내가 반짝이는 열렬한 눈빛으로 황제의 승리를 확신하고 있었기 때문이다. 전쟁 중 여느 곳과 마찬가지로 가난한 집 아이들은 달리는 기차에 매달려 석탄을 훔치곤 했다. 어느 날 아이 하나가 떨어져 기차에 다리를 치었다. 나는 그 아이의 비명 소리를 들었고, 살점이 떨어져 나가고 으스러진 뼈를 보았다. 아내에게 그 일을 이야기해 주자, 그녀는 얼굴이 새파래져서 격렬하게 소리를 질렀다. 「그건 하느님이 내리신 벌이에요!」 그 순간부터 나는 그녀에게 전쟁과 관련된 이야기는 한마디도 하지 않았다. 몹시 피곤했고, 모든 신경이 마비되는 것 같았다.

어느 날 어떤 사람이 플랫폼에 서 있는 나를 찾아왔는데, 나는 처음에는 그를 알아보지 못했다. 대화를 나누면서 우리가 같은 고등학교에 다녔으며, 그가 프라하에서 일을 하고 있다는 것을 알게 되었다. 나는 대화를 중단했다. 역에서는 아무하고도 대화를 나눌 수가 없었다. 「여보게, 이 전쟁은 진 전쟁일세. 여기선 감을 잡을 수가 있으니 말이야.」 나는 그의 귀에 대고 재빨리 말했다. 그는 내 말을 한동안 주의 깊게 듣다가 나눌 이야기가 있다고 은밀하게 속삭였다. 우리는 밤에 역 뒤에서 어떤 언약을 맺었는데, 그것은 거의 낭만적이기까지 했다. 그는 자신과 몇몇 체코인 동포들이 다른 편과 접촉하고 있으며, 부대의 이동 상황이나 보급 상태 등의 정보를 정기적으로 얻기를 원한다고 말했다. 「자네를 위해 그 일을 하겠네.」 나는 선언하듯 말했고, 나 자신에 대해 놀라면서 동시에 나를 질식시키는 증오심에서 벗어나는 듯한 해방감을 느꼈다. 그 일이 반역죄에 해당되며, 교수형을 당할 수도 있음을 알고 있네. 하지만 자네에게 정보를 넘겨주겠네.

그 시기는 특이한 시대였다. 나는 제정신이 아니었으며,

동시에 거의 천리안을 가진 사람이 된 듯했다. 그건 내가 아닌 내 속의 어떤 강력하고 생소한 것이 나로 하여금 계획을 수립하게 하고, 암시를 주고, 모든 걸 생각하게 하는 것 같은 느낌이 들었다. 나는 이건 내가 아니라 다른 사람이라고 거의 단정할 수 있었다. 나는 단숨에 일을 해치웠고, 그 일은 내게 기쁨을 안겨 주었다. 모든 사람들이 누군가 먼저 시작하기를 기다리는 것 같았지만, 우리 체코인들은 어떤 행동을 취해야 했다. 헌병들과 딸꾹질하는 사령관의 눈앞에서 나는 뒷짐 지고 기관사와 우체부와 차장들에게서 탄약과 대포들이 어디로 운반되고, 어떤 부대가 이동하고 있는지 등의 보고를 받았다. 내 머릿속에는 전체 수송망이 들어 있었고, 플랫폼을 거닐며 눈을 반쯤 감은 채 그 조각 정보들을 이어 맞추었다. 제동수가 한 명 있었는데, 그는 다섯 아이의 아버지이자 내성적이고 말이 없는 남자였다. 나는 항상 그에게 정보를 넘겨주었고, 그는 프라하에서 인쇄 일을 하는 자기 형에게 그 정보를 다시 전달했는데, 그다음 어떻게 진행되는지는 알지 못했다. 이와 같은 일을 모든 사람들 앞에서 행하고 제대로 조직한다는 것은 정말 아찔한 일이었다. 매 순간 우리 일은 발각될 위험이 있었고, 우리 모두 — 나이 든 사람들도 있었고, 한 가족의 가장들도 있었는데 — 목숨을 걸고 하는 일이었다. 우리는 그 점을 잘 알고 있었으며, 침대 속 아내 곁에 누우면서도 그 일을 생각했다. 하지만 남자가 어떤 존재인지 여자들이 어떻게 알겠는가! 다행히도 우리가 무슨 생각을 하는지는 얼굴에 쓰여 있지 않았다. 예를 들어 선로가 여기저기 두절되어 모두들 야단법석을 피우면 어떻게 되겠는가? 선로를 다시 정상적으로 회복하는 데는 2~3일이 걸린다. 아니면 윤활유 보급이 잘 되지 않는 전쟁 시에 차축이 과열로 달궈진다면 누구의 잘못이겠는가? 우리 역은 폐기된 열차들과 사용하지 않는 기관들로 가득했다. 전보를 치고 난리를 피워 봤자 아무 소용이 없었고, 기차를 출발시킬 방법도 없었다. 숨을 죽이며 우리는 기관이 갈라지는 소리를 들었다.

장인의 역에서 사고가 발생했다. 선로가 두절되었을 때 전선으로 보내는 가축을 실은 기차가 달려왔다. 큰 사고는 아니었으나 몇 명의 부상자가 발생했고, 상처를 입은 소들은 그 자리에서 도살되었다. 그러나 훌륭한 철도인이었던 노신사는 선로에서 너무 무리하다가 얼마 후 세상을 떠났다. 그날 밤 아내는 내 어깨에 고개를 묻고 울었다. 나는 그녀의 머리를 쓰다듬어 주었으며, 나 또한 몹시 슬펐다. 여보, 당신에게 내가 무슨 생각을 하고 있고, 무슨 일을 하고 있는지 말할 수는 없소. 우리는 그처럼 서로 잘 지내 왔는데, 이제 이렇게 아득히 멀어져 있소. 사람들은 어찌 이처럼 서로 소외되는 것인가!

19

 전쟁은 끝났고 제국(帝國)도 종말을 고했다. 아내가 코를 훌쩍이며 슬피 우는 동안(황제에 대한 충성심은 그녀 가문의 전통이었다), 나는 프라하로부터 새 철도청에 합류해 나의 풍부한 경험을 가지고 새로 건국된 공화국의 철도망 구축에 기여하라는 소환장을 받았다. 그 풍부한 경험 때문에 나는 동의했다. 그 외에도 전쟁 중 역은 너무 많은 고통을 받아 그 역을 떠나는 것이 그다지 어려운 일은 아니었다.
 이제 이 부분이 평범한 삶의 마지막 단락이다. 나는 스물두 살의 나이로 철도청에 들어가 그 생활을 즐겼다. 그곳에서 나의 세계와 가정을 찾았고, 무엇보다도 내가 수완을 부리며 잘할 수 있는 일을 한다는 데 깊은 만족을 느꼈다. 이제 그 모든 경험을 다시 활용하라고 상부로부터 부름을 받았다. 그래, 그건 헛된 일이 아니었다. 나는 바위를 폭파하는 일과 선로를 건설하는 일은 물론이고, 이 세상 끝에 있는 역과 신호수의 나무집에서부터 큰 역의 혼란과 시끄러움에 이르기까지 모든 것을 잘 알고 있었다. 나는 유리 궁전 같은 역사(驛舍), 국화와 가새풀 내음이 나는 들판에 있는 작은 역, 신호등, 증기를 뿜어내는 기관의 몸체, 신호실, 통제소, 전철기 위로 바퀴가 굴러가는 소리와 더불어 생활했다. 아무것도 헛된 것이 없었고, 모든 것이 합쳐지고 용해되어 하나의 광대한 경험이 되었다. 나는 철도를 이해하고 있으며, 그 이해가 바로 나이자 나의 삶이다. 이제 내가 살아온 모든 것은 내 경험 안에 축적되어 있다. 또다시 그 전부를 응용할 수 있게 되었고, 삶 전체를 다시 한번 살게 되는 것 같았다. 나의 사무실에서 — 무질서한 면이 너무 많아 그곳이 행복하다고 할 수는 없지만 — 나는 내 공간을 찾았다는 느낌이 들었다. 그것은 평범하지만 그 자체로 완전한 삶이었다. 그 생활을 되돌아볼 때 일어났던 모든 일 속에서 어떤 질서 같은 것이 실현되었다고 생각한다. 또한…….

20

 거의 3주일 동안 나는 아무것도 쓸 수가 없었다. 그것이 내가 앓고 있는 병의 법칙이었는지, 어떤 의미를 지니는 일이었는지는 전혀 알 길이 없지만, 책상에 앉아 막 한 글자를 쓰려고 할 때 또다시 심장에 발작이 일어났다. 이번에는 사람들이 의사를 불러왔는데, 그는 대체적으로 말이 적은 편이었다. 그 의사가 내 동맥에 뭔가 이상이 생겼다고 했다. 「이 약을 드시고 무엇보다 안정을 취해야 합니다.」 의사의 말에 따라 나는 누워 지내며 많은 생각을 했다. 그게 진짜 휴식이었는지는 모르겠으나 다른 도리가 없었다. 이젠 상태가 훨씬 나아졌으니 시작했던 일을 마치고 싶은 생각이 든다. 남은 이야기가 그리 많지 않은 데다, 나는 어떤 일을 마무리 짓지 않고 남겨 둔 적이 없었다. 펜이 내 손에서 떨어진 것은 어떤 커다란 거짓말을 적으려 하던 바로 그 순간이었다. 그 발작이 닥친 것은 당연했다. 거짓말을 해야 할 사람도, 이유도 없었으니까.

내가 철도를 사랑했던 것은 사실이다. 그러나 전쟁이 철도를 유린했을 때 철도에 대한 나의 사랑도 끝났다. 내가 태업(怠業)을 조직했을 때 나의 철도 사랑은 끝났고, 무엇보다 교통부로 일자리를 옮기고 나면서 그랬다. 소위 우리 나라 철도의 구조 조정이라는 이름하에 행해진 대부분의 쓸모없는 서류 업무는 나를 질리게 만들었다. 한편으로는 상부나 하부 조직의 무질서를 너무나 잘 들여다볼 수 있어 공무원으로서의 나의 양심은 경악했고, 다른 한편으로는 피할 수 없는 철도 수송의 비극을 감지하기 시작했다. 마차와 수레꾼의 수요는 사라질 운명에 처했고, 부질없는 영광과 철도의 위대한 시대는 지나갔다. 단적으로 말하자면, 그런 일은 내게 전혀 기쁨을 주지 못했던 것이다. 기쁨이 되는 일이라곤 내가 대단한 일벌레이며, 어떤 직책을 맡아 많은 사람들에게 나의 힘을 과시할 수 있다는 것뿐이었다. 하긴 궁극적으로는 인생의 올바르고 유일한 목표란 가능한 한 출세하여 자신의 명예와 지위에 기뻐하는 것이 아니던가. 그래, 그것이 온전한 진실이다.

여기까지 적다가 나는 멍한 눈길로 써놓은 글을 바라본다. 뭐라고, 온전한 진실이라고?

그렇다. 우리가 인생의 완성이라고 부르는 것에 관한 진실 그 자체이다. 관청에서 일하는 것은 아무런 기쁨이 되지 못했다. 승진에 대한 만족과, 요령이 좋고 정치적으로 손을 잘 비비는 사람들이 더 높은 자리를 얻는 데 대한 시기와 분노가 있을 뿐이었다. 이것이 평범한 인생의 진실된 역사이다.

잠깐, 잠깐. 그게 역사의 전부는 아니야. (여기에서 두 개의 목소리가 싸움을 한다. 내게는 두 목소리가 뚜렷이 구별되는데, 지금 말하고 있는 음성은 무언가를 옹호하려는 듯하다.) 내 인생에서 지위 같은 건 중요한 문제가 아니었어!

아니었다고?

아니야. 그런 명예욕을 품기엔 나는 너무나 평범한 사람이었어. 나는 남보다 우월해지고 싶다는 생각을 해본 적이 없었고, 그저 내 인생을 살며 내 일을 했을 뿐이지…….

왜 그런 생각을 하지 않았지?

내 일을 잘 해내고 싶다는 생각뿐이었어. 엄지손가락으로 앞뒤를 훑어보며 작업이 제대로 됐는지 점검하는 일 말이야. 그것은 정말 평범한 인생이었지.

아하, 그래서 집무실에 앉아 오로지 직책을 유지하려고 했던 거군.

그건…… 그건 그렇지가 않아. 그때는 이전의 생활과는 다른 상황이었어. 사람은 나이를 먹어 감에 따라 변하는 법이니까.

아니면 나이를 먹으면서 자신을 속이든가?

말도 안 돼. 내가 어떻게든 출세를 하리라는 것은 이미 오래전부터 예정되어 있던 일이야.

그럼 좋아. 동네 아이들을 능가하지 못해 괴로워하던 아이는 대체 누구였지? 더 힘이 세고 능력이 있던 미장이의 아들을 지독히, 고통스러울 정도로 시기하던 아이는 누구였다고 생각하나?

잠깐, 그건 그렇지가 않았어. 아이였던 나는 대개 혼자 놀았고, 그러다가 내 작은 세계인 톱밥의 울타리와 목재 더미 사이의 구석을 발견한 거야. 아이는 그걸로 만족했고, 그곳에서 모든 걸 잊어버렸어. 나는 아직 그것을 기억하고 있다고.

그럼, 왜 혼자 놀았던 거지?

그 놀이터가 아이의 마음속에 있었기 때문이지. 평생을 살면서 아이는 자신의 조그맣고 폐쇄된 세계를 만들었던 거야. 그의 고독과 평범한 행복을 위한 구석, 톱밥으로 채운 조그만 울타리, 그의 작은 역, 가정. 그 모든 것이 그의 내면 깊숙이 존재했던 걸 알잖나!

자신의 삶에 울타리를 쳐야 했다는 말인가?

그래. 자신만의 세계를 가져야 했었네.

왜 톱밥으로 채운 울타리를 가져야 했는지 아나? 다른 아이들을 능가할 수 없어서 그랬던 거야. 그건 다른 아이들과 견주기에는 힘도 능력도 모자라는 아이의 저항이자 도피였어. 나약함과 슬픔으로 자신의 세계를 만들었고, 더 넓고 열린 세계에서는 결코 자신이 원했던 것처럼 크고 능력 있는 사람이 되지 못하리라고 느꼈기 때문이지. 자존심이 센 겁쟁이, 바로 그거야. 네가 써놓은 걸 잘 읽어 봐.

그런 말을 적어 놓은 적은 없어!

맙소사, 얼마나 자주 그 이야기를 늘어놓았는지 모르는군. 네 자신을 속이기 위해 행간에 감춰 뒀을 뿐이지. 그 착하고 열심히 공부하던 초등학생 시절을 예로 들어 볼까. 같은 반 아이들과 잘 어울리지 못했고, 움츠리고 지내며 겁이 많았었지. 자신이 불만스러웠고 남보다 뛰어나고 싶었기 때문에 착한 척했던 거지. 선생님이나 신부님이 칭찬을 해주면 우쭐해서 가슴이 터질 것 같지 않았었나! 그 당시 〈전에는 알지 못했던 행복감으로 눈물이 괴었다〉고 적지 않았었나? 나중에는 눈물을 흘릴 필요도 없었지. 그 모범생이 성적표를 열어보며 얼마나 가슴에 힘을 주었었나. 1등이라고 적힌 성적표를 집으로 들고 오면서 얼마나 큰 기쁨을 만끽했었는지 기억하는가?

그건 고인이 되신 아버지가 너무도 기뻐하셨기 때문이었어.

그래, 좋아, 아버지라고. 아버지를 한번 회상해 볼까. 그분은 아주 강인하고 몸집이 크고 그 누구보다 단단한 분이셨지? 하지만 그는 〈배운 사람을 존경했고〉, 좀 더 정확하게 말하자면 그들에게 굴욕적으로, 아이가 그 때문에 얼굴을 붉혀

야만 했을 만큼 굴욕적으로 인사를 올리지 않았던가. 그러면서 아버지는 항상 네게 언젠가는 무엇이 되어야 한다고 힘주어 설교했었지. 무언가가 된다는 것이 인생의 유일한 의미였어. 다른 사람들로부터 존경을 받고 무언가가 되기 위해서 인간은 악착같이 일을 하고, 절약하고, 부자가 되어야 한다. 단지 그것만이 진리였어. 아이에겐 집에 본보기가 있었어. 그 모든 것이 아버지에게서 물려받은 거야.

아버지를 내버려 둬. 아버지는 전혀 다른 경우야. 강했고 일에 파묻혀 사신 분이었어⋯⋯.

그래, 아버지는 일요일마다 저금통장을 들여다보며 목표에 얼마나 다가갔는지 셈해 보곤 했지. 언젠가 아이는 집무실에 앉아 자신이 도달한 지위에 따라 자신을 평가하게 되지. 가엾은 아버지는 이제 나 때문에 기뻐하실 거야. 나는 마을 서기나 유지들보다 높은 사람이 됐어. 드디어 아이는 자신이 누군가가 되었다고 느낄 수 있었지. 마침내 자신을 발견했고, 유년기의 〈커다랗고 새로운 경험〉이 완성되었지만, 또한 여전히 두 개의 세계가 있음을 알고 있었어. 하나는 더 높은 세계이며, 그곳에는 신사들이 있지. 다른 하나는 평범한 사람들이 사는 저급한 세계야. 마침내 우리는 신사와 다름없는 존재가 되었으나, 그 순간 또다시 더 고상한 식탁에 앉는 더 높은 신사들이 우리 위에 있음을 알게 되었지. 우리는 다시 작고 평범한 인간이자 뛰어날 수 없는 팔자가 되는 거야. 부질없는 공명심. 그것은 패배, 즉 돌이킬 수 없는 궁극적인 패배인 거야.

21

 서로 싸우는 나의 두 목소리가 계속해서 들린다. 마치 두 사람이 반대편에 서서 나의 과거를 끌어당기며 그중 제일 큰 부분을 차지하려는 것 같다.

 고등학교 시절은 어땠다고 생각하나?

 어떻게 생각하든 상관없어. 어쨌든 별 가치 없는 시기였고, 미숙함과 견디기 힘든 열등감, 시골뜨기 학생의 악착스러움으로 가득했던 때였어. 네 멋대로 생각해!

 좋아. 다만 학창 시절 온갖 영광의 면류관을 차지하고, 학급에서 1등을 도맡아 하며, 늘 숙제를 해놓고, 언제나 대답을 알고 있던 쾌감, 적극적이고 용감한 다른 아이들보다 적어도 어떤 분야에서는 우월하다는 쾌감이 아무것도 아니었다고는 하지 말게. 그런 성공을 위해 늦은 밤까지 머리를 싸매고 책상맡에 앉아 공부를 하던 시기가 8년 내내 계속되었단 말일세!

 그 기간 전체가 그랬던 건 아니었어. 다른 일들도 있었지.

보다 깊은 의미가 있던 일들이.

예를 들면?

예를 들면 그 가엾은 급우와의 우정 같은 것.

아하, 그 친구. 그 느릿느릿하고 소질이라곤 아무것도 없던 아이 말이지. 그때는 자신이 누구보다 엄청나게 우월하다고 느끼고, 인정받고 있다는 것을 알기에는 더할 나위 없는 기회였지. 여보게, 그건 우정이 아니었어. 그건 세상 누군가가 자네의 우월함을 겸손히 인정해 주는 데 대한 열렬한 감사의 표시였을 뿐이야.

아니야, 그건 사실이 아니야! 그럼, 그 부끄럼 많고 눈이 나빴던 소녀에 대한 사랑은?

아무것도 아니었어. 바보짓이었지. 단순한 사춘기의 발로였어!

사춘기 때문만은 아니라고!

용기가 모자랐기 때문이기도 했지. 여보게, 다른 아이들은 여자아이들을 그렇게 다루지 않아. 자네는 그 아이들의 용기를 꽤 부러워했지. 자네는 어떤 구석을 찾아 그곳에다 울타리를 만들고 톱밥을 뿌리는 일, 폐쇄된 세계를 만드는 일 말고 할 줄 아는 일이 뭐였나. 여자아이들이건 남자아이들이건 열린 세계에서는 그 애들을 이길 수 없다는 걸 알고 있었지. 항상 똑같은 이야기를 늘어놓으며 실망한 아이는 자신의 세계 안에서 황홀감에 빠져 중얼거리기나 했지. 구구구!

그만!

　그럼 프라하에서 보낸 시절, 그 타락하고 어리석던 시절을 설명해 봐. 시인 패거리들과 어울려 다니며 시를 쓰고 모든 걸 비웃던 그 시절 말이야.
　……그때는 전혀 나답지가 않았어.
　내게도 그랬지.
　잠깐, 그래도 어떻게든 설명해 볼 수 있어. 부지런한 젊은이가 있었지. 고등학교를 마쳤고, 이제 세상이 자기 것이라고 생각했어. 고향에서는 이미 신사가 된 양 행세하며 자신을 대단한 사람으로 여길 수 있었지. 그러나 도시로 나오자마자 열등감과 당혹감, 수치심 따위에 빠져 버렸던 거야. 자신의 주위에 톱밥을 뿌려 목가적인 울타리를 칠 여유만 있더라면 그리로 숨어 버렸을 텐데…….
　불행하게도 그는 시인에게 사로잡히고 말았지.
　그래. 하지만 그 당시를 기억해 봐. 거기도 폐쇄된 곳이었어. 그 술집들과 다섯 명 정도의 패거리 — 여보게, 거기도 아주 작은, 소목장이네 뜰보다도 작은 곳이었잖나. 모든 걸 비웃고, 적어도 자신의 능력에 대한 환상을 가질 수 있었어.
　시 쓰는 일은 어땠지?
　형편없었어. 남들의 환심을 사려고 시를 썼지. 그건 단지 상처를 입고 불만에 가득 찬 자의식의 가면이었어. 계속해서 공부를 했어야 했는데. 그랬더라면 잘됐을 거야. 시험 성적도 좋았을 테고, 작은 신(神)이 된 듯한 느낌이 들었을 거라고.

잠깐, 그랬더라면 철도 일을 하지 않았을 테지. 나는 어떻게든 대학을 떠나 철도청에 일자리를 구하려고 했어. 그런데 철도청에서 일해야만 했었나?

꼭 그랬던 건 아니야.

이것 봐, 웃기는군. 내가 달리 무슨 일을 할 수 있었겠나?

뭐든지. 강자는 어디서나 살아남는 법.

그렇다면 곧바로 철도청에 일자리를 구한 이유는 뭐였지?

몰라. 우연이었겠지.

내가 말해 주지. 마음이 끌려서 그랬던 거야. 철도의 건설이 유년기 최대의 사건이었기 때문이지.

고등학교 시절 저녁 무렵이면 역과 통하는 다리를 거니는 것이 내가 가장 좋아하는 산책로였어. 다리 아래에는 붉고 푸른 신호등과 선로와 기관차들이 보였지.

알아. 그 다리에는 늙고 추한 매춘부가 서성거렸어. 그녀는 지나갈 때마다 늘 네게 수작을 붙였지.

지금 그 이야기를 하기에는 좀 뭣하군.

그래, 여기엔 어울리지 않는 이야기지.

맹세코 그 길은 나의 예정된 길이었어. 나는 철도를 사랑했고, 그게 전부였어. 그 때문에 철도청을 찾아간 것이었고.

아니면 프라하 역에 서 있던 누군가의 자존심이 그처럼 상했든지. 기억나는가? 여보게, 자존심이 끓어오르면 엄청난 힘이 생기지. 특히 억척스럽고 명예심이 강한 사람들의 경우에는.

아니야, 그런 게 아니었어! 일에 대한 사랑 때문에 그랬던 거야. 아니면 직업 생활에서 어떻게 그처럼 행복할 수가 있었겠나?

……〈난〉 그런 행복에 관해 아는 바 없어.

넌 도대체 누구지?

난 억척스럽던 사람이지.

아무튼 내가 일을 하면서 나 자신과 진정한 삶을 찾은 것만은 인정해 줘.

그렇게 되기에는 어떤 동기가 있었지.

있는 그대로였어.

그처럼 단순한 게 아니었어. 그 전 생활은 어땠었지? 시와 여인과 쾌락의 생활이 아니었나? 술을 퍼마시고 시를 즐기고 방탕한 생활, 과대망상, 무차별적인 반항, 광대하고 해방된 무언가가 우리의 내면에서 끓어오르고 있다는 취중의 느낌. 기억해 보란 말일세.

알고 있어.

그게 이유야. 바로 그 때문이었단 말이다.

잠깐, 무엇 때문이라고?

뻔한 것 아냐? 너는 네 시들이 아무런 가치가 없고 그따위론 성공할 수 없다는 걸 알고 있었지. 그러기에는 재능도 모자라고 인격도 부족하다는 것도. 술을 마시거나, 빈정거리거나, 여자 문제에서나, 어느 것에서도 자신이 다른 친구들과 견줄 수 없다는 것을 알았어. 그들이 더 강인하고 대담했지. 넌 그들을 흉내 내려고 했던 거야. 그게 무척 힘들었다는 걸 안다고, 이 겁쟁이야. 네가 노력했던 것은 사실이지. 하지만 그건 어떤 형태든 오로지 야망 때문이었어. 〈여길 봐, 나도 모든 면모를 갖춘 시인이라구.〉 그때 네 마음속에는 또렷하게 경고하는 음성이 들렸어. 〈조심해. 그것만으로는 부족해.〉 네 마음속에서 야심에 찬 자의식이 꿈틀거린 거지. 뭔가가 되어 보겠다는 너의 노력은 수포로 끝났어. 그건 패배였어. 그러자 네겐 어떻게 그로부터 벗어날 수 있을까 하는 생각밖에 없었지. 다행히도 철도청에 일자리가 생겼고, 제정신이 돌아온 시인은 짧았지만 탕진해 버린 방황의 과거에 등을 돌릴 수 있어 매우 기뻤지.

그건 사실이 아니야! 철도청에 들어간 것은 내면의 욕구였어.

그렇고말고. 패배 또한 내면의 욕구였고, 달아난 것도 내면의 욕구였지. 이전의 시인이 마침내 완전하고 성숙한 남자가 되기 위해 얼마나 발버둥 쳤던가! 갑자기 얼마나 으스대며 또한 연민까지 느끼면서 미숙하고 방황하는 어제의 친구들을 바라보았나! 그들은 아직 진정한 삶이 뭔지 모르는 방랑자들이라고 생각했지. 그는 더 이상 친구들과 어울리지 않았고, 점잖은 가장(家長)들이 걱정거리와 생활의 지혜를 늘어놓는 술집을 드나들었어. 갑자기 그 무력하고 소심한 사람들을 따라잡으려고 애를 썼지. 은둔 생활을 하며 뭔가 생색을 내려 했어. 더 이상 과대망상은 없었고, 단지 씁쓸하고 냉소적인 좌절감을 내비치려 했지. 가끔 분한 생각이 들기도 했지만, 시간이 지나면서 그것도 사라졌고. 그 후론 시를 쳐다보지도 않았고, 시라는 것을 경멸하고 미워하기까지 했지. 성숙하고, 실질적이고, 현실적인 남자들에게 시란 뭔가 고상하지 못한 것이라고 생각했기 때문이야.

　미워했다, 그건 좀 심한 표현이군.

　그럼, 반감을 가졌다고 해두지. 시는 자신의 패배를 상기시키니까.

　이제 여기에서 네가 더 이상 할 말은 없겠지. 그다음에는 이미 올바르고 소박하고 철저한 삶, 평범하고 건강한 삶이었어.

　세상 끝에 있는 역에 이르기까지.

그때는 폐를 치료하기 위해 요양하는 시절이었어. 뇌두게, 사람이란 그렇게 빨리 성숙하지 못하는 법이야. 하지만 노신사의 역에서 지낼 때부터 나는 인생의 바른 궤도로 들어가게 되었지.

이봐, 대체 왜 역장의 딸에게 접근했지?

그녀를 사랑했기 때문에.

그래. 하지만 나는(또 다른 나인 건 알겠지?) 그녀가 역장의 딸이라서 그녀에게 접근했지. 처가 덕에 출세한다는 거 있잖아? 부잣집 딸이나 상관의 딸과 결혼하는 것이 〈동화 속 공주에게 구애하는〉 셈 아닌가? 그렇게 해서 자신의 주가를 올리는 거 말이야.

그건 거짓말이야! 꿈에도 그런 생각은 해본 적이 없다고!

하지만 난 했어. 게다가 아주 생생하게. 노신사는 평판이 좋은 사람이었고, 사위를 밀어 줄 수 있는 위치에 있었지. 그 집안에 장가드는 게 손해 볼 일 없었어.

그건 사실이 아니야. 넌 내가 그녀를 얼마나 좋아했는지 몰라. 그녀는 완벽하고, 착하고, 사리에 밝고, 사랑스러운 여인이었어. 다른 어떤 여자하고도 그처럼 행복할 수는 없었을 거야.

아무렴. 남편의 출세에 커다란 관심을 가진 똑똑한 여인이었지. 정말 관심이 컸어. 남편의 야망과 억척스러움을 아주 잘 이해했지. 그건 인정해야지. 또한 그녀는 힘닿는 대로 도왔어. 앞에서는 너의 첫 번째 도약에 관해 능청스럽게 적었더군. 〈아마도 장인의 영향력이 작용했을 것이며…….〉 그 뒤에 또 〈장인도 한몫 거든 것 같았으나 자세히는 모른다.〉 하지만 난 너무나 잘 알고 있다고. 노신사는 자네가 뭘 기대하는지 알고 있었어.

그랬을지도 모르지. 그는 참으로 좋은 사람이었고, 나를 친자식처럼 아꼈어. 하지만 나와 아내 사이에는 아무런 계산이 없었어. 오로지 사랑과 신뢰와 충실함뿐이었지. 안 돼, 나의 결혼 생활은 건드리지 마.

훌륭한 결혼 생활이었지. 이젠 둘이 되어 좀 더 출세하기 위해 노력했던 거야. 결혼을 하고 나니까 마음속에서 전에는 느껴 보지 못한 〈재산에 대한 애착〉을 발견하게 된 거지. 그 느낌에 대한 적절한 구실을 찾게 되어서 아주 기뻤어. 〈이건 우리를 위한 거다.〉 즉각 그는 〈직장에서도 두 팔을 걷어붙이고〉 온 힘을 다해 승진을 하려 했고, 어떤 대가를 치르더라도 남들을 능가하려고 했으며, 윗분들에게 아부를 했지. 모든 게 〈우리를 위한〉 것이었으니 무슨 거리낌이 있었겠나. 아주 정상적인 거지. 부끄러워할 필요 없이 천부적인 기질을 좇으며 사는 생활이었으니 참으로 행복했지. 결혼이란 좋은 제도야.

내 아내도…… 그런 여자였나?

……좋은 아내였어.

끝으로 말하기를, 역을 예술품처럼 모범적으로 가꾸었다고 했는데, 왜 그랬지? 출세를 위해? 상부의 눈에 들려고? 전쟁이 일어나지 않았다면 난 죽을 때까지 그곳에 머물렀을 테지.

어느 정도는 귀족들 때문이었어.

어떤 귀족들 말인가?

그 녹색 모자를 쓴 백작들 때문이란 말이야. 그들 앞에서 폼을 잡으며 내가 누구인지를 보여 주려고 그랬어. 역장인 내가 기다리며 서 있던 적은 없었고, 언제 귀족들이 그 역이 얼마나 훌륭한가를 의식하는지 곁눈질만 하는 상황이었지만. 그들은 마침내 깨달았어. 심지어 모 공작도, 모 백작도 악수를 청해 왔지. 역장은 전혀 내색을 하지 않았지만, 속으론 기분이 좋았지. 귀족이란 보다 높은 세계를 의미했고, 우리 고향에는 그런 사람들이 없었어. 하지만 그들은 아무런 도움이 되지 않았지. 역장은 자신의 노력과 업적으로 승진을 했던 거야. 이제 그에게는 자신의 일이 아내보다 더 큰 비중을 차지했고, 그녀는 더 이상 도움이 되지 못할뿐더러 필요치 않은 존재가 됐어. 그녀도 낌새를 알아차렸고, 가정의 분위기는 냉랭해지기 시작했지.

그건 진실이 아니야.

어째서 아니라는 건가? 앞에 그렇게 적혀 있잖나. 읽어 보란 말이야. 〈내 생애 처음으로 깊고도 강렬하며 건강한 자신감을 느꼈다. 아내는 내가 자신과 마주치기를 피하면서······ 우리 둘에게 속했던 것이 나만의 것을 위해 희생되었다.〉 이런 식이지. 〈우리 사이에는 틈 같은 게 생겼다.〉 ······이미 남편은 자신의 의지대로 행동했고 얽매이려 하지 않았어. 아내가 자신을 독점하려는 것이 불쾌하게 여겨졌지. 다행히도 아내는 사려 깊은 여자였기 때문에 아무런 소란을 피우지 않았고 담담하게 처신했어. 그 후 〈아내는 있는 그대로의 상황에 익숙해졌고, 자신과 타협을 했다〉, 다시 말해 자신을 굴종시키고 남편을 위해 헌신하기 시작한 거야.

그녀 스스로 원했던 일이야!

그래, 하지만 그녀에게 다른 선택이 있었나? 이혼을 하거나, 결혼한 사람들 간에 그러듯 은밀하면서도 광적으로 서로 미워하거나, 아니면 〈남편의〉 게임 룰을 인정하여 그가 주인이고 모든 것이 그를 중심으로 돌아가도록 하는 것 말고. 서로를 결속시켜 주던 것이 사라지자, 그녀는 남편의 것으로 남편을 붙잡으려 했지. 그의 안락과 습관과 욕구들로 말이야. 그러자 단지 남편만이 존재하게 된 거야. 그의 가정과 부부 생활은 오로지 그의 편안과 영달을 위해서만 존재했지. 그는 역과 가정의 주인이었어. 그것은 작고 폐쇄된 세계였지만 그의 것이었고, 그를 숭배했어. 그때가 사실 그의 인생에서 가장 행복한 시절이었지. 그러기 때문에 죽은 아내를 회상할 때면 실은 바로 이 시기를, 그의 자존심을 〈강하고 건강하게〉

만족시켜 주던 이 시기를 생각하는 거야.

그다음에 일어났던 일은?

전쟁 때 말인가?

그래. 그 일도 명예욕 때문에 했나?

말하기 어렵군. 어쩌면 황제가 패배하게 되리라 예측할 수도 있었지. 하지만 그 생각은 너무 위험했어. 우리 같은 사람에게는 어울리지 않는 생각이지. 물론 자네의 추리하고도 맞지 않고.

왜 맞지 않지?

이봐, 그 낭만적인 역장님은 영웅도 아니었고, 그런 행동은 그의 사고방식과는 판이하기 짝이 없었어. 자네의 그 이야기가 왜 쓰여야 했는지 말해 주지. 바로 그 전쟁 중의 에피소드 말일세. 아마 누군가가 이 글을 읽다가 찾아낼 거야. 〈여길 봐, 여기 한 역장이 있었는데 이러저러한 행동을 했군. 심지어 민족을 위해 목숨을 걸기도 했어. 이런 겸손한 영웅을 봤나.〉 아주 조금만, 입을 반만 열어 눈에 띄지 않게 자신의 업적을 내비치려고…… 그래서 회상을 적어 놓은 것 아닌가?

거짓말, 거짓말이야! 난 평범한 인생의 회상을 글로 옮긴 것뿐이다!

그 영웅 행위도?

그것도 바로 평범한 인생의 한 부분이지.

말이 좋군. 그 말이 유언이 아니라서 유감이야. 그 후 관청의 윗자리에 앉아 있던 사람은 더 이상 영웅이 아닐세. 그곳에 앉아 있던 사람은 나였어. 어디론가 도달하기 위해 억척스럽고 야망에 불타며 열심히 일을 하던 내가 그곳에 앉아 있었던 거야. 좀 더 큰사람이 되려고 애쓰던 조그만 나였단 말이야.

하지만 그곳에 있던 자도 착하고 양심적인 공무원이었어.

어리석은 소리. 그는 주목을 받고 조금이라도 더 출세하려고 무슨 짓이든 다 했지. 그는 한평생 오로지 자신만을 생각하며 살았어. 그 때문에 얼마나 열심히 공부를 했고, 모범 학생과 모범 공무원이 되기 위해 얼마나 많은 것을 감내했던가! 그러기 위해 한평생이 걸렸고, 모든 것을 바쳤지. 결국 그는 더 높이 올라가는 약삭빠른 자들을 보았어⋯⋯ 어떻게? 단지 더 강하고 용감했기 때문에! 그들은 바지가 닳도록 열심히 일할 필요도, 열심히 공부할 필요도 없었어. 그들이 어디에 도달했는지 아는가. 그들이 사무실에 들어오면 나는 깍듯이 인사를 올려야 했어! 이미 초등학교 때부터 나를 다른 아이들의 모범으로 삼고, 그 후 나의 역을 모범 역으로 추켜세우던 게 무슨 소용이란 말인가? 세상이란 보다 강하고 용감한 그들을 위해 존재하는 것이고, 나는 패배자였다. 그것이 평범한 인생의 완성인 셈이었어. 나의 패배를 바라보는 것

말이야. 그 패배를 경험하기 위해선 조금은 위로 올라가야 했지.

　넌 이제 그 복수를 하는 거군.

　그래. 이제 복수를 하는 거야. 난 그 삶이 헛되고 보잘것없고 굴욕적이었다는 걸 알지. 그런데 넌 달라. 넌 잘 지내고 있어. 꽃들과 정원과 네 톱밥 뿌린 울타리와 어울리면서 그 놀이 속에서 자신을 잊을 수 있지만, 난 그렇지가 않아. 난 패배한 그 사람이고, 그것은 나의 평범한 인생이야. 그래, 난 복수를 한다. 그 이유가 뭔지 알아? 난 거의 치욕스럽게 일자리를 떠나야 했지? 맙소사, 그들은 나를 조사하기까지 했다고! 내가 직장과 수송 관련 부서 같은 곳에 엄청난 비리가 있는 걸 알고 있었기 때문이지. 그것은 다른 사람들, 그 용감한 사람들의 짓이었어. 난 알고 있었지만 입을 다물었어. 이봐, 자네들은 내 손안에 있어. 필요하면 다 폭로할 거야. 그사이 일이 터졌고, 그들은 나를 조사했어. 모범적이고 흠잡을 데 없는 공무원인 나를 말이야! 그들은 당연히 그 점을 인정해야 했지만…… 난 은퇴를 했어. 패배였지. 그런데 왜 내가 복수를 해선 안 되는 거지? 그 때문에 이 기억을 적는 거야…….

　단지 그 때문에?

　그래. 내겐 죄가 없었다는 것을 말하기 위해서지. 그 일은 상세하게 밝혀져야 했어. 평범한 인생이니, 목가적 삶이니 하는 바보 같은 소리만 늘어놓을 게 아니라 말이야. 그 끔찍하고 부당한 패배만이 유일하게 중요한 일이야. 그건 행복한 인생이 아니었고, 끔찍한 삶이었어. 그걸 모른단 말인가?

22

 이렇게 계속할 수는 없다. 중단해야 한다. 신경이 너무 날카로워지는 것 같다. 두 음성이 서로 싸우면 심장이 세차게 뛰기 시작하고, 이어서 여기 가슴에 짓눌리는 듯한 통증이 느껴진다. 의사가 와서 혈압을 재더니 어두운 표정을 지었다. 그는 화를 내며 말했다.「무슨 일을 하시는 거죠? 혈압이 치솟고 있어요. 절대 안정을 취하셔야 합니다.」나는 쓰는 일을 중지하고 가만히 누워 있으려 했다. 그러나 머릿속에는 다시 대화의 단편들이 떠오르고, 두 음성은 어리석은 일의 시비를 가리려고 싸움을 시작한다. 내가 재차 끼어들지 않을 수 없다. 조용히 해. 다투지 말란 말이야. 모두가 진실이다. 하지만 사람의 마음속에, 이 평범한 인생 속에도 여러 가지 동기가 존재할 수 있지 않은가? 아주 단순한 일이야. 인간은 이기적이고 태생적으로 자신에게 유리하도록 생각하기 마련이지. 잠시 그걸 잊고, 자신마저 잊은 채 자기가 몰두하는 일만이 존재할 때가 있는 거야.

가만있어 봐. 그처럼 단순한 게 아니지. 그건 두 개의 전혀 다른 삶이야. 그게 문제라고!

뭐가 문제란 말인가?

둘 중 어느 것이 〈진정한 삶〉이라는 게.

이제 그만. 피곤하다. 나는 건강을 조심해 왔다. 그 당시 역에서 각혈을 하던 때부터 난 몸조심을 해야 한다고 자신에게 입버릇처럼 말했다. 거의 평생 동안 나는 침에 피가 배어 있지나 않은지 손수건을 들여다보았다. 그 행동은 세상 끝에 있는 마지막 역에서 시작되었고, 마치 생활에서 지켜야 할 가장 중요한 수칙인 양 건강에 대한 끊임없는 걱정이 마음속에 자리를 차지하고 있었다.

삶의 가장 중요한 수칙이라, 그게 실제는 뭐였지? 내 인생을 돌이켜 볼 때 그 당시 역에서 붉은 피가 입 밖으로 뿜어져 나온 것이 내가 경험한 가장 큰 충격이었다. 나는 탈진하여 주저앉았고, 이루 말할 수 없는 나약함과 비참함을 느꼈다. 깜짝 놀란 한 직원이 젖은 수건으로 내 이마를 닦아 주었다. 끔찍했다. 그래, 그것이 내 인생에서 가장 충격적이고 경악스러운 경험이었다. 놀란 다음으로 다가온 것은, 설사 보잘것없고 초라한 삶이더라도 살고 싶다는 욕망이었다. 삶에 대한 강렬한 사랑이 난생처음 의식되었다. 사실 그때 나의 인생 전체에 변화가 일어났고, 나는 다른 사람이 되었다. 그때까지 나는 시간을 허비하거나 되는 대로 살아왔었다. 갑자기 나는 내가 살아 있다는 사실을 매우 중시했고, 자신과 주위의 모든 것을 전혀 다르게 보기 시작했다. 목재 더미 위에 앉아 냉이와 억새풀이 무성하게 자라난 녹슨 선로를 바라보거나, 한없이 새롭고 또한 한없이 똑같은 강물의 물결을 오랫동안 관찰하는 것에 만족했다. 그러면서 나는 하루에 수백 번씩 되뇌었다. 숨을 깊이 들이쉬자. 건강에 좋다. 그 당시 나는 모든 사소하고 규칙적인 것들과 생활의 조용한 리듬을 사랑하기 시작했다. 내게는 아직 보헤미안적인 빈정거림이 남아 있었고, 많은 것에 냉소적이었지만, 내가 살아날 것인지 확신이 서지 않았다. 그것은 여전히 차갑고 거친 절망의 몸짓이었다. 나는 조용하고 만족스럽게 삶에 집착하기 시작했고, 온화하고 친숙한 일들에 기뻐하며 자신을 돌보았다. 사실 병의 치유와 더불어 내 삶의 목가적인 생활이 시작된 것이다. 그런 생활은 중요하고도 결정적인 궤도 변경을 초래했다.

그러나 그것은 실제로 궤도 변경이 아니었다. 이제 나는 더 잘, 아주 분명하게 알고 있다. 나는 유년기부터 다시 시작해야 할 것 같다. 어머니는 내가 무사한지 확인하려고 매 순간 문밖을 내다보았다. 나는 결핵에 걸린 마르티네크 아저씨를 무서워했고, 그에게 가까이 다가가지 말아야 했다. 어머니는 내가 위험에 처한 약골이라는 강박 관념을 가지고 있었고, 너무나도 열정적인 성격이어서 내가 아플 때면 보호하려는 듯 나를 품에 안았다. 밤이 되면 놀란 눈으로 나를 내려다보며, 무릎을 꿇고 나의 건강을 위해 소리 내어 기도했다. 병이 든다는 것은 중차대한 일이었다. 모든 것이 꼬마를 중심으로 일어났고, 마당에서 톱질이나 망치질하는 일도 소리를 죽여야 했다. 아버지 역시 목소리를 낮춰 말해야 했다. 어머니는 사랑의 표현을 함으로써 나는 다른 아이들보다 연약하고 특별한 보호를 받아야 한다는 생각을 내 마음속에 불어넣었다. 그 때문에 나는 아이들과 힘겨루기를 피했고, 심하게 달리기를 하거나 강물에 뛰어들거나 싸움질을 해선 안 된다고 생각했다. 나는 약하고 민감한 아이였기 때문이다. 나는 내가 다른 아이들보다 고귀하게 여겨지는 걸 자랑스러워할 수도 있었지만, 아이들은 사내답고 건강한 것을 좋아했다. 그러니까 내게 내성적인 성향과 자신에 대한 불신, 육체적인 열등감을 조장한 것은 바로 어머니였고, 그런 분위기 속에서 나는 성장했다. 어머니의 병적인 사랑은 내 마음속에 자신을 끊임없는 간호와 특별 대우의 대상으로 여기는 성향을 심어 놓았다. 실제로 병이 들었을 때 나는 그 성향 안으로 기꺼이 안주했다. 바로 그때 나는 자신 속에서 걱정하고 우울해하는 자아를 발견했으며, 그 자아는 심각하게 나의 배출물을 바라보고, 맥박을 재고, 생활의 안정을 사랑하고, 편안하고 조용한 생활에 집착했다. 그것이 내 평생은 아니었지만, 내 인생에서 중요하고 지속적인 큰 부분이었다. 이제 그것을 깨닫게 된다.

아버지는 조금 달랐다. 아버지는 기둥처럼 강하고 단단한 사람이었기 때문에 내게 깊은 인상을 남겨 주었다. 그가 마음만 먹으면 이 세상 누구라도 때려눕힐 수 있을 것 같았다. 물론 그 당시 그의 자린고비 같은 성향을 잘 이해하지는 못했지만 — 그건 거의 수전노의 경지였다. 나는 하찮은 노동자였던 마르티네크 아저씨가 그 여자아이에게 동전을 줄 때 못 본 척하는 아버지의 모습을 보면서 처음으로 그런 사실을 깨달았다. 그때 꼬마는 경멸감 같은 뭔가 이상야릇한 감정에 전율했다. 지금의 나는 가엾은 아버지가 그리 강한 사람이 아니었고, 사실은 삶을 두려워했다는 것을 안다. 절약이란 수동적인 미덕이며, 안정된 생활에 대한 희구이자 닥쳐올 미래와 위기와 우연에 대한 두려움이다. 탐욕이란 잔인할 정도로 우울증과 유사하다. 아버지는 엄숙하고 떨리는 목소리로 자주 훈계를 했다. 「공부만 해라, 애야. 공무원이 되기만 하면 생활이 〈안정〉된단다. 그게 인생에서 기대할 수 있는 최고의 경지란다. 확실한 기반과 안정과 자신감만 가지고 있으면 아무것도 걱정할 일이 없지.」 나무처럼 크고 강했던 아버지가 그와 같은 생각을 품고 있었는데, 나약하고 응석받이인 아이가 어디에서 용기를 배웠겠는가? 내게는 어린 시절부터 그런 성향이 철저하게 준비되어 있었으며, 육체적인 충격이 나타나자 겁을 먹고 움츠러든 나는 삶에 대한 방어적 두려움을 느꼈고, 그 두려움을 삶의 질서로 삼았던 것이다.

그런 성향은 내가 의식하는 것보다 나의 내면에 보다 깊이 자리 잡고 있었음이 틀림없다. 그것은 마치 본능처럼 맹목적이고 분명하게 나의 삶을 이끌었다. 나는 지금 고인이 된 아내를 생각한다. 하필이면 그녀를, 누군가를 돌보기 위해 태어난 듯한 그녀를 만나게 된 것은 참으로 묘한 일이다. 아마 그녀가 아주 감상적이고 동시에 사려 깊은 사람이었기에 누군가를 돌보고자 하는 마음이 생겼을 것이다. 그것은 사려 깊고 이성적이며 실질적인 사랑의 형식이다. 그녀는 내가 죽음의 문턱을 드나들고, 나의 흥미롭게 창백한 얼굴에 보다 깊은 원인이 있음을 알게 된 순간 나를 열렬히 사랑하게 되었다. 그 당시 그녀에게는 갑자기 자애심, 사랑, 모성애 등의 감정이 폭발했고, 감정은 빠르게 무르익었다. 모든 것이 한꺼번에 나타났다. 처녀의 놀란 가슴, 여성적 연민, 어머니 같은 열의, 사랑에 대한 몽상, 내가 많이 먹고 저울에 올라서야 한다는 쉴 새 없는 조바심 등이. 살이 찌는 것은 사랑의 대화를 나누는 일만큼이나 중요하고 아름다운 일이었다. 그녀는 밤의 어둠 속에서 내 손을 꼭 붙잡고 눈물이 가득한 눈으로 속삭였다.「〈제발, 제발〉 많이 드세요. 몸조심한다고 내게 맹

세해 주세요!」 지금도 나는 그 일에 웃음을 지을 수가 없다. 그 시절은 우리 둘만을 위한 달콤하고도 격정적인 시처럼 느껴지는 기간이었다. 나는 내가 오로지 그녀를 위해서, 그녀를 기쁘게 하기 위해서 건강을 회복하려 하는 것 같았고, 그것을 아름답고 자상한 일이라고 생각했다. 그녀는 자신이 나의 목숨을 구하고 내게 생명을 돌려주는 일을 하고 있다고 믿었다. 다시 말해 나는 그녀의 의무이자 운명이었다. 그래, 내가 그 역으로 전보(轉補)받게 된 것은 분명 우연에 불과했다고 생각한다. 하지만 그 역에서 내 인생의 질서를 형성하게 된 것은 신기하고 놀라운 일이다. 그때까지 나는 우울증적인 불안을 숨기며, 그것을 나의 약점처럼 수치스러워했다. 이제는 그런 생각에서 벗어나, 나의 건강 상태는 두 사람에게 공동의 지극히 중요한 일이자 사랑과 신뢰의 대상이 되었다. 더 이상 어떤 결함이나 장애가 아니라, 삶에 의미와 질서를 부여하는 긍정적이고 중요한 요소가 되었다.

그런 상황 속에서 조용하고 자연스럽게 영위되었던 우리의 부부 생활을 생각해 본다. 내 아내는 처음부터 나의 건강에 대한 배려를 자신의 일로 삼았다. 이렇게 말하듯이. 〈그건 남자의 일이 아니고 여자가 걱정할 일이에요. 그런 일은 내게 맡겨 두세요.〉 그래, 그와 같이 진행되었다. 나는 얼굴에 표정만 지으면 그뿐이었고, 그녀가 모든 걸 처리했다. 배려심 많고 청결한 그녀가 기뻐하는 모습을 보며 나는 아무런 부담도 느끼지 않았다. 나는 서서히 건강을 회복했고, 나를 보살피고 내 건강을 위해 많은 애를 쓰는 아내의 곁에서 안정감을 얻었다. 내가 몸을 씻으면 수건을 든 채 기다리고 서서 나의 젖은 등을 두드리는 모습은 정다운 부부 생활로 보이지만, 그것은 날마다 행하는 건강 점검이었다. 굳이 말로 표현할 필요도 없이 우리는 둘 다 그 점을 알고 있었고, 나는 항상 그녀를 곁눈질했다. 「이러면 된 거요?」 그녀는 미소 지으며 고개를 끄덕였다. 「좋아요.」 그녀의 온화하고 절도 있는 내조는 내게 일정한 울타리를 마련해 주었고, 나로 하여금 자신에 대한 두려움 때문에 움츠러들 필요가 없도록 해주었다. 그녀는 어머니처럼 〈그렇게 격렬하게 하지 말아요. 푹 주무세요. 무리하면 안 돼요〉 같은 말을 했다. 나는 때때로 화를 내기도 했지만, 내면 깊은 곳에서는 그녀에게 감사하고 있었다. 나는 그녀의 말을 따르는 게 나를 위해 더 유익하다는 것을 인정했다. 더 이상 나는 내 육체의 상태에 대해 걱정할 필요가 없었다. 그 걱정은 아내가 대신해 주었고, 그녀는 나의 야심을 북돋아 주었다. 그런 배려 또한 나의 건강에 도움이 되었고, 삶에 대한 관심을 높여 주었다. 마치 남자란 그런 배려가 없으면 숨도 쉬지 못하는 존재처럼 느껴졌다. 「내게 오늘 하루 동안 한 일을 모두 이야기해 보세요. 그러면 일하는 데에도 더 재미가 붙을 거예요. 아니면 미래를 설계해 볼까요? 낙천주의도 건강한 생각이고, 행복한 생활에 필요한 거죠.」이 모든 것이 당연하고 믿음직스럽게 비치던 결혼 생활이었다. 그러나 지금은 달라졌다. 이제는 내게서 두려움과 무력감을 덜어 줄 사람이 아무도 없는 것이다.「두려워하지 말아요. 여긴 당신의 가정이에요. 여기엔 필요한 게 다 있고, 당신은 안전한 곳에서 보호받고 있는 거예요.」

그 후 나는 나의 역에서 일하게 되면서부터 무쇠같이 건강해졌음을 느꼈다. 그 때문에 나는 더 이상 그녀를 많이 필요로 하지 않았고, 그런 상태에서 그녀는 약간 소외감을 느꼈다. 그녀는 그것을 감지하고 나를 붙들려 했고, 때로는 매우 걱정되는 목소리로 말했다.「몸을 좀 더 아껴야 해요.」그녀는 내가 아버지가 되면 더 나아질 거라고 생각하고, 내게 아기를 안겨 주려고 했다. 하지만 아기는 생기지 않았다. 다른 방법이 없자, 그녀는 나를 제왕 대하듯 하며 나의 편안과 생활의 리듬을 지키려 했다. 그녀는 내가 잘 먹고, 오래 자고, 내게 필요한 모든 것이 제자리에 놓여 있도록 하는 것을 지고의 원칙으로 삼았다. 습관화된 생활은 나무가 땅에 뿌리를 내리듯 안전하고 공고하다. 자신의 습관을 지키는 일 또한 자신을 돌보는 한 가지 방법이 된다. 그녀는 그 일을 자기의 일과로 삼아 나의 습관을 관리했고, 나는 그저 차분하고 느긋하게 모든 걸 받아들이기만 하면 되었다. 여보, 나는 오로지 당신을 위해, 당신이 그렇게 잘 처리해 주고 있기에 받아들였던 것이오. 누군가가 자신을 보살펴 줄 때 인간은 이기적이 될 필요가 없다. 솔직하고 남자다운 생각을 품고, 자신의 편안이 아니라 오로지 자신의 작업만을 생각하면 된다. 그러다가 최후의 날이 다가오면 말하게 되리라. 나는 단지 나의 일을 위해 살았고, 내게는 착한 아내가 있었다. 그것이 평범하고 건강한 인생이었다라고.

그러니까 우리에게 세 번째 인물이 있는 거군. 나의 내면 깊숙이에 있는 호전적인 목소리가 말한다.
세 번째 인물이라니?
흠, 첫 번째는 평범하고 행복한 사람이고, 두 번째는 출세를 위해 몸부림치는 억척이이고, 이 우울증 환자가 세 번째 인물이지. 유감이지만 그것은 세 개의 삶이고, 서로 다른 존재들이야. 절대적으로, 극단적으로, 근본적으로 다른 삶이지.
그건 전체적으로 볼 때 한 개의 평범하고 단순한 삶이야.
난 모르겠어. 그 억척이는 결코 행복하지 않았어. 이 우울증 환자는 끈질기게 출세를 추구할 수가 없었지. 행복한 인간이 우울증 환자가 될 수 없는 건 당연한 것이고. 말도 안 돼, 여기에 세 인물이 있는 거야.
그리고 인생은 하나뿐이었고.
그게 문제야. 세 개의 독자적인 인생이 있었다면 훨씬 단순했을 거야. 그러면 각자의 삶은 완전하고, 앞뒤가 들어맞고, 제 나름대로의 법칙과 의미를 가졌겠지. 그러나 네게는 이 세 개의 삶이 서로 뒤섞여 있고, 때로는 이 삶이, 때로는 다시 저 삶이 두각을 나타내는 거야.

아니, 잠깐, 그렇지가 않아! 뭔가 뒤섞이게 되면 열병 같은 것이 생기는 법이지. 나는 그걸 알아. 밤마다 악몽에 시달리곤 했으니까. 아, 모든 것이 꿈속에서 얼마나 끔찍한 혼란에 빠져 있었던가! 하지만 이젠 다 지나간 일이야. 나는 건강해졌고, 악몽도 꾸지 않아. 그렇지? 나는 악몽을 꾸는 게 아니지?

아하, 또다시 우울증 환자가 나타나셨군. 이자도 패배자야!

무엇에 패배했다는 거지?

모든 것에. 우울증 환자가 언제 죽게 될 건지 말해 봐.

그만두지 못해!

23

 나는 사흘 동안 잠을 자지 못했다. 어떤 일이 일어났었고, 이미 사흘째가 되어 나는 머리를 뒤흔들고 있다. 그것은 대단한 일도, 멋진 일도 아니었다. 그런 일은 내 생활에서 일어날 리가 없다. 오히려 그 일은 거의 고통스러운 상황이었고, 나는 약간 우스꽝스러운 역할을 맡았다고 생각한다. 얼마 전 어느 날 오후에 가정부가 젊은 청년 한 사람이 찾아왔다고 전했다. 나는 화를 냈다. 「그와 무슨 용무가 있다고? 내가 집에 없다며 둘러댈 수 있잖소. 할 수 없지. 들어오라고 해요.」

 그 청년은 내가 좋아하지 않는 부류였는데, 불필요하게 키가 컸고, 자신만만했고, 머리가 길었으며, 간단히 말해 아주 멋쟁이였다. 그는 긴 머리를 뒤로 넘기며 뭐라고 이름을 댔는데, 나는 물론 그 이름을 즉각 잊어버렸다. 나는 면도도 하지 않고 의복을 차려입지도 않은 데다가, 슬리퍼와 낡은 잠옷 차림에 담배쌈지처럼 주름진 얼굴로 앉아 있는 내 모습에 수치심을 느꼈다. 또한 나는 가능한 한 퉁명스럽게 무슨 일로 나를 찾아왔는지 물었다.

청년은 현재 박사 학위 논문을 쓰고 있다며 약간 급한 어투로 말했다. 논문의 주제는 1890년대 동인 시인들의 태동에 관한 것이라고 했다. 「그때는 정말 흥미로운 시기였습니다.」 그는 내게 가르침을 주려는 듯한 어조로 분명하게 말했다. (그의 크고 붉은 손과 나무토막 같은 뼈대는 심한 거부감을 불러일으켰다.) 논문 자료를 수집하는 중에 나를 찾아왔다고 했다.

나는 약간 의아스러운 눈길로 그를 쳐다보았다. 여보게, 젊은 친구. 뭔가 착각한 게 아닐는지. 자네의 자료 수집이 나와 무슨 상관이 있단 말인가?

청년은 그 시기에 간행된 두 권의 시집에서 내 이름이 서명된 시들을 발견했다고 했다. 「문학사의 뒤편에 숨겨져 있던 이름 말입니다.」 그는 자신감에 차서 의기양양하게 말했다. 「제가 그걸 찾아낸 겁니다!」 그는 그 잊힌 작가를 추적하던 중 그 당시의 어떤 주변 인물로부터 작가가 철도 공무원이 되었다는 말을 듣고 계속 수소문하다가 철도청에서 내 주소를 확인할 수 있었다고 했다. 그는 대뜸 내게 질문을 던졌다. 「당신이 그 시인이시죠?」

그래, 올 것이 왔구나! 나는 눈썹을 치켜 올리고 그것은 착각이라고 말하고 싶은 강한 충동을 느꼈다. 나와 시가 무슨 상관이냐고! 하지만 나는 이제 더 이상 거짓말을 하고 싶지 않았다. 나는 손을 비비며 그건 어리석은 짓에 불과했고, 이미 오래전에 그 일을 그만두었다고 중얼거렸다.

청년은 얼굴이 환해졌고 의기양양하게 머리를 뒤로 넘겼다. 「그 시들은 대단합니다!」 그의 목소리는 쩌렁쩌렁할 정도로 울렸다. 「다른 잡지들에는 기고하시지 않았나요? 시들을 나중에 어디에서 출판했습니까?」

나는 고개를 가로저었다. 「더 이상은 한 줄도 쓴 적이 없소. 유감스럽게도 더 해드릴 말이 없소이다.」

청년은 감탄하면서 목이 졸리는 듯 손가락으로 옷깃을 느슨하게 풀었다. 그의 이마는 땀으로 번들거렸다. 그는 나를 향해 외쳤다. 「대단한 시들이에요. 마치 아르튀르 랭보의 시 같습니다! 불타는 유성과 같은 시! 아무도 그런 생각을 하지 못했습니다. 선생님, 이건 발견이에요. 대단한 발견이지요!」 그는 큰 소리를 내며 못생긴 붉은 손으로 머리를 쓸어 올렸다.

나는 화가 났다. 나는 시끄러운 사람과 특히 젊은 사람들을 좋아하지 않았는데, 그들에게는 질서나 절도 같은 것이 없기 때문이다. 「어리석은 짓이었소. 형편없고 전혀 가치가 없는 시들입니다. 아무도 그 시에 관해서 모르는 게 나아요.」 나는 무덤덤하게 말했다.

청년은 연민이 담긴 미소를 지으며 나를 진정시키려는 듯 거의 굽어보는 눈길로 바라보았다. 「그게 아닙니다, 선생님.

그건 문학사에서 기념비적인 사건입니다. 저는 그 시인을 〈체코의 랭보〉라고 부르고 싶습니다. 저의 견해로는 1890년 대의 시 가운데 가장 흥미로운 현상이라고 생각합니다. 어떤 시의 유파(流派) 형성의 문제는 아닙니다만.」 말을 이어 가는 그의 눈빛은 전문가처럼 반짝거렸다. 「시의 발전사에서 그 시들의 의미는 크지 않습니다. 어떤 깊은 영향을 남긴 것도 없구요. 하지만 개별적인 현상으로는 매우 놀랍고, 뭔가 독창적이면서 강렬하지요. 예를 들어 이렇게 시작하는 시 말입니다. 〈코코넛이 열린 야자나무에 탬버린이 울릴 때……〉 그 다음 부분이 어떻게 되는지는 당연히 알고 계시겠죠.」 그는 감동하여 눈을 크게 뜨고 나를 바라보았다.

그가 인용한 시는 어떤 불쾌한 기억처럼 고통스럽게 느껴졌다. 나는 그에게 중얼거렸다. 「이봐요, 난 한 번도 야자나무를 본 적이 없어요. 아주 바보 같은 짓이었지!」

청년은 거의 흥분한 목소리로 말을 더듬었다. 「야자나무를 보지 못한 건 상관이 없어요! 시에 대해 전혀 그릇된 견해를 가지고 계시는군요.」

「어떻게 야자나무에서 탬버린이 울릴 수 있단 말이오?」 내가 대꾸했다.

청년은 나의 몰이해에 모욕감을 느낀 듯했고, 뻔한 것을 설명해야 하는 사람처럼 화를 냈다. 「하지만 야자나무의 열매 코코넛이 있잖습니까. 코코넛들이 바람에 흔들려 소리를 내는 거죠. 〈코코넛이 열린 야자나무에 탬버린이 울릴 때……〉 들리세요? 우선은 그 〈ㅋ〉자들이 서로 부딪히는 소리를 묘사하고, 그다음에는 음악으로 녹아드는 겁니다……〈탬버린이 울릴 때〉그 뒤에는 우연히도 훨씬 감미로운 행들이 나타나지요.」그는 답답한 마음에 이야기를 중단하고 머리를 뒤로 쓸어 올렸다. 마치 그 시 속에서 자신의 가장 소중한 재산을 보호하려는 것 같았다. 그러나 잠시 후 그는 다시 나를 부드럽게 바라보았다. 젊음이란 너그러운 것이니까.
「정말로 그건 대단한 시입니다. 독창적이고 강하고 전혀 새로운 시도죠…… 물론 그 당시에 해당하는 말씀입니다만.」청년은 의식적으로 강조하며 말을 덧붙였다. 「형식에서는 그리 새롭지 못하지만, 그 시상들 말입니다. 선생님은 말하자면 고전적 형식을 사용했지만, 그것을 내부로부터 타파한 것입니다. 형식 면에서는 흠잡을 데 없고 엄격한 정형시이지만, 내적으로는 섬뜩한 상상을 담고 있는 거죠.」그는 자신의 느낌을 어떻게든 표현해 보려고 주먹을 불끈 쥐었다. 「마치 선생님께서는 엄격하고 정형적인 형식을 비웃으려 한 것 같습니다. 그처럼 정형적인 시이지만 내적으로는 뭔가 부패한 고기 같은 것이 인광을 발하는 느낌이 듭니다. 아니면 그것이 엄청나게 열을 발하여 이제 파열되기를 기다리는 느낌이거나. 그건 아주 위험한 유희 같은 겁니다. 정형시 형식에다 그 내면의 지옥을 담는…… 사실 그 사이에는 갈등과 끔찍한 내적 긴장 같은 것이 들어 있는 거죠. 이해하시겠습니까? 그 시상은 비상하려고 합니다만, 뭔가 정형적이고 폐쇄적인 것 안으로 끌려 들어가 에워싸이고 맙니다. 그 때문에 힘을 잃어버리고, 외관상으로는 아주 전형적인 시처럼 보이는 겁니다. 그러나 그 내적인 압력으로 인해 시의 쉼표 부분이 옮겨져 있는 것을 의식한다면…….」 갑자기 청년은 더 이상 확신에 차 있지 않았으며, 긴장으로 땀을 흘리면서 흐릿한 눈으로 나를 쳐다보고 있었다. 「제가 정확하게 표현했는지 모르겠습니다…… 위대한 시인이신 선생님!」 그는 더듬거리며 얼굴을 붉혔다. 그러나 그 젊은이보다 내 얼굴이 더 붉어졌고, 나는 이루 말할 수 없이 수치스러웠으며, 정신 나간 사람처럼 그를 응시했다.

나는 당황하여 중얼거렸다. 「하지만 그 시들은 형편없었소…… 그래서 시 쓰는 일을 그만둔 것이고 무엇보다도…….」

청년은 고개를 흔들며 나를 계속 응시한 채로 말했다. 「그렇지 않아요. 선생님은…… 선생님은 중단하실 수밖에 없었던 겁니다. 만일 계속 시를 썼다면 형식을 파괴하여 산산조각을 내야 했겠죠. 전 그걸 강렬하게 느낍니다.」 그는 안도의 한숨을 내쉬었다. 젊은이들에게는 자신에 관한 이야기를 하는 게 훨씬 쉬운 일이니까. 「그 여덟 편의 시는 제게 깊은 인상을 남겼습니다. 그 느낌을 제 여자 친구에게 말해 주었죠…… 그건 별로 중요한 이야기는 아닙니다만.」 그는 혼란스러운 상태가 되어 중얼거렸고, 두 손을 머리카락 사이로 밀어 넣었다. 「전 시인은 아니지만…… 그걸 상상할 수는 있습니다. 그런 시는 젊은 사람만이 쓸 수 있죠…… 그리고 일생에 단 한 번만 가능한 일입니다. 계속 시를 쓴다면 어떻게든 그 모순이 타협되어야 할 테고…… 그게 시인의 가장 놀라운 운명이지요. 그처럼 한 번 강하고 넘칠 정도로 발산하고는 끝인 거죠. 전 선생님이 아주 다른 모습일 거라고 상상했었습니다.」 그는 예기치 않게 한숨을 쉬었다.

나는 몹시도 그 시들에 관한 이야기를 좀 더 듣고 싶었고, 이 멍청이가 최소한 어떤 시 한 수를 더 인용해 주기를 바랐다. 하지만 그것을 요청하기가 매우 수치스럽고 당황스러운 나머지, 그가 어디 출신인가 등의 어리석고 틀에 박힌 질문을 던졌다. 그는 내가 자신을 어린 학생 다루듯 하는 것을 감수하며 속으로 열을 받은 채 앉아 있었다. 그래, 실망해라. 난 네게 시에 관한 것을 묻지 않을 테니까. 너도 어쩔 도리가 없겠지. 그래서 대화 사이에 길고도 고통스러운 침묵을 삽입하는 게 아닌가?

마침내 청년은 가벼운 마음으로 일어섰다. 또다시 불필요하게 커다란 몸집이었다. 「그럼, 이만 물러가겠습니다.」 그는 숨을 몰아쉬며 자신의 모자를 찾았다. 그래, 가라. 젊은이들은 제멋대로 왔다가 제멋대로 가는 걸 나는 아니까. 밖에는 그의 여자 친구가 기다리고 있었다. 그들은 팔짱을 낀 채 빠른 걸음으로 시내를 향해 걸어갔다. 젊은이들은 뭐가 그렇게 바쁜 걸까? 나는 그에게 가끔 찾아오라는 말조차 하지 못했다. 덜렁쇠 같은 친구. 나는 그가 누구인지도 모른다…….

그게 일어난 일의 전부였다.

24

 그게 일의 전모였다. 이제 네가 원한다면 머리를 가로저어도 좋다. 시인이라, 누가 그런 상상을 할 수 있으랴? 그 청년이 그렇게 불렀다고 해서 별 의미가 있는 것은 아니다. 망할 자식. 젊은이들이란 입을 열기만 하면 과장을 하고, 또한 그들은 과장을 해야 한다. 대학 도서관에 가서 청년의 이야기를 직접 확인해 봐야겠지만, 의사가 반드시 안정을 취하라고 했으니 집에 머물며 머리나 가로젓는 수밖에. 부질없는 생각. 넌 시의 한 행도 기억하지 못하고 있어. 사라진 건 사라진 거야. 그 기억들이 다 어디로 사라져 버렸을까! 〈코코넛이 열린 야자나무에 탬버린이 울릴 때〉라는 시구가 도무지 무슨 말인지 알 수 없고, 그저 머리만 갸웃거리게 된다. 맙소사, 도대체 야자나무는 어디에서 떠올린 생각이며, 코코넛이 너와 무슨 상관이 있었지? 어쩌면 코코넛 야자나무나 꿈을 관장하는 요정 매브[2] 따위가 아무런 상관이 없는 곳에, 바로 그런 곳에

2 셰익스피어의 「로미오와 줄리엣」에 나오는 퀸 매브Queen Mab. 꿈, 환

시가 존재하는 건지도 모르지. 그게 형편없는 시이고 청년이 멍청이일 수도 있다. 하지만 그 시에 코코넛 야자나무니 하는 것들이 들어 있었다는 것은 사실이다. 「굉장한 상상력이에요.」 청년은 그렇게 말했다. 그처럼 그 시에는 많은 것들이, 신기하고 소위 인광을 발하면서 작열하는 것들이 들어 있었음에 틀림없다. 시가 훌륭한가 형편없는가는 중요한 문제가 아니다. 그 시 속에 무엇이 있었는가를 아는 일이 중요한데, 그 시 속에 들어 있는 사물들이 바로 나였기 때문이다. 한때 코코넛 야자나무와 이상하고 인광을 발하면서 작열하던 무언가가 들어 있던 삶이 있었다. 자, 여기 그 삶이 있으니 그걸 어떻게 해야 할지 보라고. 넌 네 인생에 질서를 부여하고 그 야자나무를 어디론가, 서랍 속 같은 곳에다 감춰 방해가 되지 않게, 눈에 띄지 않게 하려고 했었지?

그것 보라니까. 이제 더 이상 그럴 수는 없어. 더 이상 손을 흔들며 부정할 수는 없는 거야. 어리석은 짓이지. 그것들은 형편없는 시들이었어. 내가 그 시들에 관해 아는 바가 없는 게 다행이다. 그래 봐야 소용없어. 코코넛 야자나무가 탬버린처럼 울리고 그랬다니까. 두 손을 흔들며 그 시들이 아무런 가치가 없는 것이라고 소리친다 하더라도, 그 야자나무를 뽑아 버리고 인광을 발하며 작열하던 것을 네 삶에서 제거하지는 못해. 그런 것들이 들어 있었던 것을 너는 알고 있지. 청

상을 관장하는 요정으로 이후 문학 작품에 자주 은유적으로 사용된다.

년은 거짓말을 하지 않았어. 시가 무엇인지 그가 전혀 모른다고 하더라도 바보는 아니야. 난 알았어. 그 당시 나는 시가 무엇인지 너무나도 잘 알고 있었어. 뚱보 시인도 그걸 알았지만 어떻게 시를 쓰는 건지는 몰랐어. 그래서 그렇게 절망에 찬 냉소를 지었던 거지. 하지만 난 알았어. 이제 머리를 흔들어 보라고. 그게 어디에 들어 있었는지! 아무도, 그 뚱보 시인도 그걸 이해하지 못했어. 그는 탐욕에 찬 눈으로 내 시들을 읽으며 소리를 질렀어. 「이 저주받은 돼지 같은 놈아, 어디에서 이런 영감을 얻었단 말이냐?」 그러고는 시를 찬미하기 위해 술을 퍼마시러 가서 울부짖었지. 「이 멍텅구리를 보시오. 이자는 시인이오! 이자와 같은 바보가 써내는 걸 보란 말이오!」 언젠가 그는 화를 내며 식칼을 들고 내게 다가왔다. 「시를 어떻게 쓰는 건지 당장 말해!」 어떻게 쓰다니. 시란 쓰이는 게 아니라 스스로 〈존재〉하는 것이다. 밤과 낮이 존재하는 것처럼 그렇게 단순하고 자명하게 존재한다. 어떤 영감도 아니며, 다만 광범위한 존재성일 따름이다. 사물이란 단순히 존재하는 것이다. 코코넛 야자나무나 날갯짓하는 천사같이 네가 기억하는 것은 존재하는 것이며, 너는 에덴동산의 아담처럼 단지 존재하는 것에 이름을 붙일 뿐이다. 그처럼 지극히 단순한 일이며, 다만 아주 많은 사물이 있는 것이다. 사물은 셀 수 없이 많고, 그 사물들은 앞면과 뒷면을 가지고 있으며, 수많은 인생이 있다. 그 속에 모든 시가 들어 있고, 모든 것이 시이며, 그 사실을 아는 사람은 시인이 된다. 마법사 같은 그가 우연히 코코넛 야자나무를 생각하면 야자나무가 생겨나고, 야자나무는 바람에 나부끼다 회색빛 코코넛 열매를 흔든다. 하지만 그건 타고 있는 램프를 바라보는 것처럼 당연한 일이다. 있는 그대로를 취하라. 시인은 사물이 존재한다는 신성할 정도로 단순한 이유로 인해 인광을 발하며 작열하는 사물들을 가지고 유희를 한다. 사물들이 그의 내면에 있건 외부에 있건, 그건 마찬가지이다. 그에게는 아주 단순하고 당연한 일이다. 다만 한 가지 유일한 전제 조건은 그가 시라고 불리는 그 독특한 세계 안에 존재하는 것이다. 그 세계 밖으로 나오게 되면 모든 건 즉각 사라져 버리고 만다. 코코넛 야자나무도, 인광을 발하고 작열하는 사물도 존재하지 않는다. 〈코코넛이 열린 야자나무에 탬버린이 울릴 때……〉, 맙소사, 이게 무슨 뜻인가? 바보 같은 소리! 야자나무도, 탬버린도, 작열하는 그 무엇도 존재하지 않았다. 그런 시구를 들으면 손만 가로저을 뿐. 이 말도 되지 않는 소리들!

　알겠나? 바로 그거야. 넌 그게 사라져 버린 게 이제 유감인 거야. 더 이상 그 시 속에 코코넛 야자나무 외에 무엇이 있었는지 알지 못하고, 또 무엇이 있을 수 있었는지, 네 자신 속에서 어떤 사물들을 볼 수 있었는지 생각이 나지 않는 거야. 그 당시 그것들을 보았던 것은 네가 시인이었기 때문이고, 또한 썩어 가는 고기와 용광로 같은 신기하고 괴이한 사물들을 보앉어. 천사 또는 말하는 불 덤불 같은 것을 볼 수 있었을지도 모르지. 그 당시에는 가능한 일이었어. 넌 시인이었으니까. 네 속에 무엇이 있는지를 보았고, 그것에 이름을 붙일 수가 있었지. 그 당시 너는 존재하는 사물들을 보았어. 이제는 끝난 일이야. 더 이상 야자나무도 존재하지 않고, 코코넛이 흔들거리는 소리를 들을 수도 없어. 아직 잠깐 동안이나마 시인이 될 수 있다면, 오늘날에도 네 속에 무엇이 들어 있는지 알 수 있을까. 시의 위대한 축복이 다시 한번 네게 내린다면 끔찍한 사물들, 신성한 사물들, 네가 알지 못하는 셀 수도 없고 표현되지도 않는 사물들, 사물들과 생명들과 관계들이 네 속에서 떠오르겠지! 부질없는 일이다. 넌 더 이상 아무것도 알아보지 못해. 그것은 너의 내면에서 몰락해 버렸고 끝난 거야. 다만 왜 네 속에 있던 모든 것으로부터 부랴부랴 달아났는지를 알고 있을 뿐이지. 무엇에 그렇게 놀랐었지? 아마 그게 너무 지나쳤거나 너무 뜨거워 손가락에 불이 붙기 시작했었는지도 모르지. 아니면 그 인광이 두려웠거나 불 덤불에 불이 붙어 네게 말을 걸까 봐 무서웠는지도 몰라. 너의 내면에는 뭔가 두려운 게 있었고, 너는 쉬지 않고 달아났어. 어디에서 멈춰 섰었나? 세상 끝에 있는 마지막 역이었던가? 아니야, 그곳엔 아직도 약간의 인광이 빛을 발하고 있었어. 네게 부여된 역에 가서야 비로소 멈출 수 있었고, 넌 사물들이 안전하게 질서를 이루는 그곳에 자신을 숨겼지. 그곳에서는 더 이상 두려워할 게 없었고, 안정을 찾을 수 있었어. 넌 죽도록 무서워했지. 이게 죽음일지 모른다, 조심해야 해. 이 길로 몇 걸음만 더 가면 미쳐 버리고, 자신이 파멸해 죽게 될 거라고 느꼈겠지. 나를 파멸시킬 그 불길에서 달아나자. 지체할 여유가 없다. 몇 달이 지나지 않아 네게서는 붉은 피가 터져 나왔고, 조속한 치유를 위해서 어떤 조치가 필요해졌어. 그러고는 너를 파멸시키지 않을 그 점잖고 견고하고 규칙적인 생활에 단단히 매달렸지. 삶에 필요한 것만을 골라잡고는 다른 어떤 것에도 눈길을 주지 않았어. 그 사이에는, 네가 명명한 끔찍하고 위험한 사물들 사이에는 죽음이 깃들어 있었으니까. 그렇게 되어 그것이 삶이라고 불리든 죽음이라고 불리든 간에 출구는 막혔고, 더 이상 밖으로 나갈 수가 없게 되었지. 출구는 막혔고 끝이 났고 존재하지 않는다. 넌 적절하게 진실로부터 벗어났고, 그것을 부정해 버렸지. 어리석은 짓이었어. 야자나무라니. 그런 건 성숙하고 적극적인 남자다운 생각이 아니라면서.

지금 너는 고개를 가로젓고 있다. 어쩌면 그 시들은 그렇게 형편없지도 않고, 바보 같은 게 아닐지도 모른다. 그 시에 대해 기쁨을 가질 수도, 약간은 우쭐해할 수도 있을지 모른다. 보라. 이 시들을 내가 썼고, 그다지 나쁘지는 않아. 하지만 너는 매우 슬퍼하고 있지. 심지어 그 호전적인 음성도 들리지 않는다. 그에게는 아무 쓸모가 없는 짓이지. 그는 그게 패배의 시기였고, 네가 시인이기에는 재능도 인격도 갖추지 못했기 때문에 그만두었다고 판단하고 있다. 이제 모든 건 전혀 다르게 나타나며, 자신으로부터의 도피이자 네 속에 있던 것으로 함몰하지 않기 위해 느꼈던 공포처럼 보인다. 불구덩이를 막아 버렸고, 괴물이 스스로 질식하도록 만든 것처럼 보인다. 아마 불길은 벌써 꺼졌을 것이다. 이젠 더 이상 손가락에 불이 붙지 않고 손이 뜨겁지 않다. 자신을 바라보지 않기 위해 너는 일들에 몰두하기 시작했고, 그 일을 네 직업이자 생활로 만들었다. 너는 성공했고, 너 자신에게서 벗어나 정상적인 사람이 되어 양심적이고 만족스럽게 평범한 인생을 살았어. 잘 살아온 삶인데 또 뭘 원하는 거지? 뭘 유감스러워하는 건가?

25

 아니, 그렇게 썩 잘된 건 아니었다. 시인은 내버려 두자. 어차피 끝장난 거니까. 그런데 순진하고 해롭지 않은 뭔가가 내게 또 들어 있었다. 난 그것으로부터 결코 벗어나지 못했고, 또한 벗어나려고 하지도 않았다. 그것은 시인이 되기 훨씬 전에, 사실은 이미 유년기 때부터 내게 들어 있었고, 톱밥의 울타리 안에도 있었다. 별다른 것은 아니었고 몽상, 낭만, 허구의 마술 같은 것이었다고나 할까. 그런 건 아이에게는 아주 자연스러운 모습이었다. 좀 별난 것은 그게 성인이 되고 심각한 남자에게도 마찬가지로 자연스러운 모습으로 여겨졌다는 것이다. 아이에겐 자기가 가지고 있는 콩들이 보물이고 닭들이고 마음먹은 모든 것으로 보였고, 아이는 아버지가 영웅이며 강물 속에는 이상하고 무시무시한 무언가가 있을 거라고 믿었다. 그런데 그 역장님을 보자. 그는 힘차고 약간은 느긋해 보이는 발걸음으로 플랫폼을 거닐며, 모든 것에 주의를 기울이는 듯 좌우를 둘러본다. 그러면서 트위드 복장을 하고 사냥을 나온 어떤 공주님이 첫눈에 자신에게 반해 버리면 어떨까 하는 상상을 한다. 역장님에겐 사랑하는 착한 아내가 있지만, 이 순간에는 아무 상관이 없다. 이 순간에는 공주님과 이야기를 나누고, 최대한의 예의를 지키면서 공주님이 겪고 있는 사랑의 고통을 함께 나누는 것이 더 기쁜 일이다. 또는 급행열차 두 대가 서로 충돌하는 사고가 일어나면 현장으로 달려가 단호하고 근엄한 명령을 내려 그 혼란과 공포를 제압하리라. 〈빨리 이리로 와봐요. 여기 한 여자가 갇혀 있어요.〉 그러면 모든 사람이 보는 앞에서 기차의 벽을 부수고 안으로 들어간다. 어디서 그런 엄청난 힘이 나오는 걸까! 처음 보는 여인은 생명의 은인에게 감사하며 손에 입을 맞추려 하지만, 그는 점잖게 물러선다. 〈아닙니다, 부인. 그건 제 의무였을 따름입니다.〉 그러고는 다시 커다란 갑판에 우뚝 선 선장처럼 구원의 손을 들어 올린다. 또는 군인이 되어 먼 길을 가는 도중에 꼬깃꼬깃한 편지 한 장을 발견하는데, 그 편지에는 황급하게 다음과 같이 적혀 있다. 〈나를 구해 주세요.〉 그는 즉각 그리로 달려가 영웅다운 행동을 하며 대단한 모험을 경험한다. 그런 상상에서 깨어나야 할 때면, 마치 어디에서 추락한 것처럼 불쾌한 느낌이 밀어닥치고 맥이 빠지면서 약간의 수치심이 일게 된다.

역장은 그런 어리석은 상상이 떠오르는 것을 거부하지 않았다. 그것에 대해 심각하게 생각하지도, 어떤 경우에도 아내에게 그런 생각을 털어놓으려고 하지도 않았지만, 그런 일이 일어나기를 고대했다. 아내와 사랑을 나누던 그 시절을 제외하고는 매일같이 자신의 생활에 어떤 사건이 일어나기를 꿈꾸고 있었다. 특정한 상상에 탐닉하여 세부적으로 상상을 전개하고 연결시켰다. 그에게는 수많은 가상(假想) 인생들이 있었다. 온통 연애 사건과 영웅적 행위와 모험으로 가득한 삶으로, 그 속에서 그는 늙지 않는 청년이자 건장한 기사였다. 때로는 죽을 때도 있었지만, 늘 용감했고 희생적인 죽음을 맞았다. 훌륭한 행동을 하고 나서는 뒤로 물러났지만, 궁극적으로는 자신의 이타적이고 고귀한 행동에 감동을 느꼈다. 그런 겸손한 모습에서 다른 현실의 삶으로 깨어나고 싶지 않았으며, 현실의 삶에는 훌륭한 행동을 할 일도, 고매하고 희생적으로 자신을 부정할 일도 없었다.

맞다. 그건 낭만에 불과했다. 하지만 내 마음속에 바로 그 낭만주의자가 있었기 때문에 나는 철도를 사랑했다. 철도가 지니고 있는 독특하고 약간은 이국적인 정취와 먼 곳에 대한 동경, 매일같이 도착하고 출발하는 모험을 수용하는 낭만이 있었던 것이다. 그래, 철도에는 뭔가 내게 걸맞은 것이 있었고, 철도는 나의 끊임없는 몽상에 어울리는 테두리였다. 다른 현실의 생활은 단지 일상이자 잘 굴러가는 메커니즘일 뿐이었다. 생활이 잘 영위되면 될수록 나의 몽상에는 방해가 덜 되었다. 내 내면의 호전적인 목소리여, 알아듣겠나? 신호가 울리고, 전신기가 작동하고, 사람들이 도착하고 떠나는 동안에 허구적인 내 삶을 꿈꾸기 위해 모범적이고 결함 없이 작동하는 역을 꾸몄던 걸세. 기차 바퀴가 굴러가는 걸 보면 커다란 희열이 느껴지고, 그 기차를 타고 먼 길을 달리는 상상을 하며 끊임없이 동일하고 끊임없이 다른 끝없는 모험의 길을 가게 된다. 그 때문에 아내는 내가 자기를 피하고 철도가 있는 저 아래에서 내게만 속한 삶을 살고 있다고 느꼈던 것이다. 그 삶 안에 아내가 있을 공간은 없었고, 나는 그녀에게 그 삶을 이야기하지 않았다. 트위드 복장을 한 공주나 아름다운 여인들에 관한 이야기를 어떻게 그녀에게 할 수 있었겠는가? 그래요. 내가 뭘 하며 지내는지 말할 수는 없었소. 여보, 당신은 나의 육신을 돌보았지만, 나의 생각은 다른 곳에 있었소. 당신은 역장인 남편을 소유했을지언정 낭만주의자인 나는 결코 소유할 수가 없었던 거요.

나의 내면에 있는 그 낭만주의자가 어머니였음을 나는 알고 있다. 어머니는 노래를 즐겨 불렀고, 몽상을 했고, 비밀스럽고 알 수 없는 삶의 모습을 지니고 있었다. 기병에게 마실 걸 건네주던 어머니의 모습은 아이의 심장이 멈출 만큼 아름다웠다. 사람들은 늘 나더러 어머니를 닮았다고 했다. 그 당시 나는 아버지를 닮고, 아버지처럼 건장하고 믿음직스럽게 보이고 싶었다. 난 그렇게 되지는 못했다. 시인이니 낭만주의자니 따위는 그를 닮은 모습이 아니었다.

26

또 〈무언가〉가 있었는지 누가 알겠어? 넌 잘 알고 있잖나?
아니, 더 이상 아는 게 없어. 호전적인 친구. 덧붙일 말이 없네.
알고 싶지 않아서겠지. 그렇지 않아?
그래, 알고 싶지 않아. 이미 그처럼 평범하고 단순한 삶에서는 충분한 게 아닌가? 게다가 네게 그 낭만주의자에 관해서도 밝히지 않았나. 보라고. 평범하고 행복한 사람의 이야기는 아주 단순해야 했어. 그런데 온갖 유형의 사람들이 다 모여들었잖나. 평범한 인간, 억척스러운 인간, 우울증 환자, 시인…… 그들 모두 자신이 나의 자아라고 그래. 그걸로 충분하지 않나? 그저 돌이켜 봄으로써 내 삶을 산산조각 낸 게 아니냔 말일세.
잠깐, 때때로 그냥 넘겨 버린 이야기들이 있지.
그런 적은 없어!
그랬다니까. 뭔가 좀 상기시켜 줄까?

아니, 그럴 필요 없어. 그건 아무 의미도 없는 우연한 일들이었을 뿐이야. 전체에 들어맞지도 않는 일들이고, 아무런 연관성도 없어. 연관성, 그게 중요한 거야. 사람의 인생은 결국 어떤 연관성을 지녀야 하는 거야.

그러니까 많은 우수리 같은 일들은 그 삶에서 지워 버려야 한다는 말인가?

물잔에 빠진 파리를 꺼내 버리는 일과 같은 거야. 내게 새로운 삶을 갖다 바치라고 누구에게 명령할 수 있었나? 어울리지 않는 곳에 뭔가가 끼어들면 그걸 꺼내 버리면 되는 거지.

아니면 아예 입을 다물던가.

그래, 입을 다물던가. 이봐, 넌 정말 원하는 게 뭐고, 넌 도대체 누구지?

그건 아무런 상관이 없어. 난 항상 다른 나인 사람, 네가 미워하는 그 사람이지. 그게 언제 시작되었는지 알고 있나?

뭐가 언제 시작됐다는 말인가?

그 입을 다물어야 하는 이야기가.

나는 모르네.

아주 오래전이었지?

……모른다니까.

정말 오래전이었지. 아이가 때로는 어떤 경험을 하게 되는지 놀라운 일이야.

닥쳐!

난 그 일과는 아무런 상관이 없어. 그저 그 얼굴이 까맣던 소녀 아이를 기억했을 뿐이라고. 그 애는 너보다 나이가 많았지? 돌이켜 생각해 봐. 그 애가 궤짝 위에 앉아 머리를 빗고 있던 때를. 빗속에 있는 이를 잡아서 혀를 쭉 내밀며 그 이들을 터뜨려 죽였지. 꼬마였던 너는 좀 메스꺼움을 느꼈지만…… 아니, 그건 메스꺼움이 아니었어. 오히려 너도 이 같은 걸 가지고 싶다는 욕망이 생겼지. 이를 가지고 싶은 욕망이라. 이상하지 않나? 그건 내버려 두지. 그런 욕망이 생길 수도 있는 거니까.

그때는 어린 시절이었어!

어린 시절에 관해 이야기하는 게 아니야. 너희들은 언젠가 식당 뒤쪽에서 현장 감독이 뚱보 식당 여주인과 무슨 짓을 하는 걸 본 적이 있었지. 그들이 서로 몸을 격렬히 흔드는 걸 보면서 넌 그 남자가 여주인의 목을 조르고 있다고 생각했어. 넌 두려워서 소리치려고 했지만, 소녀가 네 등을 쿡쿡 찔러 댔지. 그때 소녀의 눈빛이 얼마나 이글거리고 있었는지 기억하지? 너희들은 울타리 뒤에서 숨을 죽이며 바라보았고, 너는 그 장면에서 눈을 떼지 못했어. 식당 여주인은 추했고, 그녀의 유방은 배 위에 축 늘어져 있었으며, 언제나 욕설을 퍼붓는 사람이었지. 그런데 그때에는 아무 말 없이 가쁘게 숨을 몰아쉬고만 있었어.

그만두라니까!

난 그 일과는 아무런 상관이 없어. 어느 일요일엔가 넌 소녀를 찾아갔었지. 그곳은 쥐 죽은 듯 조용했고, 사람들은 식당에 모여 있거나 막사에서 코를 골며 잠을 잤어. 판잣집은 텅 비어 있었고, 개집처럼 악취가 났지. 잠시 후 누가 와서 넌 궤짝 뒤로 몸을 숨겼어. 소녀와 그 뒤로 한 남자가 들어온 후 문고리를 걸어 잠갔지.

그는 그 애의 아버지였어.

알아. 정말 대단한 아버지였지. 문을 닫자 방 안은 칠흑같이 어두워졌어. 아무것도 보이지 않았으나 소녀의 신음 소리와, 그 애를 달래기도 하고 윽박지르기도 하는 남자의 음성이 들렸어. 넌 무슨 일이 일어나고 있는지 이해하지 못했지만, 견디기 힘든 두려움을 입 밖으로 소리 내지 않으려고 주먹으로 입을 틀어막았지. 얼마 후 남자는 일어나 밖으로 나갔어. 넌 한참 동안 궤짝 뒤에 몸을 기대며 넋을 잃은 상태로 있었고, 가슴이 마구 뛰었지. 그다음 넝마 조각 위에 누워 훌쩍거리고 있는 소녀에게 소리 없이 다가갔어. 넌 무서웠고, 어른이 되었으면 했고, 이를 가지고 싶었고, 그 모든 일이 대체 무슨 영문인지 알고 싶었지. 얼마간의 시간이 지난 후 너희들은 판잣집 앞에서 빨래 봉을 가지고 놀았어. 그건 정말 엄청난 경험이었지…… 난 네가 그런 경험을 어떻게 너의 삶에서 지울 수 있는지 모르겠다.

그래. 아니야. 난 지워 낼 수가 없어.

네가 지워 내지 못한다는 걸 알지. 그런데 그 후로 너희들의 놀이는 더 이상 그렇게 순진한 게 아니었어. 기억해 보라고. 넌 그때 여덟 살도 채 되지 않았었지.

그래, 여덟 살도 안 됐었지.

그 소녀의 나이는 아홉 살쯤이었고. 그러나 그 애는 아주 타락해 있었지. 여느 집시들처럼 말이야. 이봐, 어린 시절의 그런 경험은 평생을 따라다니는 법이지.

그래, 그 말은 사실이야.

그 후로 넌 어머니를 어떤 눈으로 보았지? 어머니도 그런 여자일까 하고 호기심에 찬 눈길이었어. 그 식당 여주인이나 집시 소녀 같을까 하고 생각했지. 아버지도 그처럼 괴상하고 구역질 나는 사람일까 하고 말이야. 넌 관찰하기 시작했어…… 이것 봐라, 이들 사이가 좀 이상한데 하면서.

어머니는…… 잘 모르겠지만 어딘가 불행한 듯 보였어.

그리고 아버지는 가엾을 정도로 나약한 사람이었지. 가끔 화를 냈지만 그 밖에는…… 어머니로부터 사랑을 받지 못한다는 것은 끔찍한 일이었어. 무슨 잘못 때문에 어머니로부터 그처럼 무시당하고 고통을 받는지 알 수가 없었지. 어머니는 널 사랑했지만 아버지를 얼마나 미워했는지 몰라! 그들은 때로 아주 사소한 일로 다투기 시작했고, 너에게 밖으로 나가 놀라고 했지. 그다음에는 어머니가 이야기를 시작했고, 아버지는 화가 나서 얼굴이 벌겋게 달궈진 채로 뛰쳐나왔어. 아버지는 문을 부서져라 닫고는 저주를 받은 사람처럼 일에 몰두하며, 아무 말도 없이 그저 숨만 가쁘게 몰아쉬었지. 어머니는 집 안에서 승리감과 좌절감이 뒤섞인 울음을 울었고, 모든 걸 파괴해 버리고 끝장내는 사람처럼 보였어. 하지만 그건 끝이 아니었지.

그건 지옥이었어!

지옥이었지! 아버지는 순한 사람이었지만 뭔가 잘못이 있었어. 어머니는 옳았지만 악한 면이 있었고. 꼬마는 그걸 알게 되었고, 그만한 나이의 아이가 모든 걸 알게 된다는 건 끔찍한 일이었지. 다만 왜 그런 일이 일어나는지 몰랐을 뿐이었지. 어른들이 자기 앞에서는 감추지만 뭔가 이상하고 사악한 일을 벌이고 있는 걸 망연히 바라볼 따름이었어. 가장 힘든 시기는 꼬마가 집시 소녀와 어울리던 때였지. 꼬마는 식탁에 앉아 있었고, 아버지는 묵묵히 식사를 하고 있었어. 갑자기 어머니가 끓어오르는 마음을 억누르지 못하고 접시를 내리치며 볼멘소리로 말했지. 〈얘야, 나가 놀아라.〉 그 후 두 사람은 무겁고 악의에 찬 대화를 끊임없이 나눴어. 외톨이가 되어 어쩔 줄 모르던 꼬마는 눈에 눈물이 고인 채 강 건너편으로 집시 소녀를 찾아갔지. 아이들은 햇살에 달궈지고 개집처럼 악취를 풍기는 더러운 막사 안에서 놀며 장난삼아 문고리를 걸어 잠그고는 칠흑 같은 어둠 속에서 기이한 놀이를 했어. 집 안은 더 이상 어둡지 않았고, 나무 틈새로 빛줄기가 들어왔어. 적어도 그 아이들의 눈이 이글거리고 있음을 볼 수 있는 정도는 되었어. 그 시간에 아버지는 집에서 저주를 받은 사람처럼 일에 몰두하고 있었고, 어머니의 눈에서는 승리와 절망의 눈물이 흐르고 있었지. 꼬마는 마음이 한결 가벼워졌어. 이걸 보라고. 이젠 내게도 비밀이 있고 감춰야 할 뭔가 이상하고 사악한 게 생겼어. 더 이상 어른들이 어떤 비밀을 가지고 자기를 문밖으로 내모는 데 대해 슬픔을 느끼지 않았지. 그 애 자신에게도 어른들이 모르는 비밀이 있으니까. 이젠 그들과 다를 게 없었고, 어떻게든 복수를 한 셈이었어. 그건 처음 있는 일이었지.

뭐가?

네가 처음으로 악의 쾌감을 맛본 게. 그 후 너는 홀린 듯이 집시 소녀를 찾아다녔지. 그 애는 때로는 너를 때리거나 머리를 잡아당겼고, 때로는 강아지처럼 네 귀를 깨물기도 했어. 그럴 때 넌 쾌감에 전율했었어. 그 애는 여덟 살 된 아이였던 너를 철저하게 타락시켰지. 그때부터 네 마음속엔 그 사건에 대한 기억이 남아 있었어.

그래.

······얼마나 오래 남아 있었지?

······평생 동안.

27

그 후론 어떻게 되었지?

그 후론 아무 일도 없었어. 나는 겁 많고 내성적인 학생이 되었고, 아무 말도 귀담아듣지 않는 아이가 되었지.

저녁마다 넌 어디론가 가곤 했어.

역 맞은편 다리 위를 거닐었지.

왜지?

그곳에 어떤 여자가 돌아다녔기 때문에. 그 여자는 창녀였어. 늙은 데다 마치 죽은 사람 같은 얼굴을 하고 있었지.

넌 그 여자를 무서워했어.

몹시도. 난간 아래를 바라보고 있는데, 그 여자가 치마를 들이대며 수작을 걸어왔어. 내가 고개를 돌리자, 그녀는 내가 어린아이란 걸 알고는 가버렸어.

그래서 넌 그곳을 찾아간 거지.

그래. 그 여자가 무서웠기 때문이다. 내게 수작을 걸어오길 기대했기 때문이야.

흠. 별일 아니었군.

그렇다니까. 끔찍할 정도로 추한 여자였다고 그랬잖아.

그럼, 그 같은 반 친구하곤 어떻게 된 일이지?

맹세코 아무 관계도 없었어.

나도 알아. 그런데 왜 성직자가 되어야 할 그 애에게서 신앙을 빼앗아 버렸지?

그건…… 그건 그 애를 그 상태에서 구해 내려고 그랬던 거야.

그 애를 구하려 했다고! 그 애에게서 신앙을 없애 버리면 그 애가 어떻게 공부를 할 수 있단 말인가? 그 애의 어머니는 그 애를 하느님께 바치기로 했는데, 너는 그 애에게 신이란 존재하지 않는다고 가르쳤지? 잘한 일이라고 생각하나? 그 가엾은 아이는 그 때문에 기가 죽었어. 학교에서 한마디 말도 입 밖으로 내지 못하던 걸 생각해 봐. 넌 그 애를 정말 도와준 셈이었어. 그 애가 열여섯 살의 나이로 자살해 버렸으니까 말이야.

닥쳐!

알았네. 그럼 그 눈이 나쁜 소녀하고는 무슨 관계였지?

너도 알잖아. 정말 이상주의적이고 어리석을 정도로 순수한 감정이었어. 마치 초월적인 감정 같은 것이었지.

하지만 넌 창녀들이 문 밖에 서서 〈내게로 와요, 젊은이〉 하며 손짓하던 그 거리를 거쳐 그 소녀에게로 갔었어.

그건 별 뜻이 없던 일이야. 아무런 상관이 없다고!

그래? 다른 길로 다닐 수도 있었잖아. 더 가까운 길도 있었고. 그런데도 넌 두근거리는 가슴으로 창녀들의 거리를 어슬렁거렸어.

그래서 어쨌다는 건가? 〈그 여자들〉을 따라간 적은 없었어.

그래. 물론 네겐 그럴 만한 용기가 없었지. 그러나 아주 기묘하고 저주스러운 즐거움이었어. 이상적인 사랑과 값싸고 추잡한 타락 — 천사 같은 마음을 지니고 창녀들의 거리를 지나다니는 일 — 바로 그거였어. 그게 인광을 발하며 작열하는 사물들이었다는 걸 난 알고 있지. 놔두자고. 네 마음속엔 그게 아주 신기해 보였던 거야.

……맞아, 그랬었어.

인정하는군. 그 후 우리는 시인이 되었지? 그때도 뭔가 감춰진 게 있었지.

……그래.

그게 뭐였는지 모르나?

여자 문제였지. 설핵에 걸린 푸른 눈의 웨이트리스…… 그 여자는 늘 욕망에 몸부림쳤고, 이를 딱딱거리며 떨고 있있이. 끔찍했지.

이야기를 계속해 봐!

그리고 또 한 여자, 이름이 뭐였더라? 그 여자는 여러 남자를 거쳐 갔지.

계속하라니까!

그 신들린 여자 말인가?

그게 아냐. 뭐가 이상했는지 알고 있나? 그 뚱보 시인이 잘 참는 게 있었지. 그는 돼지 같은 놈이었고, 어느 누구보다도 빈정대길 잘하는 사람이었지. 그가 왜 가끔 너를 두려운 눈으로 쳐다보았는지 아는가?

내가 하는 행동 때문은 아니었어.

아니지. 네 마음속에 들어 있는 것 때문이었어. 그가 언젠가 너의 추악함에 몸을 떨며 말하던 걸 기억하겠지. 〈이 짐승 같은 놈아, 네가 시인이 아니라면 네놈을 하수구에 빠뜨려 죽였을 거다!〉

그런 적이 있었지. 나는 그때 술에 취해서 몇 마디 했을 뿐이야.

그래. 네 속에 들어 있는 뭔가에 대해서였지. 네 속에 남아 있던 가장 사악하고 추잡한 것 말이야. 뭔가 저주받은 것, 더 이상 밖으로 내칠 수 없는 것이었지. 네가 그 당시 사는 모습을 바꾸지 않았더라면 무엇이 되었을까. 하지만 너는 질겁하고 네 말대로 〈네 속에 들어 있던 것으로부터 줄행랑〉을 쳤지. 너는 그걸 내면 깊숙이 가둬 버렸다고 하지만, 그건 코코넛이 열린 야자나무가 아니라 더 나쁜 것들이었어. 아마 날개 달린 천사뿐만 아니라 지옥 또한 그 안에 들어 있을 거야.

지옥마저도.

  하지만 끝난 일이야!

  물론 그게 일종의 끝이었을 수도 있겠지. 그 후로 넌 어떻게 하면 자신을 구할 수 있을까 하는 생각뿐이었다. 각혈을 하게 된 건 천만다행이었어. 새로운 삶을 시작할 수 있는 절호의 기회였지? 삶에 집착하며 토해 낸 피를 들여다보고, 송어 낚시를 하고, 숲에서 일하는 젊은이들이 공놀이를 하는 걸 평화롭고 지혜로운 표정을 지으며 구경하고, 그러면서 네 속에 들어 있던 위험스러운 생각으로 그들을 약간은 타락시키기도 하며. 무엇보다 밤하늘 우주의 광경이 도움이 됐어. 우주를 바라보면 인간 속에 들어 있는 모든 사악한 마음마저도 연기처럼 사라지고 말지. 우주란 인간에게 좋은 정화 기구가 되니까.

28

그 후 노신사의 역에서 나는 사랑에 빠졌어. 그곳에서도 내 속에 사악함이 남아 있었나?

전혀 그렇지 않았어. 신기한 일이었지. 그건 아주 행복하고 평범한 생활이었다고.

하지만 그 처녀에 대한 사랑은…… 그녀를 유혹한 셈 아닌가?

전혀 그런 게 아니었지. 그런 일은 일어날 수 있는 걸세.

내가 그녀에게 아주 예의 바르게 행동했던 것은 알아. 그러나 내 욕망은 걷잡을 수 없는 상태였어…….

이야기를 계속해 봐. 그 이야기는 중요한 거니까.

내가 출세하기 위해 그녀와 결혼한 걸까?

그건 또 다른 이야기일세. 지금은 보다 심오한 이야기를 하는 중이라고. 예를 들면, 왜 그처럼 아내를 증오했었나?

내가? 그녀를 사랑했기 때문에 결혼했던 게 아닌가?

그랬지.

그녀를 평생 사랑하지 않았던가?

그랬지. 동시에 그녀를 증오했어. 잠들어 있는 그녀 곁에 누워 얼마나 자주 그녀의 목을 졸라 죽여 버렸으면, 두 손으로 그 목을 짓눌러 버렸으면 하는 생각을 했었는지 기억해 봐. 단지 시체를 어떻게 처리할까가 고민이었지.

말도 안 되는 소리! 전혀 그런 적이 없었어. 사람이 어떻게 그런 상상을 할 수 있단 말인가? 다만 자신은 잠을 잘 수가 없는데, 그녀는 편안히 잠을 자고 있는 게 화가 났었겠지. 내가 왜 그녀를 미워한단 말인가?

바로 그 점이었어. 아마도 아내가 집시 소녀나 웨이트리스와 달랐기 때문이었을 테지. 푸른 눈의 색골 같지 않아서 말이야. 아내는 매우 침착하고 원만했으니까. 그녀는 매사에 이성적이고 단순했지. 마치 의무를 수행하는 사람처럼. 그녀에게 부부애란 식사를 하거나 입을 닦을 때처럼 단정하고 청결해야 했어. 심지어는 일상적이고 진지한 성체식 같은 것이기도 했지. 아주 깨끗하고 점잖은 가정일 가운데 한 부분이었어. 그럴 때 넌 그녀를 지독히, 미친 듯이 증오했어.

……그래.

그랬어. 네 마음속에는 이를 지니고 악취를 풍기는 판잣집에서 한없이 빠져들 수 있고 숨이 막히는 놀이를 하고 싶은 욕망이 있었지. 지저분하고 거칠고 끔찍한 놀이를 원했고, 너를 파멸시키고 말 어떤 것에 대한 열렬한 동경이 있었어.

아내가 적어도 이가 서로 부딪히는 소리를 내주었으면, 네 머리를 잡아 뜯는다면, 눈빛이 어둡고 광적으로 이글거렸으면 했었지. 하지만 그녀는 전혀 그런 모습을 보여 주지 않았고, 그저 앞니를 아랫입술에 대고는 고른 숨을 내쉬었지. 그 후엔 자신의 의무를 마친 사람처럼 정신없이 잠에 빠져들었어. 혼자가 된 너는 하품을 하며, 사악하고 해선 안 될 욕구를 느끼고 있었지. 그녀의 목을 졸라 버렸으면, 적어도 동물처럼 교성을 지르거나 사람의 것이 아닌 소리를 내주었으면 하면서.

가끔 아내를 끔찍이 증오했었지!

이제야 실토하는군. 단지 그 때문만은 아니었네. 그녀가 너무나도 철저하게 차분하고 사려가 깊었기 때문이지. 그녀는 마치 네 속에 있는 이성적이고 존경할 만한 것 때문에 네가 공무원 노릇을 할 수 있고, 모범적이고 가정적으로 길들여질 수 있다고 믿었기 때문에 결혼에 응했던 것 같았어. 네 마음속에 또 다른 뭔가가, 완전히 다른 뭔가가 있는 건 몰랐던 모양이야. 자신이 너의 그런 속성을 궁지로 몰아넣는 데 일조한 줄 전혀 몰랐지. 너의 그 속성은 이제 사슬에 묶인 듯 몸부림치며 증오에 떨고 나지막이 울부짖었어. 그 목을 졸라 버렸으면 하는 욕구와 함께. 어느 날 하염없이 선로를 따라 걷다가 바위를 폭파시키는 데까지 가서 허리춤까지 옷을 벗어젖히고, 머리에는 수건을 쓰고, 정으로 돌을 부수고 싶었지. 개집처럼 악취를 풍기는 더러운 판잣집에서 잠을 자고 싶었어. 유방이 배 위로 축 늘어진 뚱보 식당 여주인과, 속치마 바람의 창녀들과, 이가 우글거리고 강아지처럼 물어뜯는 여자아이와 어울리고 싶었어. 그곳에서 자물쇠를 걸어 잠그고 〈귀여운 것, 소리 내지 마. 입을 다물지 않으면 죽여 버릴 테다〉라고 말하고 싶었어. 그런데 지금 내 곁에는 정직하고 약간 우울증기가 있는 역장의 모범적인 아내가 조용하고 고르게 숨을 내쉬고 있다. 저 목을 졸라 버리고 싶다…….

그만두라니까!

그런데 너는 아내를 속이거나 거칠게 대한 적이 없었지. 그저 속에 감춰 둔 채 한없이 그녀를 증오할 따름이었어. 멋진 가정생활 아닌가? 오로지 한 번 그녀에게 약간의 복수를 한 적이 있었지. 황제에게 피해를 입히려 했던 때 말이야. 이 독일 계집, 당해 봐라! 하지만 그 밖에는 모범적인 결혼 생활과 모든 걸 보장해 주었지. 그게 네 방식이었어. 몰래 사악한 마음과 변태적인 욕망을 품는 게. 넌 그걸 네 자신에게조차 숨길 줄 알았어. 그럴 수 있다는 것에 대해 기뻐하면서. 가만, 네가 교통부의 고위직에 있을 때에는 어땠었나?

……아무 일도 없었어.

아무 일도 없었다는 걸 난 알아. 다만 조마조마해하면서, 그러나 기쁜 마음을 가지고 조마조마해하면서 자신에게 말했었지. 맙소사, 이곳에 이렇게 부패가 만연되어 있다니! 수백만 코루나[3]도 해먹을 수가 있었어. 우리 서로 상의해 보자는 암시만 내게 주었으면 됐을 텐데…….

내가 그런 짓을 했었나?

천만에. 넌 흠잡을 데 없는 공무원이었어. 그런 면에서는 정말 깨끗한 양심을 지녔었지. 다만 어떤 짓을 할 수 있고, 그걸 어떻게 실행에 옮기느냐 하는 짜릿한 상상을 하면서. 아주 세밀하고 냉철한 계획을 세웠고, 이건 이렇게 저건 저렇게 해야 하고, 때가 되면 해치운다는 생각을 했어. 넌 오점 없는 공무원으로서의 완벽함을 지키며 주위를 추근거리는 짓을 했지. 그건 〈내게로 와요, 젊은이!〉라고 외치는 창녀들의 거리를 지나 순수한 사랑을 찾아다니던 때와 흡사한 정황이었어. 네가 상상해 보지 않거나, 마음속에서 저지르지 않거나, 모든 가능성을 가늠해 보지 않은 공무원의 범죄는 하나도 없었지. 실제로 저지를 수 있는 일이 그리 많지 않았고, 어떤 특정한 경우들로 제한될 수밖에 없었어. 그러나 상상에는 제한이 없고, 어떤 일이든 저지를 수 있지. 그 여자 사무원들을 기억해 봐.

그건 거짓말이야!

진정해, 진정하라고. 너는 교통부에서 꽤 위력 있는 관료였어. 네 표정이 굳어지기만 하면 여직원들은 벌벌 떨었지. 넌 그중 누군가를 불러 말했어. 「이봐요, 여기 오류투성이군.

[3] 체코의 화폐 단위로, Kc로 표기된다.

당신 일하는 게 만족스럽지가 않아. 당신을 해고하라고 말해야 할지 모르겠군.」 모든 여직원들을 그런 식으로 시험해 볼 수 있었겠지. 게다가 네 손길이 닿는 곳에 수백만 코루나를 가지고 있었잖나! 그 당시 여자들이 월급과 몇 벌의 실크 옷을 위해 마다하는 일이 있었나? 그들은 젊고 예속되어 있었지…….

내가 그랬었나?

아무렴. 그녀들이 겁을 먹을 때까지 그랬지. 〈이봐요, 당신 일하는 게 만족스럽지가 않아〉라고 하면서. 그들은 겁이 날수록 네게 자비를 구하는 눈빛이 됐어! 넌 그저 다정하게 쓰다듬어 주고 싶었지. 하지만 그건 할아버지 같은 자가 만끽하던 가능성에 불과한 일이었어. 그곳에는 셀 수 없이 많은 여사무원들이 있었고, 마음만 먹으면 한 사람씩 모두를 시험해 볼 수 있었지. 어딘가 교외에 작은 방을 하나 빌려서, 그 방은 비위가 상할 정도로 좀 지저분해야지 깨끗해선 안 되고, 아니면 햇볕에 뜨겁게 달아올라 개집처럼 악취가 나는 판잣집이든가. 그 방의 문고리를 걸어 잠그고 지옥처럼 어두운 곳에서 신음 소리와 겁을 주고 달래는 소리를 듣는 거지.

그 이상은 모르나?

더는 몰라. 그런 일은 전혀 일어나지 않았어. 그처럼 평범한 삶이었지. 오로지 한 번 실제로 일어났던 적은 그 당시 집시 소녀와 일이 있었던 여덟 살 때였어. 그때 네게는 정말로 일어나선 안 될 일이 네 삶에 일어났던 거야. 그 이후로 너는 끊임없이 벗어나려고 했지만 허사였어. 너는 한 번 더 경험하길 원했지만, 그 일은 결코 다시 일어나지 않았어. 이봐, 이 이야기 역시 전체 인생과 연관성이 있는 이야기라는 생각이 들지 않나?

29

 전체 인생과 연관성이 있는 이야기라. 그게 지금 나와 무슨 상관인가? 내가 평범하고 매우 행복한 사람이었던 건 진실이다. 성실하게 자신의 일을 하는 사람들 가운데 하나였다. 그게 중요한 거지. 이 삶은 어려서부터 나의 내면에서 형성된 거라고. 그 삶에는 푸른 작업복을 입고 목재 더미에 몸을 기대며 완성된 가구를 어루만지는 아버지가 흔적을 남겼고, 석수장이, 옹기장이, 가게 주인, 유리공, 빵집 주인 같은 주위 사람들이 세상에 다른 일은 아무것도 없다는 듯 자신들의 일에 몰두하고 있었다. 힘들고 괴로운 일이 있을 때에는 문을 꽝 닫고 더욱 정열적으로 일에 몰두했다. 삶이란 사건들이 아니고 일하는 것을 의미한다. 일이란 우리의 지속적인 작업이다. 그랬다. 나의 삶도 내가 깊이 몰두한 일종의 과제 같은 것이었다. 내게 소일거리가 없었다면 무척 곤혹스러웠을 게다. 은퇴하게 되었을 때 난 할 일을 가지기 위해 여기 이 집과 정원을 샀다. 씨를 뿌리고 벌초하고 물을 주는 일은 그 밖의 일이나 자기 자신까지 잊어버리게 될 정도로 몰두할 수 있는 일이었다. 그곳은 정말 어릴 때 앉아 놀던 톱밥으로 덮인 작은 울타리 같기도 했다. 그곳에서 많은 기쁨을 느꼈고, 나를 한쪽 눈으로 바라보며 질문을 던지는 방울새도 만났다. 〈너는 대체 누구지?〉 방울새야, 난 울타리 너머에 사는 다른 사람들처럼 아주 평범한 사람이란다. 지금 나는 정원사가 되었고, 이 일은 노신사가 가르쳐 주었단다. 거의 모든 일이 헛되이 일어나는 법은 없다. 모든 일에는 신기하고 지혜로운 질서가 있고, 곧고 필연적인 길이 있다. 어려서부터 지금에 이르기까지. 이것이 한 인간에 관한 연관성이 있는 이야기이다. 이 단순하고 질서 정연한 목가적인 삶이 말이다.

아멘. 그건 사실이지. 그런데 또 하나의 연관성이 있고 사실인 이야기가 있다. 그건 어떻게든 자신이 태어난 좁은 환경보다, 소목장이와 석공들보다, 다른 학생들보다 끊임없이 뛰어나고 싶었던 사람에 관한 이야기이다. 이것도 어린 시절부터 삶이 끝날 때까지 진행되는 이야기이다. 이 삶은 전혀 다른 소재로 빚어졌으며, 불만스럽고 끝없이 허욕을 부리던 삶이었다. 그 삶의 주인공은 일보다는 자기 자신을 중시하고, 다른 사람들보다 더 높은 사람이 되고 싶어 했다. 자신에게 기쁨이 되어서가 아니라 1등을 하기 위해서 공부를 했다. 역장의 딸과 사귈 때에도 자신이 전신 기사나 매표원보다 더 많은 걸 가지고 있다는 생각을 하며 우쭐해했다. 늘 자신뿐이었고, 항상 자신만을 생각했다. 결혼 생활에서도 늘 자신의 비중을 넓히려 했고, 오로지 자신이 전부였으며, 모든 것이 자신을 중심으로 일어나야 했다. 이젠 충분하겠지? 아무것도 차지한 게 없으니까 말이야. 자신에게 필요한 모든 것을 가졌을 때 그자는 또다시 천천히 그리고 확실하게 자신의 영역을 넓힐 수 있는 새롭고 보다 큰 공간을 찾아야 했다. 그러나 그 삶은 언젠가는 끝나게 마련이었고, 그건 슬픈 일이었지만 종말 역시 좋지 않았다. 어느샌가 그는 늙은이가 되었고, 혼자가 되었으며, 그의 것은 점점 줄어들었다. 그게 평생이었단다, 방울새야. 그 삶의 소재가 행복한 것이었는지는 모르겠구나.

사실이었던 이야기. 여기 세 번째 이야기가 있는데, 역시 연관성이 있고 어린 시절부터 지속되어 온 이야기이다. 그건 우울증 환자에 관한 이야기이다. 이 이야기에는 어머니가 관련되어 있다. 어머니는 나를 응석받이로 만들었고, 나를 자신에 대한 걱정으로 가득하게 만든 사람이었다. 나 자신 속에 있는 억척스러운 자아의 나약한 동생 같은 인물이 내게 형성된 것이다. 둘 다 분명 이기주의자들이었다. 그런데 억척이는 공격적이었고, 우울증 환자는 방어적이었다. 이 우울증 환자는 자신에 대한 두려움 때문에 소극적이었고, 오로지 안전한 생활만을 원했다. 그는 아무데에도 끼어들지 않으려 했고, 안전한 항구나 방풍막 같은 것만을 찾았다. 무엇보다 그 때문에 공무원이 되었고, 결혼을 했고, 자신의 주위에 울타리를 친 것이다. 우울증 환자는 첫 번째 자아인 평범하고 착한 인간과 지내기가 가장 편했다. 규칙적으로 일하는 생활은 그에게 안정감을 주었고, 은신처를 만들어 주었다. 억척이의 불만에 찬 명예욕은 때로 우울증 환자가 느긋하고 편안히 지내는 데 방해가 되기는 했지만, 생활이 더욱 윤택해지는 데에는 쓸모가 있었다. 전체적으로 보아, 이 세 개의 삶은 서로 동맹 관계를 맺은 것은 아니었으나 조화를 이룬 셈이었다. 평범한 자아는 다른 어떤 것에도 관심을 기울이지 않고 자신의 일을 했고, 억척스러운 자아는 그 일을 상품화하면서 한눈팔지 않고 이 일은 하고 저 일은 하지 말라는 지침을 정해 주었으며, 우울증 환자인 자아는 가장 괴로워하며 어두운 표정을 지었지만 자신을 파멸시키지 않았고 모든 일을 적당히 처리했다. 그처럼 세 개의 상이한 본성이었지만 서로 불화하지는 않았다. 말없이 타협했고, 아마도 서로를 배려하기도 했을 것이다.

이 세 개의 자아는 말하자면 나의 공식적인, 그리고 결혼 생활과 함께한 삶들이었다. 내 아내는 그 삶들을 공유했고, 그 삶들과 견실한 동맹을 맺고 있었다. 그런데 여기 또 하나의 이야기가 있는데, 그 낭만주의자에 관한 것이다. 우울증 환자인 자아의 동료였다고나 할까. 그는 우울증 환자가 하지 못하는 것을 어떻게든 보상하는 데 아주 필요한 인물이었다.

다른 두 자아와는 대화가 통하지 않았다. 억척이는 너무 객관적이며 냉철했고, 평범한 인간은 평범할 뿐이었으며 아무런 환상도 가지고 있지 않았다. 반면에 우울증 환자는 뭔가 흥분되고 위험한 일을 경험하기를 매우 좋아했는데, 자신은 안전하게 집에 머물고 있는 것이니까 모험을 좋아하고 기사(騎士)와 같은 자아를 덤으로 지니고 있다 해도 나쁠 게 없었다. 그 낭만주의자인 자아는 유년기 때부터 나와 함께 있어 왔고, 내 삶 깊숙한 곳에 자리를 잡았지만, 결혼 생활 속으로 들어오진 않았다. 이 자아에 관해 아내가 알아선 안 되었다. 어쩌면 그녀 역시 가정생활이나 부부간의 애정과 전혀 상관이 없는 자아를 가지고 있었는지도 모를 일이다. 하지만 나는 그에 관해 아는 바가 없다.

또한 다섯 번째 이야기가 있는데, 이것도 연관성이 있고 사실인 이야기이다. 이 이야기는 이미 나의 소년기 때에 시작된다. 그것은 버림받은 삶이었고, 다른 자아들 가운데 어느 것도 그와 연관을 맺으려 하지 않았다. 그의 존재에 대해서도 알아선 안 되었으나 단지 때때로 — 극도의 고독 상태에서, 어둠 속에서 은밀히 조금은 경험할 수 있었지만 늘 사악했고, 지저분했고, 가공할 만큼 저주스러웠으며, 독자적인 존재였다. 그것은 나의 자아도, (그 낭만주의자 같은) 어떤 존재도 아니었고, 그저 어떤 것일 뿐이었다. 저급하고 억눌려 있었기 때문에, 그것은 어떤 인성을 형성하지 못했던 것이다. 조금이나마 자아를 형성했던 것들은 모두 그것을 꺼렸고, 심지어 두려워하기까지 했다. 그것은 나의 자아와 대립했고, 뭐라고 불러야 할지 모르겠지만 몰락이나 자기 파멸을 초래할 수 있는 것이었다. 전체를 볼 수 없는 존재였고, 항상 어둡고 은밀하게만 경험될 뿐이었다. 마치 짐승의 악취가 나고 자물쇠가 걸린 더러운 판잣집에서 그랬듯이.

그리고 완전한 이야기는 아니나 단편으로서만 존재하는 것이 있다. 시인의 경우가 그것이다. 그걸 설명할 수가 없다. 이 시인이 나의 내면 깊숙이에 있는 다른 어떤 자아보다도 그 저급하고 비밀스러운 존재와 상관이 많다는 느낌이 든다. 물론 시인의 내면에는 보다 높은 뭔가가 있었지만, 그는 나의 반대편에 서 있었다. 아, 이걸 말로 표현할 수만 있다면! 시인은 뭔가를 해방시키려는 듯, 그것을 어떤 인물로 형상화하거나 또는 인물 이상으로 만들려 하는 것 같았다. 그러나 그러기 위해서는 신적인 자비나 기적이 일어나야 했을 것이다. 왜 나는 날갯짓하는 천사에 대한 생각을 끊임없이 하는 걸까? 어쩌면 저주받은 그것이 구원의 천사와 씨름을 하는데, 때로는 그 천사가 더러운 구덩이에 빠지고, 때로는 사악하고 저주받은 것이 정화되는 것 같았다. 마치 그 어둠의 틈새를 통해 강하고 눈부신 빛이 들어와, 그 빛의 아름다움이 그 더러움조차 어떤 강렬한 것으로 빛나게 하는 것 같았다. 어쩌면 그 구원받지 못한 것도 내 안에서 영혼이 되어야 했는지 모른다. 내가 아는 것이라곤 그게 영혼이 되지 못했다는 사실이다. 저주받은 것은 저주받은 채로 남았고, 나의 공인되고 정당한 자아와 아무런 상관을 맺지 못했던 시인은 저주를 받았다. 다른 이야기들 안에 그 시인을 위한 공간은 없었다.

그러니까 이것이 내 인생의 목록이다.

30

 결코 그게 전부는 아니지. 또 하나의 이야기가 남아 있다. 아니면 이야기의 한 토막이라고 할까. 어떤 상관성 있는 이야기에도 들어맞지 않고 독자적으로만 존재하는 에피소드이다. 이 이야기의 기원이 어디에 놓여 있었는지는 개의치 말자. 이 무슨 장황한 설명인가. 내가 행한 일을 늘 나의 겸손함 속에 묻어 둘 수는 없다. 내가 전쟁 중에 한 행동은 저주받은 용기였다. 또는 영웅적인 행동이었다고 하든지. 그 행동은 군사 재판감이었고, 교수형을 당할 만한 일이었음은 너무도 자명했다. 나는 어떤 기록도 남기지 않는 것 말고는 별로 조심하지 않았다. 나는 차장, 기관사, 우체부 등 십여 명의 사람들과 그 일을 상의했다. 만일 누군가가 누설하거나 자백을 했다면 나나 다른 사람들에게나 큰일이 일어났을 터였다. 그 일을 하면서 나는 어떤 영웅적이거나 숭고한 느낌을 가져 본 적이 없었다. 민족에 대한 어떤 의무감이라거나 내 삶을 희생한다거나 하는 따위의 고결한 생각도 하지 않았다. 다만 그 일을 해야 한다고 자신에게 말했을 뿐이고, 당연한 일처럼 여겼다. 심지어 그 일을 좀 더 일찍 시작하지 않은 걸 조금 부끄러워하기까지 했다. 나는 다른 사람들이, 아버지이면서 차장이었고 탄부였던 사람들이 뭔가 행동할 때가 오기를 기다리는 모습을 보았다. 자식이 다섯이나 되던 한 제동수가 말한 적이 있었다. 「역장님, 걱정 마세요. 제가 해치우겠습니다.」 그 역시 자신의 행동으로 인해 교수형에 처해질 수 있다는 사실을 알고 있었다. 나는 더 이상 우리 편 사람들에게 말을 꺼낼 필요가 없었다. 그들은 제 발로 나를 찾아왔고, 나는 그들이 누구인지도 몰랐다. 「탄약이 이탈리아로 수송되고 있습니다. 역장님, 그곳에 무슨 일이 일어나고 있어요.」 그랬었다. 지금 생각해 보면 그들이나 나나 얼마나 조심성이 없었는지 모른다. 그러나 당시에는 그런 문제에 전혀 신경 쓰지 않았다. 나는 그 사람들이 〈영웅이었기〉 때문에 그 일을 영웅적 행동이라고 부른다. 나는 그들보다 나은 사람이 전혀 아니었고, 다만 일을 조직하는 데 약간 거들었을 뿐이다.

우리는 가능한 한 많은 역을 교란시켰고, 그 가운데는 노신사의 역도 포함되어 있었다. 그때 그의 역에서 사고가 났고, 노신사는 당황한 나머지 세상을 뜨고 만 것이다. 그를 매우 좋아했던 나였지만, 내가 그에게 그런 짓을 한 것에 대해 그 순간에는 전혀 개의치 않았다. 영웅적인 행동이라고 불리는 것은 결코 대단한 느낌을 주거나 열광하게 만드는 행동이 아니다. 그것은 뭔가 당연한 일이며, 맹목적인 당위 같은 행동이다. 지극히 객관적인 상태에서 충동에 이끌리는 것일 뿐이다. 아무런 자발적 의지도 없으며, 그저 이끌려 간다는 느낌이 들 뿐이었고, 많은 생각을 하지 않는 게 나았다. 아내가 그 일에 관해 알아선 안 되었다. 그건 여자들의 일이 아니었다. 그러니까 모든 일은 아주 단순했고, 되풀이해서 생각할 필요가 없었다. 그러나 지금은 그 일과 내가 살아온 다른 모든 삶들에 어떤 연관성이 있는 건가 하는 의문이 든다.

목가적인 역장님이었던 나는 결코 영웅이 아니었다. 사랑하는 철도에 태업을 벌이는 일 같은 걸 염두에 둔 적은 한 번도 없었다. 물론 그 당시 역장은 거의 좌절감에 빠져 있었다. 주정뱅이 대위가 그의 모범적인 역을 더러운 미치광이들의 소굴로 만들어 놓았으니까. 더 이상 그 세계에는 양심적인 역장이 설 곳이 없었다. 나의 내면 깊은 곳에 있는 억척이는, 자신은 그런 모험을 하지 않으며 그런 일이 자신과 무슨 상관이 있느냐고 할 것이다. 끝이 좋지 않을 수 있었고, 거의 황제가 승리를 거둘 가능성이 높은 것처럼 보였다. 그런 상황에서 그 일을 하려면 자신의 신변을 염두에 둘 수 없었고, 염두에 두어서도 안 되었다. 자신에게 닥칠 일을 생각하면 대번 겁을 집어먹고, 모든 일은 그걸로 끝장이 날 것이다. 그 일을 할 때엔 오히려 될 대로 되라지, 그런 것에 신경 쓸 필요가 없다는 생각을 했다. 그래, 억척이는 그 일과 아무런 상관이 없었다. 그리고 삶에 대해 끝없는 두려움을 가지던 우울증 환자는 이상하게도 그 행동에 대해 반기를 들지 않았다. 낭만주의자의 경우는 달랐다. 그것은 전혀 낭만적이지도, 어떤 몽상도 모험도 아닌 일이었다. 완전히 깨어 있는 상태에서 하는 객관적인 행동이었고, 단지 조금 거친 면이 있어 럼주 한 잔을 들고 싶을 정도의 충동을 일으키는 일이었다. 그러나 그 일은 아마도 내면에 있는 모든 자아들을 결합시키는 유년기 때와 상관이 있었을 것이다. 나는 제동수와 검표원과 어깨동무를 하고, 그들과 함께 술을 마시며 소리를 지르고 싶었던 것 같다. 〈얘들아, 친구들아. 우리 함께 노래를 부르자!〉 나는 평생 외톨박이였다. 그 일을 할 때 가장 멋진 점은 남들과 하나가 된다는 것과, 동료들에 대한 남성적인 사랑이었다. 혼자 이룩하는 영웅 행위가 아니라, 그 근사한 무리에 속한다는 기쁨이 관건이었다. 〈철도인 동지들, 그들에게 본때를 보여 줍시다!〉 이런 이야기를 한 적은 없었지만, 나는 그와 같은 기쁨을 느꼈고, 참여했던 모두가 그런 느낌을 가졌으리라고 생각한다. 이제 나의 유년기에 결핍된 것이 충족되었다. 나는 더 이상 톱밥의 울타리에 앉아 있지 않았다. 〈얘들아, 난 너희 편이야. 동료들이여, 난 그대들과 함께 있소!〉 나의 고독은 녹아 버렸고, 우리는 함께하는 일이 생겼다. 더 이상 나 혼자 존재하는 게 아니라, 다른 사람들과 함께 길을 가는 것이었다. 그래, 그 일은 사랑하는 일보다 더 쉽고 아름다운 일이었다.
 내 생각에 이 삶은 다른 삶들과는 전혀 연관성이 없었던 것 같다.

 맙소사, 하마터면 까맣게 잊어버릴 뻔한 또 다른 삶이 있다. 이 삶은 현재의 삶이나 그 밖의 모든 삶들과는 다른, 거의 대립적인 삶이고, 사실은 기이한 순간들에 불과하며, 완전히 다른 삶이었다. 예를 들면 성당 문가에 서 있는 거지가 되고 싶은 욕망, 아무것도 원하지 않고, 모든 걸 포기하고 싶고, 가난하고 혼자가 되어 그 상태에서 독특한 기쁨이나 거룩한 느낌을 가져 보고 싶다는 동경…… 어떻게 표현하는 게 좋을지 모르겠다. 어린 시절 목재 더미 사이에 있던 그 구석, 그곳을 나는 너무도 좋아했다. 그곳은 작고 버려졌지만, 내게는 아름답고 편안한 곳이었다. 우리 마을에서는 매주 금요일이면 동네 거지들이 떼를 지어 집집마다 동냥을 다녔다. 왜 그랬는지 모르지만, 나는 그들을 따라다니며 그들처럼 기도했고, 대문 앞에서 〈주님을 찬양하시오. 주님과 함께 나누시오〉라고 읊조렸다. 또한 그 수줍음 많고 시력이 나빴던 소녀를 사귈 때에도 뭔가 겸손하고 가난하고 버려진 것에 대한 욕망과, 독특하면서도 거의 경건한 기쁨을 느꼈다. 그런 느낌은 계속되었다. 세상 끝에 있는 마지막 역의 적치장에는 녹슨 선로와 냉이와 메마른 풀 외에는 아무것도 없었고, 세상의 맨 끝이자 버림받은 곳으로서 전혀 쓸모가 없었다. 그곳이 가장 마음에 들었다. 또한 신호수가 묵던 판잣집이 그랬다. 그곳은 작고 비좁았지만 아늑했다. 내가 운영하던 역에도 창고와 울타리 사이에 후미진 곳이 있었는데, 녹슬고 망가진 물건들이 널려 있었고 쐐기풀만 무성했다. 아무도 그리로 오지 않았으며, 세상 모든 일이 무상하게 느껴져 슬픈 느낌이 들고 체념하게 만드는 곳이었다. 역장은 가끔 이곳에서 뒷짐 지고 한참을 서 있었으며, 모든 일의 무상함을 깨달았다. 직원들이 달려와서 그곳을 청소하려 들면 있는 그대로 놔두라고 했다. 그런 날이면 나는 사람들이 무슨 일을 하고 있는지 둘러보지 않았다. 인간은 왜 늘 그런 일을 하는 건지. 그저 존재하면서 더 이상 아무 일도 하지 않는 것…… 그것은 아주 조용하고 현명한 죽음이다. 나는 그게 나름대로 삶을 부정하는 행동이었음을 알고 있다. 바로 그 때문에 그런 행동은 다른 어떤 삶의 연관성에 부합되지 않는 것이다. 그 삶은 단지 존재했었고, 아무런 사건도 일어나지 않았다. 모든 게 허무한 곳에서 어떤 일이 일어날 수는 없었으니까.

31

 대체 얼마나 많은 경우의 인생이 있었던 건가. 넷, 다섯, 여덟? 나의 인생을 구성하는 여덟 개의 삶이 있었다. 내게 시간이 조금 더 남아 있고, 조금 더 맑은 정신이 든다면 일련의 또 다른 삶들을 발견하게 되겠지. 아마도 전혀 연관성이 없고, 단지 일회적으로 일어났거나 한순간 동안만 지속되었던 그런 삶들이 나타나리라. 어쩌면 한 번도 나타나지 못했던 삶들이 훨씬 더 많을지도 모른다. 나의 삶이 다르게 진행되었거나, 내가 다른 존재였거나, 다른 상황이 주어졌더라면 내게서는 전혀 다른 인물들이 등장해서 나와는 다른 삶을 영위했을 수도 있다. 만일 내가 다른 여자와 살았더라면 내게서는 호전적이고 흥분하기 쉬운 인간이 나타났을 것이다. 어쩌면 나는 어떤 상황에서는 경솔한 인간이 되었을지 모른다. 그건 배제할 수 없는 일이다. 어떤 것도 배제하지 못한다.

 그러면서도 나는 내가 흥미롭고 복잡한 인격체가 아니라는 걸 잘 안다. 어떤 누구도 나를 그런 사람으로 생각하지는 않을 것이다. 내가 누구였든 간에 나는 완전한 인격체였고, 일을 할 때에는 혼신을 기울였다. 나는 나에 관해 골똘히 생각해 본 적이 없었고, 그럴 이유도 없었다. 이 글을 쓰기 시작한 후로 몇 주간 그런 적이 있었을 뿐이며, 이 글이 근사하고 단순한 스토리이며 한 개의 반죽으로 빚어낸 이야기가 되리라는 생각을 하면서 기뻐했다. 그때 나는 내가 무의식적이긴 하지만 이 단순성과 단일성을 조금은 조작하고 있다는 생각을 하게 되었다. 사람은 자신과 자신의 삶에 대한 분명한 표상을 가지고 있기 때문에 그 표상에 들어맞는 사건들을 선별하거나, 심지어는 약간의 수정을 가한다. 처음에 나는 평범한 인생에 대한 변명 같은 글을 쓰려고 했던 것 같다. 유명하고 비범한 사람들이 회상록에다 자신의 비범하고 특출한 운명에 대한 변명을 적는 것처럼 말이다. 그들 역시 어떻게든 자신들의 인생 이야기를 꾸며 내어 그 이야기가 단일하고 사실에 가까운 그림이 되게 만든다. 그 이야기에 어떤 단일한 연결선이 생기면 더욱 그럴듯해 보인다. 이제 나는 가능성이란 게 무엇인지를 이해한다! 인생은 여러 상이하고 가능한 삶들의 집합이며, 그중에서 단지 하나 또는 몇 개만이 실현되는 반면, 다른 삶들은 단편으로서나 가끔 발현되든지, 또는 전혀 나타나지 않는 것이다. 모든 사람들의 이야기가 그럴 거라고 생각한다.

  내 경우를 들어 보자. 나는 전혀 유별난 사람이 아니다. 나의 삶은 끊임없이 뒤엉킨 몇 개의 운명들로 이루어졌다. 한 번은 이 운명이, 한 번은 저 운명이 지배적이었다. 그 후로는 그리 지속적이지 못하고, 전체 삶에 비추어 볼 때 그저 바다에 드문드문 나타나는 섬이나 에피소드처럼 보이는 몇몇 운명들이 나타났다. 시인의 경우나 영웅 행동 이야기 같은 게 그런 예이다. 그러고는 다시금 지속적이고 모호하게 가물거리는 가능성에 불과했던 다른 운명들이 나타났다. 그 예는 낭만주의자나, 뭐라고 불러야 좋을지 모르겠으나 성당 문가에 서 있는 거지 같은 운명이다. 그러나 그때의 내가 이 운명들 가운데 어떤 것이었거나, 이 인물들 가운데 누구였든 간에 나는 항상 나였고, 이 나는 늘 동일한 사람이었으며 처음부터 끝까지 변함이 없는 존재였다. 그 점이 실로 신기한 일이다. 그러니까 이 나는 그 인물들과 운명들 위에 존재하는 무엇이며, 보다 높은 존재이며, 유일하고 결합을 이루는 어떤 존재였는데, 이게 영혼이라고 불리는 것일까? 하지만 이 나는 독자적인 내용을 지니지 못했고, 때로는 우울증 환자였고, 때로는 영웅이었을 따름이다. 그 자체는 텅 비어 있었고, 무언가가 되기 위해서는 그 인물들 가운데 한 인물이나 그의 삶을 빌려야 했다. 인부였던 프란츠의 어깨 위로 기어오르면서 그 사람처럼 강하고 크게 느끼던 어린 시절이나, 아버지의 손을 잡고 다니면서 그와 같이 진지하고 믿음직하게 느끼던 때와 비슷한 것이었다. 이 나는 단지 그 삶들에 편승했다고 하는 게 맞을 것 같다. 누군가 되고 싶었고, 될 필요가 있었기 때문에 이 삶 또는 저 삶을 자신의 것으로 취해야 했다.

아니, 또 다른 이유가 있었다. 사람은 사람들의 집합이라고 가정해 보자. 이 집합 속에 평범한 인간, 우울증 환자, 영웅, 억척이 같은 자들이 존재하고 있다. 사람은 그처럼 뒤섞인 무리로 이루어진 존재이지만, 이 무리는 같은 길을 가고 있다. 늘 그중 누군가가 앞장서서 한동안 길을 인도한다. 그가 지도자라는 걸 시각적으로 표현하기 위해, 왕의 깃발을 들고 있는 그의 모습을 상상해 보자. 그 깃발에는 〈내가 자아〉라고 쓰여 있다. 그러니까 지금은 그가 나의 자아이다. 이건 단지 단어에 불과하지만 강력하고 거창한 단어이다. 그가 자아인 동안 그는 집합의 지배자이다. 그 후 또다시 누군가 무리 중의 다른 인물이 앞으로 헤쳐 나오고, 이제는 그가 왕기(王旗)를 들고 인도하는 자아가 된다. 이 자아는 단순히 명분일 뿐이며, 그런 깃발이 그저 이 무리의 단일성을 상징하는 것이라고 가정하자. 집합이 존재하지 않는다면, 아마도 이 공통된 표지도 필요하지 않으리라. 단순하고 단지 유일한 가능성을 지닌 삶을 사는 동물에게는 자아가 없을 것이다. 그러나 우리의 존재가 복잡하면 할수록 우리는 이 자아를 우리의 내면에 각인시키고 최대한 부각시켜야 한다. 〈여길 보라, 이것이 나의 자아이다〉라고.

자체의 단일성을 지니면서도 내적 긴장과 갈등 또한 내포

하고 있는 그 집합을 생각해 보자. 아마도 이 집합에는 모든 다른 인물들 위로 부상할 만큼 강한 인물이 있을 것이다. 이 자는 처음부터 끝까지 자아를 간직하고, 그것을 다른 인물들의 손에 넘겨주지 않는다. 그는 한 개의 반죽으로 빚어진 듯 일관성을 지니고 있는 것처럼 보인다. 아니면 이 무리 중 누군가가 직업이나 처한 환경에 나머지 인물들보다 더 적응을 잘하거나, 가장 믿음직스럽고 대표자처럼 보여서 주도하는 자아가 되는 것이리라. 그자는 만족스럽게 〈보라, 내가 얼마나 남자답고 품위 있는 사람인가를!〉 하고 외친다. 또한 이 무리 중에는 건방지고 고집불통이며 제멋에 겨워 자신이 왕기를 손에 들고 있는 듯 행세하며, 사람 속에 자리 잡고 앉아 지배자인 양 우쭐거리는 〈인물〉도 있을 것이다. 그는 자신이 이러저러한 사람이며, 점잖은 공무원이니, 원칙에 충실한 남자니 하는 생각을 한다. 이 무리 중 몇몇은 서로를 좋아하지 않는 반면, 몇몇은 힘을 모아 패거리를 만들거나 다수를 이루어 이 자아를 나누어 가지고 다른 인물들이 세력을 잡지 못하게 한다. 내 경우에는, 평범한 인간과 억척이와 우울증 환자가 서로 연합하여 나의 자아를 나누어 가졌다. 그들은 서로 조절해 가며 내 생애의 대부분을 지배했다. 때로는 억척이가 실망을 하고, 때로는 평범한 인간이 자신의 선한 심성 때문에나 당황한 나머지 양보를 하고, 또 때로는 우울증 환자가 의지가 박약하여 낙심하는 때가 있었다. 그럴 때 나의 왕기는 잠시 다른 자의 손으로 넘어갔다. 평범한 인간이 가장 강하고 지속적이었고, 지독한 일벌레였으므로, 가장 빈번하고 오랜 기간 나의 자아였다. 그 저급하고 사악한 존재는 결코 나의 자아가 되지 못했다. 그가 나타날 때에는, 말하자면 왕기가 땅 쪽으로 향한 셈이다. 그자는 자아가 되지 못했고, 길잡이도 아니었으며, 이름 없는 혼돈일 뿐이었다.

이런 설명이 〈단순한〉 가정일 뿐이라는 걸 알고 있다. 하지만 유일하게 이 가정을 통해서만 나의 모든 삶을 비춰 볼 수 있다. 시간의 경과에 따라 전개되었던 삶이 아니라, 있었던 일과 〈있을 수 있었던〉 무한하게 많은 삶 전체를 한번에 볼 수 있는 상상도인 것이다.

맙소사, 그런 집합은 실로 한 편의 드라마이다! 모든 시간에 걸쳐 그 집합은 우리의 내면에서 서로 싸우며 영원한 투쟁을 벌인다. 이 지도적인 인물들 모두가 전 생애를 지배하고 싶어 할 것이며, 책임을 부여받고 승인된 자아가 되고 싶어 한다. 평범한 인간과 억척이와 우울증 환자는 내 전 생애를 지배하고 싶어 했다. 그들은 누가 나여야 하는가를 쟁취하기 위해 조용한 가운데 격렬하게 투쟁을 벌였다. 서로 고함을 지르지 않고, 서로 칼을 들이대지 않는 기묘한 드라마였다. 그들은 한 테이블에 모여 앉아 일상적이고 진부한 문제들을 서로 상의했다. 하지만 얼마나 심한 긴장과 증오가 그들 사이에 놓여 있었던가! 평범하고 착한 인간은 묵묵히 고통을 감수했고, 천성이 복종적이었으므로 고함을 지를 줄 몰랐다. 그는 다른 인물들의 존재를 잊어버릴 만큼 일에 흠뻑 빠질 수 있으면 만족했다. 우울증 환자는 가끔씩 혼란에 빠졌다. 너무나 자신을 생각할 뿐이었고, 자신 외에 다른 관심의 대상이 있는 것을 서글퍼했다. 다른 인물들이 어리석은 걱정을 하는 것을 아주 지루하게 여겼다. 그리고 억척이는 그런 적대적이고 갑갑한 분위기를 아랑곳하지 않는 듯 행동하며 우쭐거리고 빈정댔다. 그는 이건 이래야 하고 저건 저래야 하고, 이것은 불필요하고 저것은 확실하게 성공할 가능성이 있으니까 해야 한다며, 모든 걸 제일 잘 아는 척했다. 낭만주의자는 아무것에도 귀 기울이지 않는 채 아름다운 여인을 상상하며, 현재 무슨 일이 일어나고 있는지 몰랐다. 또한 홀대받는 가난하고 경건한 거지가 있었는데, 그는 그 인물들의 친척 같은 관계였다. 그는 아무것도 원치 않았고, 아무 말도 하지 않았다. 무슨 뜻인지는 모르지만 그저 신비스럽고 나지막하게 중얼거리기만 했다. 어쩌면 우울증 환자를 위로하며, 그에게 귀엣말을 하고 있는 건지도 몰랐다. 그러나 지배자 역할을 하던 인물들은 그를 거들떠보지 않았고, 얼간이 취급을 했다. 또한 아직 언급되지 않았던 무언가가 있었다. 그것은 가끔 어느 곳에선가 유령처럼 꿈틀거렸다. 그러나 테이블 주위에 둘러앉은 주인공들은 가볍게 인상을 찌푸리고는 아무 일도 없었던 양 자신들의 일에 관한 대화를 계속했다. 다만 뭔가 보다 자극적이고 가증스러운 일이 생기면, 마치 동요가 일어나고 망령이 떠돌아다니는 것에 대해 서로에게 책임을 전가하듯이 서로를 쏘아보았다. 이상한 집안이었다. 언젠가는 누군가 침입한 자가 있었는데, 그는 시인이었다. 이자는 모든 것을 발로 걷어차며 귀신보다 더 무섭게 굴었다. 그러나 다른 점잖은 인물들이 그를 그 고상하고 신성한 집에서 내쫓아 버렸다. 그것은 아주 오래전에 있었던 일이다. 또 언젠가는 영웅이 찾아왔었는데, 그는 동료로 받아들여졌다. 이자는 주저하지 않고 단호하게 명령하기 시작했다. 〈이봐 친구들, 이걸 해야 해!〉 그러자 억척이는 열심히 동분서주했고, 평범한 인간은 두 사람 몫의 일을 해냈으며, 우울증 환자는 자신의 삶에는 아무 이상이 없음을 확인한 후 안심했다. 〈이봐, 그때가 남자답고 멋진 시기였어!〉 그 후 전쟁이 끝났고, 영웅은 더 이상 할 일이 없었다. 다른 세 인물은 이 침입자가 떠나자 안도의 숨을 내쉬었다. 〈이제 여기는 다시 우리들의 차지가 되었다.〉

그때가 마지 영화의 한 장면처럼 생생하고 뚜렷하게 보인다. 그러니까 이것이 사건 없는 드라마와 같은 나의 생애였고, 이제는 벌써 서서히 종말로 다가가고 있다. 이제 그 끝없는 투쟁도 거의 결판이 났다. 영화를 보듯 선명히 보인다. 억척이는 더 이상 목청을 높이지 않고, 해야 할 일을 지시하지도 않고, 두 손으로 머리를 감싸고 아래를 바라본다. 〈아, 맙소사. 이럴 수가!〉 평범한 선인은 할 말이 없다. 그는 야심만만했고 이기적이었으며, 자신의 삶을 망쳐 놓은 억척이를 매우 가엾게 여기고 있다. 〈그래, 어쩔 도리가 없는 거야. 이 삶은 성공적이지 못했어. 더 이상 성공 같은 걸 생각하지 마.〉 그런데 아무것도 원치 않던 가난한 거지가 테이블가에 앉아 우울증 환자의 손을 잡고 기도를 드리는 듯 뭔가 소곤거리고 있다.

32

  나의 내면에는 내가 알고 있던 객체들이 있었다. 이것은 아버지이고, 또한 느낄 수 있는 객체들 중에서 이것은 어머니이다. 그런데 아버지와 어머니 안에는 다시금 내가 거의 알지 못했던 그들의 아버지들과 어머니들이 존재하고 있었다. 내가 아는 사람이라곤, 대단한 괴짜이자 여자와 친구들이 주위에 가득했던 할아버지 한 사람과, 그의 아내였던 경건한 할머니 한 사람뿐이었다. 어쩌면 그들도 어떤 모습으로든 내 안에 존재하고 있고, 내 자아들 중 누군가가 그들의 모습을 닮았는지도 모른다. 우리 안에 내재하는 다양성이라는 것이 세대를 거쳐 끊임없이 이어져 오는 우리의 선조들일 수도 있다. 그 낭만주의자는 내가 알기로 어머니였고, 성당 문가에 서 있는 거지는 경건한 삶을 살다 간 할머니였을지 모르며, 영웅은 술꾼이자 싸움꾼이었던 괴짜 할아버지였을지도 모른다. 조상들에 관해 자세히 모른다는 게 지금은 유감스럽다. 적어도 그들이 누구였고, 누구와 살았는지 안다면 그런 사실들에서 여러 가지를 깨달을 수 있을 것이다. 어쩌면 우리 각자는 세대에서 세대를 통해 불어나는 사람들의 총합인지 모른다. 그리고 그 끝없는 자아의 분화가 두려워 우리는 분화에서 벗어나길 원하고, 우리를 단순하게 해줄 어떤 집단 자아를 받아들이는 건지도 모른다.

왜 태어나자마자 죽은 형이 생각나는지 모르겠다. 그가 어떤 사람이 되었을까 하는 생각은 나를 곤혹스럽게 만든다. 분명 나와는 전혀 딴판인 사람이 되었을 것이다. 형제는 결코 똑같을 수가 없으니까. 하지만 나와 같은 부모에게서, 같은 유전 조건하에서 태어났겠지. 똑같은 소목장이네 마당에서 인부 프란츠와 마르티네크 아저씨와 함께 지내며 자랐을 테지. 그렇지만 어쩌면 나보다 재능이 많았거나 더 고집스러웠을지도 모르며, 더 출세를 했을 수도, 하지 못했을 수도 있다. 누가 그걸 알 수 있으랴. 그는 우리가 태어나면서 지니고 있던 수많은 가능성들 가운데 어떤 다른 것들을 선택해 나와는 전혀 다른 인간이 되었을 게 분명하다. 우리는 이미 생물학적 관점에서 볼 때 앞에서 이야기한 사람들의 집합처럼 다양성으로서 태어나고, 성장과 환경에 의해 비로소 우리로부터 하나의 인간이 형성될 수 있는 것이다. 내 형은 분명 내가 감당하지 못했던 가능성들을 실현했으리라. 그리고 나는 그 가능성들을 보며 내 속에 들어 있는 많은 것들을 이해하게 되었을 것이다.

이와 같은 인생의 우연성을 상상해 보면 아찔한 느낌이 든다. 수백만 개의 배아(胚芽) 가운데 두 개의 다른 것이 만나면 다른 인간이 된다. 그러면 나는 내가 아니고 생면부지의 형제가 되어 어떤 괴짜가 되었을지 아무도 모를 노릇이다. 수천, 수백만의 가능한 형제들 중 어떤 다른 사람이 태어날 수 있는 거였다. 제비뽑기에 이긴 게 나였고, 다른 가능성을 지닌 인물들은 실패했다. 도리가 없는 것이다. 우리 모두가 태어날 수는 없으니까. 우리 안에 들어 있는 수많은 운명들이 이 가능한, 태어나지 않은 형제들의 집합이 아닐까? 아마 그들 중 하나는 소목장이가 되고, 다른 사람은 영웅이 되었을 것이다. 그것은 나만의 것이 아니라, 또한 그들의 가능성들이기도 했다! 내가 단순히 내 삶으로 취했던 것이 우리의 삶이었는지도 모른다. 이미 오래전에 살다가 죽은 우리와, 태어나지도 않았고 단지 존재의 가능성에 불과했던 우리의 삶 말이다. 맙소사, 이건 아찔한 생각이다. 아찔하면서도 멋진 생각이다. 내가 너무도 잘 알고 있는 이 평범한 삶의 흐름이 갑자기 내게 전혀 다르게, 한없이 위대하고 신비스럽게 보인다. 그건 내가 아니라 우리였다. 대체 어떤 삶을 살았고, 얼마나 총체적인 삶을 살았던 것인가!

이제 여기에 우리 모두가 모여 모든 공간을 가득 메우고 있다. 우리 집안 모두가 모여 있다.

어떻게 모두들 나를 알고 있는 건가요?

그래, 우리는 작별을 고하려고 온 거란다.

뭐라고요?

그래, 떠나기 전에. 넌 여기를 잘 꾸며 놓았구나.

그럼요. 여러분이 나타나리라고 상상하지 못했던 걸 용서해 줘요.

가구가 멋지구나, 얘야. 엄청 비쌌겠어.

그래요, 아버지.

네가 출세한 게 보이는구나. 네가 자랑스럽단다.

내 하나밖에 없는 아가야. 안색이 좋지 않구나. 어디 아픈 게 아니니?

아, 어머니구나! 어머니, 엄마, 심장에 이상이 생긴 걸 아세요?

뭐, 심장이라구? 나도 심장이 좋지 않았단다. 그건 내 아버지에게서 물려받은 거란다.

그분은 여기 안 계세요?

계신다. 그러나 그분은 고약한 할아버지란다. 하지만 가엾게도 여기에서 망령으로 떠돌아다녔지. 그건 우리 가문의 내력이란다.

나타나세요, 저주받은 할아버지! 죄의 원흉이 당신인가요? 누가 당신이 그런 짓을 했을 거라고 상상이나 했겠어요!

상관하지 말거라. 네가 그런 짓을 했을 거라고 누가 상상이나 했겠니! 네 속에도 그런 속성이 있었어.

하지만 어머니에겐 없었잖아요.

애야, 어떻게 여자들 속에 그런 속성이 있었겠니. 그건 여자의 일이 아니잖니? 난봉 부리는 건 남자가 할 일이야.

참 쉽게 말씀하시는군요, 할아버지.

그럼. 난 진짜 남정네였단다. 그렇고말고. 때때로 재미를 봤지.

할머니 머리채를 잡아당겨 땅에 내리치곤 하셨죠.

그랬지.

그것 보세요. 사람들은 나더러 지금은 고인이 된 아내의 목을 졸라 죽이고 싶어 했다고 야단이에요. 그건 할아버지에게서 물려받은 거군요.

하지만 넌 나의 강인함을 물려받지 않았어. 너는 여자들의 심성을 물려받았다. 그래서 그런 속성이 그처럼 이상하고 야릇하게 여겨졌던 거지.

할아버지 말씀이 맞는 건지도 모르죠. 여자들의 것을 물려받다니! 신앙심 깊고 경건하게 사신 할머니를 아내로 삼으셨었죠?

천만에. 난 명랑한 할멈과 살았어. 그 할멈에 관해 들어 보지 못했니?

이제 알겠어요. 농담을 잘하시고 쾌활하던 그 할머니 말이군요.

내가 그 명랑한 할머니란다. 그 전신 기사를 골탕 먹이던 기억이 나니? 그건 내게서 물려받은 거야.

그럼 그 겸손하고 신앙심 깊은 인물은 누굴 닮은 건가요?

그것도 날 닮은 거야. 난 할아버지 때문에 많은 고초를 겪었지. 불평해 봐야 무슨 소용이 있겠니. 사람은 인내심을 가져야 해. 그러면 마음이 평화스러워진단다.

그 신앙심 깊고 경건하게 사신 또 다른 모습의 할머니는 누구였죠?

그 사람은 못된 여자였어. 마음씨가 고약했고 질투심이 많은 데다 인색하기 짝이 없었지. 그래서 자신이 성자인 듯 행세한 거란다. 넌 그 사람을 닮았어!

어떤 점에서요?

모든 사람을 시기하고 모든 사람들 가운데 최고가 되려고 했던 것 말이다, 가엾은 아가야.

나하고 두 번째 할아버지와는 무슨 상관이 있죠?

아마 네가 남을 위해 일을 했다는 점이겠지. 그 할아버지는 아직 노예 신분이었고, 주인집에서 머슴을 살았단다. 그의 아버지나 할아버지처럼 말이다.

시인은 누굴 닮은 거죠.

시인이라고? 그런 사람은 우리 가문에 없다.

영웅은요?

영웅이라곤 없었어. 아가야, 우린 아주 평범한 사람들이었단다. 우리는 교회 축일 때 모이는 사람들처럼 그렇게 많은 사람들이었지.

할머니 말씀이 정말 맞는 것 같아요. 교회 축일에 모이는 사람들처럼 많은 사람들. 사람이 그렇게 많은 사람들의 평균치로 태어나는 건 아니죠. 각 개인은 모든 사람에게서 뭔가를 취하고, 전체적으로는 그처럼 평범하고 평균적인 집단인 것이고…… 주여, 감사합니다!

주여, 감사합니다!

주여, 감사합니다! 난 그런 평범한 인간이었던 거죠. 바로 그게 대단한 거예요. 내 속에 조상님들 모두가 들어 있던 거예요!

아멘.

그리고 우리 같은 사람들이 얼마나 많은가요. 그렇게 많은 사람들이 모여서…… 마치 커다란 잔치 같군요. 인생이 이런 향연이라는 걸 아무도 생각하지 못했을 테죠!

그럼 우리, 가능성으로 존재했던 형제들은 뭐지?

어니 있는 거지, 보이지 않는데?

아니야, 우리는 보이지 않는 존재들이란다. 단지 네 생각에만 존재하는 거야. 예를 들어…….

예를 들어 뭐지?

예를 들어 나는 소목장이이고 아버지의 공장을 물려받았

겠지. 지금쯤은 커다란 공장이 되어 공원이 스무 명에다 기계도 많아졌으리라는 생각이 들지 않니? 옹기장이네 터까지 사들여야 했겠지. 그런데 이젠 그곳에 옹기장이네 터도 사라져 버렸어.

아버지가 그런 생각을 하신 적이 있었어.

생각하신 건 사실인데, 소목장이가 된 아들이 없었지. 그 소목 공장은 아까워. 어쨌든 소목장이 아들이 있었으면 괜찮았을 텐데.

그래.

난 아냐. 나는 다른 사람이 되었을 거야. 난 그 미장이 아들 녀석에게 본때를 보여 주었을 거라구! 프란츠가 내게 싸움하는 법을 가르쳐 주었을 테고. 그 미장이 아들이 쓴맛을 보는 건데!

그다음엔 뭐가 되려고 했겠니?

그건 상관없어. 아마 석수장이가 되어 허리춤까지 옷을 벗어젖히고, 손바닥에 침을 뱉고, 삽질을 했겠지. 멋진 근육이 생겼을 텐데.

넌 가서 석수질이나 해! 나는 미국 같은 곳으로 갔을 거야. 모험은 꿈꾸는 것만으론 부족해. 내 운수를 시험해 보기 위해 넓은 세상으로 나가는 거야. 적어도 뭔가 보고 배울 게 있었겠지.

뭔가를 경험한다는 건 늘 여자하고만 가능해. 이봐, 난 그런 생활을 했을 거야. 상대가 매춘부이든 트위드 치마를 입은 공주님이든 말이야.

그 식당 여주인하고도?

유방이 배까지 늘어진 식당 여주인하고도.

그 다리 위 창녀하고도?

그 여자하고도. 그 여잔 끝내줬을 거야, 염병할.

그 토끼같이 겁먹은 눈을 가진 소녀하고도?

그 애는 더욱이나! 그 애를 그렇게 놓칠 순 없어. 염병할, 재미를 보고 말 거야.

넌 뭘 할 거지?

난 아무것도 하지 않아.

넌 누군데?

난 아무도 아니야. 그냥 그저 있는 거야.

동냥을 할 거니?

경우에 따라선 동냥질도.

그리고 너!

나? 난 스물세 살에 죽을 거야. 꼭.

아무것도 경험해 보지 않고?

아무것도. 모두들 나의 죽음을 애석해할 테니까.

흠. 난 전쟁터에서 전사할 거야. 아주 어리석은 짓이지. 하지만 적어도 전우들과 함께 있는 거야. 죽게 되면 분노를 느낄 테고, 그런 분노는 지독하지만 멋진 것이지. 누군가의 얼굴에 대고 침을 뱉을 용기가 날 정도로. 망할 놈들아, 너희들이 무슨 짓을 했는지 알겠지!

그럼, 너희들 가운데 시인은 아무도 없었니?

웃기는 소리! 어떤 일을 하려면 점잖은 일을 해야지. 넌 우리 중에서 가장 허약했고, 우리들이 할 수 있는 일을 아무것도 하지 못했어. 우리를 기억한 건 잘한 일이야. 어쨌든 우리 모두 한 핏줄이니까. 거지, 모험가, 소목장이, 싸움꾼, 바람둥이, 전사한 군인, 요절한 자까지도…….

우리 모두 한 핏줄이지.

모두가. 형제여, 네 형제가 아닌 누군가를 본 적이 있니?

33

 또한 시인이 된다는 것도 나쁠 게 없다. 시인은 자신 속에 무엇이 들어 있는지를 보며, 그것에 이름과 얼굴을 부여한다. 환상이란 없고, 자신 속에 들어 있지 않은 것을 생각해 낼 수는 없다. 보고 듣는 것 속에 모든 기적과 계시가 들어 있다. 또한 우리 안에 그저 암시되어 있는 것을 끝까지 생각할 수가 있다. 그는 다른 사람들에게는 하나의 진동이나 순간처럼 보이는 것 속에서 인간 전체의 모습과 전 생애를 발견한다. 그의 내면에는 많은 것이 있어 세상으로 분출해 내야 한다. 〈나가라, 로미오. 가서 정염의 사랑을 하라. 질투의 화신 오셀로, 살인을 하라. 그리고 너, 햄릿, 내가 그랬듯이 망설이거리.〉 그 모든 것은 가능한 삶들이고 살아 볼 가치가 있으며, 시인은 그 삶들을 기적과 전능함으로 충만하게 만들 수 있는 자다.
 내가 시인들처럼 내 속에 있던 이 운명들에게 의지를 부여할 수 있었다면, 그 운명들의 모습은 달라졌을 것이다. 나는 그 운명들로 뭔가 다른 것을 만들어 냈을 거다. 그 평범한 인간은 역장이 되지 않고 자기 땅에서 일하는 농부이자 가장이 되었으리라. 말들을 솔질해 주고 갈기를 엮어 주면 육중한 수말들의 붉은 꼬리는 땅을 향하고 있겠지. 소들의 뿔을 쥐고 마차를 손으로 끌어내는 힘센 장사가 되었으리라. 붉은 지붕이 있고 하얗게 페인트를 칠한 집 마루에 아내가 나와 앞치마에 손을 닦으며 〈여보, 식사하러 오세요〉라고 외치겠지. 〈당신, 우리 들판에서 수확을 거두게 되면 아기를 가집시다.〉 우리를 위한 게 아니면 일할 필요가 있는가? 노예 감독관처럼 고집스럽고 성미가 불같은 농부이지만, 이 아름다운 농가와 가축들과의 생활, 얼마나 북적거리는 삶인가! 이건 톱밥의 울타리 안이 아니라 진짜 세상이며 진짜 노동이다. 누구든 여기에 오면 내가 어떤 일을 해냈는지 볼 수 있다. 바로 이것이 진정한 이야기이며, 평범한 인간에 관한 완전하고 충만된 진실이다. 그 가장은 자신의 농장을 위해 목숨을 걸 것이다. 서글퍼서가 아니라 반대로 당연한 일이기 때문이다. 이 아름다운 땅에 한 인간이 목숨을 바칠 가치가 없는가? 그가 들에서 일을 하고 있는데, 마을에서는 누군가의 집에 불이 난 것을 알리는 종이 울린다. 늙은 농부가 뛰어가는데, 심장이 말을 듣지 않는다. 그러나 농부는 계속 달린다. 심장이 말을 듣지 않는 것은 비참하다. 마치 터질 듯이, 멈춰 서면 다시는 뛰지 않을 듯하지만 농부는 달린다. 몇 발짝만 더 가면 되는데, 이제는 가슴이 문제가 아니라 견디기 힘든 고통이 생긴다. 이제 대문이 보이고, 뜰이 보이고, 흰 벽과 붉은 지붕이 보인다. 그런데 두 다리가 허공에서 허우적대는 게 아닌가? 아니, 이건 흰 벽이 아니라 하늘이다. 여기가 늘 뜰이 있던 자리인데, 하며 가장은 바라본다. 그러나 사람들이 집 밖으로 뛰어나오고, 그 가장의 무거운 몸을 일으켜 세우려 한다.

또한 그 억척이의 삶 역시 전혀 다른 이야기가 될 것이다. 그는 계속해서 출세를 하고 싶을 테고, 공무원 자리로 만족스러워하지 않으리라. 그의 야심을 채우려면 끝이 없을 것이다. 그는 주위를 아랑곳하지 않고 권력에의 의지로 불타올라 자신의 목표에 도달할 때까지는 다른 사람들의 시체를 넘어가는 데 주저하지 않을 사람이 된다. 자신의 야망을 위해서는 행복, 사랑, 사람들과 자신까지도 모두 희생한다. 처음에는 보잘것없고 낮은 자리에서 어떤 대가를 치르든 승진을 하려고 발버둥 친다. 모범생으로서 죽도록 공부하며 선생님들의 마음에 들려고 하고, 열성적인 공무원으로서 일에 매달리고 상급자에게 아부하며 동료를 고발한다. 그다음에는 다른 사람들을 혹사시키며, 그 일에 재미를 붙이는 사람이 된다. 지배자처럼 냉혹하게 남들을 못살게 굴고 채찍을 휘두르는 노예 상인이나 다를 바 없다. 이제는 물론 중요하고 유능한 인사가 되어 점점 더 빠른 속도로 승진을 하고, 점점 더 고독해지고 위세 당당해지고 더욱더 미움을 받는다. 그래도 아직은 만족스럽지가 않고, 초창기의 비굴한 모습을 털어 버릴 만큼 높은 사람은 되지 못한다. 여전히 몇 사람에게는 인사를 올려야 하고, 열의를 다해 깍듯이 모시느라 여념이 없다. 그처럼 그의 내면에는 아직 극복하지 못한 소심하고 복종적인 기질이 남아 있다. 〈계속 더 위로 올라가야 해. 온 힘을 기울여야 해.〉 그 순간 억척이는 발을 헛디뎌 아래로 굴러떨어지고, 치욕스럽고 비참한 상태로 최후를 맞는다. 그것은 높은 사람이 되겠다는 욕망에 대한 벌이며 인과응보이다. 그 비극적인 인물을 보라. 그처럼 정확한 신사였는데, 이제는 자리에 앉아 가슴을 손으로 누르고 있다. 그에게 심장이라는 게 있었던가? 아니, 그런 적이 없었지. 갑자기 깊고 강한 통증을 느끼는 것이다. 다시 말해 심장에 이상이 생겼고, 고통과 두려움이 밀어닥친 것이다. 그에게 그처럼 많은 감성이 생겨나리라고 누가 생각이나 했었을까?

또한 그 우울증 환자. 그자를 해치울 수 있었다면 그는 진짜 괴물이 되어 버렸을 것이다. 그의 삶은 나약함과 두려움이 지독한 횡포를 부리는 기록이었다. 나약한 자는 가장 끔찍한 폭군이니까. 모든 일이 그를 중심으로 소리를 죽여 가며 행해져야 했다. 〈여기 아픈 사람이 있으니 아무도 웃음소리를 내선 안 되고, 아무도 삶을 즐거워해선 안 돼. 어떻게 다른 사람이 건강하고 명랑할 수 있단 말인가. 그걸 중단해. 고통으로 얼굴이 일그러지더라도, 두려움이나 우울한 마음이 되어 살이 빠지더라도 날뛰지 말란 말이야! 다른 누구보다도 내게 가장 가까운 친척뻘인 너희들을 수천 가지 성가신 요구로 밤낮으로 들볶으면서 병들고 허약한 나를 돌보도록 강요할 테다. 내가 약골이니까 그럴 권리가 있는 거 아냐?〉 그런데 그들이 먼저 죽는다. 그들은 건강했었으니까, 그들에겐 잘된 일이다. 마침내 그자만이, 그 우울증 환자만이 혼자 남는다. 다른 사람들을 모두 떠나보내고 괴롭힐 사람이 아무도 남아 있지 않다. 이제 그는 정말로 병이 들었고, 혼자가 되었다. 여기에는 화풀이를 받아 줄 사람이 아무도 없고, 오늘 건강 상태가 더 나빠진 데 대한 책임을 전가할 사람이 아무도 없다. 〈그들이 죽다니, 이 얼마나 이기적인 자들인가!〉 살아 있는 사람들을 괴롭히던 우울증 환자는 자신을 버리고 간 죽은 자들을 조용히 씁쓰레하게 증오하기 시작한다.

 그 영웅은 어떻게 되었을까? 그는 무사하지 못했다. 어느 날 밤 군인들에게 붙잡혀 미장이의 아들처럼 거만하고 냉소적이며 이글거리는 눈으로 그들을 바라볼 것이다. 사람들은 심장을 겨누어 그 자리에서 그를 사살한다. 단지 한 번쯤 고통스럽게 꿈틀거린 후 허공을 바라보며 선로변에 쓰러져 있다. 총을 든 미치광이 대위가 명령을 내린다. 〈이 개자식을 신호실로 옮겨!〉 철도원 네 명이 그의 시신을 끌어간다. 〈맙소사, 웬 시체가 이렇게 무거워!〉 이 시기에 시인은 이미 오래전 술독에 빠져 세상을 떴다. 온몸이 붓고 끔찍한 모습이 되어 병원에서 최후를 맞았다. 무슨 소리가 나는 걸까? 그게 코코넛이 열린 야자나무 소리거나 천사가 날갯짓하는 소리일까? 자비심 많은 수녀님이 그의 곁에서 기도를 하며 발작 상태에서 허우적거리지 못하도록 그의 손을 붙잡는다. 〈수녀님, 수녀님. 이 시의 다음 구절이 뭔가요, 주의 천사여, 나의 수호자여……?〉 그리고 그 낭만주의자는 어떻게 되었을까? 뭔가 예사롭지 않은 커다란 불행이 일어났겠지. 그는 분명 아름다운 낯선 여인 때문에 죽음을 맞으리라. 그는 그녀의 품에 머리를 기대며 속삭인다. 〈마담, 울지 마오.〉 그래, 그게 제대로 된 종말이고, 그렇게 됐어야 할 올바르고 완전한 인생 이야기들이다.

 이들이 전부이고 모두 죽었는가? 아니, 아직 거지가 남아 있다. 그자는 아직도 죽지 않았단 말인가? 아니, 그는 죽지 않았고, 아마 불멸의 존재일 거다. 그는 늘 모든 것이 끝나는 곳에 있었다. 또한 모든 것이 끝날 때마다 나타나 바라보고 있을 것이다.

34

 우리들 개개인은 우리를 이루며, 개개인은 무한대로 이어지는 사람들의 집합인 것이다. 단지 자신을 보라. 네가 거의 인류 전체를 망라하고 있는 게 아닌가! 그건 끔찍한 일이다. 네가 죄를 지으면 그들 모두에게 벌이 내리고, 그 거대한 집합이 너의 모든 고통과 저속함을 감당한다. 너는 그 많은 사람들을 저속하고 헛된 길로 인도해선 안 된다. 너는 나이고, 네가 인도자이며, 그들에 대한 책임이 있다. 그 모든 인물들을 너는 어디론가 이끌고 가야 했다.
 그래, 하지만 운명들이 그렇게 많으면, 그처럼 많은 가능성들이 있으면 어떻게 하란 말인가! 어떻게 모두의 손을 잡고 이끌 수 있는가? 영원히 나 자신을 들여다보며 내 삶의 방향을 바꿔 가야 하는가? 〈뭔가 또 남아 있지 않을까, 왠지 모르지만 다른 인물들 뒤에 웅크리고 숨어 있던 인물을 간과하지는 않았을까, 이 존재의 가능성을 지닌 배아를 내게서 밖으로 드러내야 할까〉 하면서? 그러나 인식하고 이름을 붙일 수 있던 배아만도 대여섯 개나 있다. 그것만으로도 족하며, 그 각자는 전 생애를 이루기에 충분한데, 무엇 때문에 더 멀리에서 찾는단 말인가! 그렇게 되면 삶을 사는 게 아니라 그저 자기의 속을 뒤지는 일일 뿐이다.

 그렇게 뒤지는 일을 하라는 게 아니야. 그건 아무 곳으로도 이끌지 못해. 다른 모든 사람들도, 그들이 누구이건 간에, 너와 같은 집합이라는 걸 모르겠나? 너는 그들과 어떤 공통점을 가지고 있는지 모른다. 보기만 해. 그들의 삶 또한 네 속에 있는 무수히 많은 가능한 삶들 가운데 하나인 것이다. 너도 다른 사람처럼 신사나 거지, 허리춤까지 옷을 벗어젖힌 날품팔이꾼이 될 수 있었다. 너도 냄비 장수, 빵집 주인, 또는 얼굴 전체에 잼을 묻히는 아홉 아이의 아버지가 될 수 있는 것이다. 그 모든 것이 너이다. 네 속에 그런 다양성이 있으니까. 모든 사람들을 바라보면 그들을 인지할 수 있다. 그 모든 게 네 내면에 있다. 그들 중 각자는 네 삶의 어떤 것을 살았다. 경찰이 수갑을 채워 끌고 간 누더기 차림의 인부, 현명하고 말이 없던 신호수 노인, 주정뱅이 대위까지 모두가. 네가 될 수 있었던 모든 걸 잘 보라. 주의를 기울여 보면 그 각각의 속에서 네 자신의 일부를 보게 될 것이다. 그 속에서 놀랍게도 너의 진정한 이웃을 발견할 수 있을 것이다.

 그래, 그런 것이다. 나는 더 이상 내 자아 속에 혼자가 아니다. 사람들아, 나는 이젠 더 이상 너희들 사이로 들어갈 수가 없고, 너희들을 가까이에서 볼 수도 없다. 다만 창밖을 내다볼 뿐이다. 아마 누군가가 지나가겠지. 우체부나 학교에서 돌아오는 아이, 청소부 아니면 거지가. 또는 여자 친구와 함께 그 젊은이가 지나가겠지. 그들은 서로 머리를 맞대고 내 집의 문 쪽으론 눈길을 주지 않을 거다. 이제 나는 창가에 서 있을 수가 없다. 내 다리는 붓고 무감각해져서 마치 얼어붙은 것 같다. 하지만 아직 내가 알거나 모르거나 사람들을 생각할 수는 있다. 그들은 교회 축일에 모인 사람들과 같다. 그들은 수많은 사람들의 집합이다. 네가 누구든 나는 너를 알아본다. 우리 각자가 어떤 다른 가능성을 살기 때문에 우리는 똑같은 사람들이다. 네가 누구든 너는 나의 무수히 많은 자아이다. 네가 악인이든 선인이든, 그건 내 속에도 있는 거야. 내가 너를 미워하더라도 난 네가 나의 아주 가까운 사람이라는 걸 잊지 않는다. 나는 내 이웃을 나 자신처럼 사랑하리라. 그의 멍에를 느끼고, 그의 고통을 함께 아파하고, 그에게 닥친 부당함에 대해 함께 괴로워하리라. 내가 그와 가까워지면 질수록 나는 더 많은 나 자신을 발견하게 된다. 나는 이기주의자들을 배척할 것인데, 내가 이기주의자이기 때문이다. 아픈 사람을 돌볼 것인데, 내가 병자이기 때문이다. 성당 문가에 서 있는 거지를 그냥 지나치지 않을 것인데, 내가 그와 마찬가지로 가난한 사람이기 때문이다. 나는 내가 이해할 수 있는 만큼의 나이다. 더 많은 사람들의 삶을 이해할수록 나 자신의 삶은 더욱 완성되리라. 나는 내가 될 수 있는 모든 것이 되며, 가능성이기만 했던 것은 현실이 된다. 나를 제한하는 이 자아가 내가 아니면 아닐수록 나는 더 많은 존재가 된다. 이 자아는 도둑이 가지고 다니는 손전등처럼 그 불빛의 반경 안에 있던 것 외에는 아무것도 보지 못했다. 그러나 이제는 너, 너, 그리고 너! 너희는 그렇게 많고, 우리는 그렇게 많아 교회 축일에 모인 사람들 같다. 다른 사람들이 있음으로써 이 세상은 얼마나 늘어나는가! 세상이 이렇게 커다란 공간이고, 이렇게 찬란한 곳인지 누가 알았으랴!

 그것이 진정하고 평범한 인생이며, 가장 평범한 인생이다. 내 것이 아닌 우리의 삶, 우리 모두의 광대한 생명 말이다. 우리가 그렇게 많은 사람들이면 우리 모두는 평범한 사람들이다. 평범하면서도 그것은 축복이다. 그분을 인지하고 알게 된다면 하느님도 아주 평범한 생명일지 모른다. 내가 그를 나 자신 속에서 발견하지 못하고 알아보지 못한다면 다른 사람들 속에서 발견하게 되리라. 어쩌면 사람들 속에서 만나게 되고, 우리 모두처럼 아주 평범한 얼굴을 지니고 있을지 모른다. 소목장이네 마당에도 나타날 수 있다…… 하느님은 나타나는 것이 아니라 갑자기 그가 여기에, 그 어느 곳에나 계심을 알게 되고, 판자가 쪼개지고 톱질 소리가 요란해도 상관없을 것이다. 아버지는 일에 몰두해 머리를 들지 않고, 프란츠는 휘파람을 계속해서 불며, 마르티네크 아저씨는 아름다운 눈으로 바라보겠지. 하지만 그는 어떤 특이한 것도 보지 못한다. 그것은 아주 평범한 삶이면서 동시에 한없이 놀라운 영광이다. 또한 자물쇠가 잠기고 짐승의 악취가 풍기는 판잣집 안 컴컴한 어둠 속에서도 벽의 좁은 틈새를 통해 빛이 들어오면 모든 것이 눈부시게 윤곽을 드러내기 시작한다. 모든 추악과 가난도 그 빛에 용해된다. 또한 세상 끝에 있는 마지막 역에는 냉이와 억새풀이 자라나는 녹슨 선로 외에는 아무것도 없고, 그곳이 모든 것의 끝인데, 그 모든 것의 끝이 바로 하느님일지 모른다. 또한 무한으로 달리는 선로, 무한대에서 서로 교차하는 선로는 최면술을 건다. 나는 더 이상 어떤 모험을 좇아 길을 떠나지 않으리라. 그 대신 무한대를 향해 곧바로, 곧바로 달릴 것이다. 어쩌면 그 무한대는 그곳에, 아니면 그것이 내 삶 속에도 있었는지 모른다. 하지만 나는 그걸 간과해 버렸다. 밤이 되어 빨간 등과 녹색 신호등이 켜진 역에는 마지막 열차가 서 있다. 국제선이 아니라 어느 역에나 멈춰 서는 아주 평범한 완행열차. 평범한 기차라고 무한을 향해 달리지 말라는 법이 있는가? 칙칙폭폭……. 역무원은 조그만 망치로 선로를 두드리고 플랫폼에는 신호수의 등불이 흔들거린다. 역장은 시계를 본다. 이제 시간이 되었군. 객차의 문이 철커덕 잠기고 모두들 거수경례를 한다. 출발. 기차는 전철기를 지나 어둠 속으로 무한궤도 위를 달리기 시작한다. 잠깐 기다려. 저기에는 사람들이 가득 탔다. 마르티네크 아저씨가 앉아 있고, 주정뱅이 대위가 구석에서 곤히 잠들어 있다. 얼굴이 검은 소녀가 창문에 코를 들이밀며 혀를 쭉 내민다. 마지막 객차의 짐칸에서 선로 제동수가 깃발을 흔들며 인사를 한다. 기다려, 나도 함께 가겠네!

포펠 씨가 그 책을 돌려주러 왔을 때 의사는 정원에 있었다. 그 책은 완결된 서류 묶음처럼 다시 정성스레 묶여 있었다.

「다 읽으셨습니까?」 의사가 물었다.

「예.」 노신사는 우물거리며 더 이상 무슨 말을 해야 할지 몰랐다. 잠시 후 갑자기 입을 열었다. 「이런 글을 쓰다니, 건강에 좋을 리가 없었겠지요! 글씨체에서 드러나요. 마지막 부분에 얼마나 손을 떨었는지 말입니다.」 노신사는 자신의 손을 보았다. 다행히도 그 손은 아직 그리 심하게 떨리지 않았다. 「내 생각으론, 그런 일은 그를 흥분하게 만들었을 것 같소이다. 그의 건강 상태에선…….」

의사는 어깨를 움칠거렸다. 「무리가 갔겠죠. 왕진을 갔을 때 그 글은 아직 책상 위에 놓여 있었습니다. 마지막 구두점을 찍었는지는 모르겠습니다만, 집필을 막 끝낸 것 같았습니다. 카드점이나 치든지 했더라면 당연히 더 나았겠지요.」

「좀 더 살았을지도 모르지요?」 포펠 씨는 기대 섞인 말투로 의사의 눈치를 살폈다.

「그럼요, 몇 주나 몇 달 정도는……」 의사는 말끝을 얼버무렸다.

「가엾은 친구.」 포펠 씨는 가슴이 뭉클해졌다.

정원은 조용했지만, 울타리 너머 어디선가에서 어떤 아이의 환호성이 들려왔다. 노신사는 생각에 잠긴 채 책의 접혀진 부분을 펴다가 갑자기 말을 꺼냈다. 「그런데 〈난〉 내 인생에 관해 무슨 말을 해야 할까요! 내 인생은 그의 삶처럼 단순하지도…… 평범하지도 않았소. 의사 선생님은 아직 젊으시니까 인간이 어떤 경험을 하게 되는지 모를 겁니다. 모든 걸 어떻게든 설명하려고 들면 어떤 결론에 도달할는지! 그래요. 그 삶을 살아온 건데, 말이 무슨 소용이겠소. 그리고 선생님도 필히…….」

「전 자신의 내면을 뒤져 보는 일 따위에 쓸 시간이 없습니다. 말뜻은 잘 알겠습니다만, 다른 사람들의 마음속에 있는 추악함을 볼 만큼 봤습니다.」 의사가 대꾸했다.

「그러니까 카드점이나 치는 게 낫다는 거군요…….」 포펠 씨는 주저하며 말을 이었다.

의사는 그를 흘끗 쳐다보았다. 〈이봐요. 여기가 당신을 위한 진찰실인 줄 아나 보군요〉라고 말하는 듯했다. 「마음에 가장 편한 일을 하는 게 중요하죠.」 의사의 답변은 무뚝뚝했다.

노신사는 생각에 잠겨 눈을 깜박였다.

「그 친구는 참 친절하고 예의 바른 사람이었소…….」

의사는 몸을 돌려 시들어 버린 꽃을 꺾어 내는 것 같았다. 「그분의 정원에 있던 산딸기나무를 갈아 심어 주었죠. 그분이 세상을 뜬 후에도 모든 게 정상으로 남아 있도록 말입니다.」의사가 중얼거렸다.

역자 해설
세상은 내가 아닌 우리가 있어 좀 더 따뜻하다

　체코 문화 사상 전반적 문화 수준을 광범위하고 빠르게 끌어올린 기여를 한 인물을 선정하고자 할 때, 작가 카렐 차페크를 거명하는 데 이의를 제기할 사람은 드물 것이다.[1] 그가 태어난 19세기 말은 여전히 오스트리아의 지배를 받고 있던 체코가 계몽주의와 세기 초반에 태동한 민족주의에 자극받아 민족 문화의 부흥을 도모하기 위해 박차를 가하는 시기였다. 당시 새로운 흐름을 주도하고 있는 서유럽 예술의 — 특히 프랑스 — 수용은 오랜 침체기를 벗어나기 위한 노력의 일환이었다. 차페크는 이미 초년 작가 시절 그 같은 교류에 중요한 가교 역할을 하여 보들레르, 랭보, 아폴리네르 등의 시를 번역해 『새로운 시대의 프랑스 시』라는 시선집을 발표함으로써 1920년대 초반 체코 아방가르드 문학, 즉 포에티

---

[1] 2018년 체코 독립 1백 주년을 기념하여 지난 1백 년간 가장 중요한 체코 작품을 선정한 체코 블타바Vltava 라디오 방송 「카논Kánon 100」을 보면 차페크의 작품이 산문 분야 1위를 차지했다.

즘Poetismus의 태동에 큰 영감을 불어넣었다. 이후 소설, 희곡, 시, 동화, 에세이, 평론 등 다양한 장르의 글을 썼으며, 궁극적으로는 자신의 작품들로써 범세계적인 화두를 던지는 작가가 되었다. 세계 문학사는 흔히 차페크를 〈로봇〉이라는 신조어의 도입 및 과학 기술의 오용과 통제되지 않는 이윤 추구를 풍자하는 디스토피아 희곡 「R.U.R.」의 작가로 기록하고 있지만, 지식인이자 작가로서 차페크의 지평은 그보다 훨씬 넓다.

이미 10대 때 시작한 습작 시기와 형 요세프와의 공동 집필 시기를 거쳐 첫 독자적인 단편소설집 『그리스도 수난비』를 1917년에 발표했고, 마지막 작품인 희곡 「어머니」를 1938년에 썼으니, 차페크의 창작 기간은 약 20년이다. 작가 외에도 언론인, 평론가, 연출가, 사진작가로서 다양한 재능을 보였다. 많지 않은 나이로 타계할 때까지 길지 않은 활동 기간이었지만, 그가 관여한 분야마다 보여 준 철학적 깊이와 해박한 지식은 놀라울 따름이다.

카렐 차페크는 1890년 말레 스바토노비체라는 체코 북부 산악 지역 마을에서 태어났다. 당시 이곳은 목가적이면서도 탄광이 운영되고 산업화가 진행 중이었다. 또한 죽은 벚나무 옆 샘터가에 세워 둔 마리아상으로 인해 벚나무가 다시 살아나 열매를 맺었다는 〈기적〉 전설이 있어, 18세기 중엽부터 치유를 기원하는 순례지로 유명했다. 바로 이 지역 휴양원 담당 의사였던 아버지와 어머니 모두 문화와 예술에 관심이 많았다. 섬세한 어머니는 자식들에게 낭만주의 작품이나 민담 등 많은 문학 작품을 읽어 주었고, 특히 매우 활발하고 민속에 능통하던 외할머니는 차페크의 문학 언어 형성에 큰 영향을 주었다고 한다. 약간 거친 성격의 아버지와 병적으로 예민한 어머니 사이의 갈등, 난봉꾼이자 주정뱅이였던 외할아버지, 병약해서 늘 어머니의 근심거리였던 아이 차페크(척추 질환으로 징집이 면제되고 평생 지팡이를 짚었다)…….

차페크의 이러한 배경은 소설 『평범한 인생』에서 줄거리의 근저를 이루고 있는 것이 흥미롭다. 그의 형 요세프는 화가로서 체코 현대 미술의 기수 중 한 명이자 작가였는데, 동생과는 평생에 걸친 예술의 동반자이자 보호자였다. 그는 제2차 세계 대전 중 독일 강제 수용소에서 병사했다. 역시 작가였던 누나 헬레나는 차페크 형제에 관한 소중한 회고록 자료를 남겼고, 반(反)나치 활동에 가담하기도 했다. 1948년 이후 사회주의 정권하에서 고초를 겪다 사망하는 등 차페크의 가족사는 비극적이었다. 그의 생가는 1946년 〈차페크 형제 박물관〉으로 오늘날까지 사용되고 있다.

차페크는 브르노에서 고등학교를 마치고 가족과 함께 프라하로 이주해서 1909년 카렐 대학교에 입학해 철학, 미학, 미술사, 영문학, 독문학, 체코 문학을 공부했다. 1910~1911년에는 베를린과 파리에 유학했고, 1915년에는 〈미술에 대한 미학의 객관적 방법〉이라는 주제로 철학 박사 학위를 취득했다. 이러한 수업은 이미 20대부터 국내외 철학, 문학, 미술, 이데올로기, 시사 등 광범위한 주제에 관한 비평을 발표하는 데 밑거름이 되었다. 차페크는 새로운 체코 예술을 구축하고자 한 〈1914년 연감〉 그룹을 주도했고, 서유럽의 신경향을 수용하는 데 앞장섰다. 『나로드니 리스티』 신문사를 거쳐 1921년부터 사망할 때까지 편집인으로 활동한 『리도베 노비니』 신문사는 이러한 활동을 위한 터전이 되었다. 19세기 사실주의 작가 얀 네루다를 계승하는 그의 문예란 feuilleton 문체는 향후 체코 문예 비평의 표본이 되었다.

차페크를 체코 문단의 권위 있는 작가이자 당대 국제적으로 가장 널리 알려진 체코 작가로 만들어 준 작품은 1921년 프라하 국립 극장에서 초연된 희곡 「R. U. R.」이다. 이 작품은 런던과 미국에서 일대 선풍을 일으켰고, 수많은 나라에 소개되어[2] 차페크는 향후 SF, 디스토피아 문학의 선구자로 허버트 조지 웰스, 올더스 헉슬리, 조지 오웰 등의 작가들과

---

2 우리나라에도 1923년 이래 이광수, 김우진, 박영희 등을 통해 소개되었다. 1925년 『개벽』지에 실린 「인조 노동자」는 우리나라에서 최초로 다루어진 체코 문학 작품인데, 일본어 중역이라는 점과 오역, 삭제 등의 아쉬움이 있지만, 신극 운동의 일환이라는 면에서 의의가 있다고 본다. 일본에서는 〈인조인간〉이라는 용어가 이 작품에 의해 처음 사용되었고, 로봇 제작의 가능성에 대한 관심이 높아졌다고 한다.

견주게 되었다. 차페크가 처음 사용한 〈로봇〉이란 단어는 제 4차 산업 혁명 시대를 맞아 오늘날 일상어처럼 사용하게 되었고, 금년 초연 1백 주년을 맞아 과학 기술 만능주의에 경종을 울리는 이 작품의 의미는 재조명되고 있다.

이후 차페크는 1920년대에 물질 만능과 향락주의를 풍자하는 희곡 「곤충 극장」(형 요세프와 공저, 1921), 인간 수명 연장 문제를 다룬 희곡 「마크로풀로스의 비밀」(1922), 인간 세계의 재창조를 소재로 하는 희곡 「창조자 아담」(형 요세프와 공저, 1927) 등의 작품과, 절대성을 상징하는 압솔루트노라는 존재의 문제를 다룬 『절대성 공장』(1922), 엄청난 파괴력을 가진 물질과 그로 인해 파생되는 윤리 문제를 다룬 『크라카티트』(1924) 같은 문제작들을 집필했다. 이러한 작품들을 통해 차페크가 문학뿐만 아니라 새로운 과학 기술, 정치, 이데올로기에 대해서도 폭넓은 지식과 깊은 이해를 가지고 있음을 확인할 수 있다.

1920년대 차페크의 관심이 인류를 둘러싼 존재 조건에 중점을 두었다면, 단편소설집 『왼쪽 호주머니에서 나온 이야기』(1929)와 『오른쪽 호주머니에서 나온 이야기』(1929)부터는 인간 개인 그 자체에 포커스를 맞추고 있다. 탐정 소설과 추리 소설 형식으로 일상생활에서 일어나는 사건들을 다양한 시각으로 비쳐 보임으로써 삶의 다면적, 심층적 의미를 생각하게 하는 단편 작품들의 모음이다. 『시인』에서 인명을 앗아 간 뺑소니 교통사고는 시인의 눈에 하나의 시적 이미지로 기억되지만 사건의 진상을 밝히는 단서가 되고, 『배우 벤다의 실종』에서 벤다의 행방은 실종으로 간주되는데 평소 생활은 혼란스럽지만 배우로서 철저했던 그를 이해한 친구를 통해 그가 타살당한 것임이 드러난다. 차페크는 이 작품들에서 과학적 추리를 통해 삶에서 일어나는 사건들을 해결하고, 〈설명〉하려는 것이 아니라 삶을 바라보는 관점의 다양성을 간략하고 긴장된 묘사들을 통해 〈인식〉하게끔 한다. 작가의 전문 원예 지식을 활용한 『원예가의 열두 달』(1929)도 같은 맥락이다. 1933~1934년에 발표된 철학 3부작 소설도 진리의 문제와 개인의 정체성을 주제로 다룬다는 공통점이 있다.

철학을 전공한 차페크의 작품에는 전반적으로 찰스 샌더스 퍼스와 윌리엄 제임스로 대표되는 미국 실용주의pragmatism 철학과 앙리 베르그송의 생철학이 기조를 이루고 있다. 인식의 기능을 선험적 규정이 아니라 경험적 행동, 문제 해결의 수단으로 파악하고 절대적 진리를 부정하며 실생활의 유용성에 따른 진리 개념을 중시하는 실용주의는 20세기 초부터 유럽에 소개되었는데, 체코에서는 이미 1915년 이전 차페크가 학생 시절에 쓴 「실용주의 또는 실용적 삶의 철학」 논문[3]에서 다룬 바 있다. 차페크는 이미 파리 유학 시절부터 베르그송 철학

---

3 이 논문은 1918년 책으로 출간되어 체코에서 실용주의 철학을 이해하는 데 기여했다.

을 접했고, 1920년에 쓴 에세이에서 활력적인 삶에 중점을 두는 베르그송 철학의 입장을 적극 긍정했다. 이 같은 철학의 영향으로, 인간 사회에서 절대라고 확신하는 믿음이나 가치관에 대한 끊임없는 회의가 그의 모든 작품에 담겨 있다. 진정한 삶의 가치는 기술에 의한 완전한 인간 해방이나 물질 향유의 극대화에 있는 것이 아니라, 일상성 속에서 사랑과 긍정적 태도를 실천하는 평범한 삶에 있다는 것이 그의 문학이 전하는 메시지다.

차페크의 삶에 대한 인식은 인간 개체들이 서로의 차이점이나 다양성을 인정하고 이해를 확장하여 형제애를 실천하는 것을 지향한다. 다시 말해 이것이 차페크 문학이 추구하는 휴머니즘이며, 개성과 자유를 용인하지 않는 전체주의나 공산주의 같은 이데올로기를 허용할 공간은 없다. 1924년 한 주간지에 발표한 기고문 「왜 나는 공산주의자가 아닌가」에서, 불의와 가난에 대해 주장과 선동에 그치고 행동으로 옮기지 않는 이념에는 동조할 수 없다는 입장을 밝혔다. 그 대신 차페크는 오랜 세월 끝에 구속에서 벗어나 독립을 얻은 조국의 민주주의 체제를 수호하려는 입장을 고수했다. 체코 독립을 이끌고 민주주의 체제를 수립한 마사리크 대통령과 교류하며 그의 정치 철학과 사상을 기록한 『T.G. 마사리크와의 대화』(1928~1934)를 집필한 것도 이러한 차페크의 신념에서 나온 것이다.

1930년대 중반 이후에 나온 장편소설 『도롱뇽과의 전쟁』(1936), 『제1구조대』(1937)와 희곡 「하얀 역병」(1937)과 「어머니」(1938) 등의 작품은 개인의 삶과 자유를 파괴하려는 나치 전체주의의 점증하는 위협에 대한 경종이자 비판이었다. 체코 문학의 국제적 위상을 높이고 외국 문인들과의 폭넓은 친분으로 1925년 국제 펜클럽 체코 지부를 결성했고,[4] 1936년에는 노벨 문학상의 유력한 후보로 기대되기도 했으나 파시즘에 대한 가차 없는 비판으로 인해 당시 나치 독일을 의식한 스웨덴 한림원이 결정을 내리지 못했다고 한다. 결국 강대국 간에 체결된 뮌헨 협정에 의해 조국 체코의 어두운 미래를 직시하고 고뇌하던 차페크는 심신이 고갈되어 1938년 크리스마스 날 인플루엔자 합병증으로 세상을 떠나고 말았다.

『평범한 인생』은 『호르두발』(1933)과 『별똥별』(1934)에 이어 1934년, 소위 철학 3부작 noetic trilogy의 마지막 편으로 쓰인 소설이다. 세 편의 소설은 각기 독립된 줄거리로서, 『호르두발』에서는 주인공 호르두발의 사망에 대해 주관과 객관의 관점으로는 사건의 규명과 호르두발의 정체성에 대한 진실에 접근할 수 없다는 내용이고, 『별똥별』에서는 비행

---

[4] 초대 회장을 역임한 차페크의 공로를 인정해 펜클럽 카렐 차페크상이 제정되었다.

기 추락 사고로 사경에 처한 신원 미상의 주인공이 다양한 관찰자의 객관적 관점에 따라 다양한 정체성을 가질 수 있다는 내용을 담고 있다. 앞의 두 소설에서는 하나의 사건을 설명하는 데 여러 가지 가능성 또는 개연성을 보여 줌으로써 인간에 대한 모든 인식의 상대성을 다룬 반면, 『평범한 인생』은 개인의 사고 영역 안에서 각기 다른 주관적 관점들의 갈등을 보여 준다. 즉 인간은 시간적으로 제약된 자신의 존재를 통해 단일한 형상을 이루지 못하며, 그 때문에 명상을 통해 자신을 객관적으로 이해하는 능력을 가질 수 없는가 하는 질문에서 출발하고 있다. 세 작품 모두 진실에 대한 문제를 주제로 공유함으로써 3부작을 구성하는 것이다.

소설 『평범한 인생』은 정원에서 꽃나무를 손보고 있는 젊은 의사에게 포펠(체코어로 〈재〉라는 뜻)이라는 노신사가 찾아와 어릴 적 같이 학교를 다닌 친구가 이미 사망했다는 사실을 듣는 장면에서 시작한다. 이 정원 장면은 소설의 앞과 뒤에 짧게 테두리를 이루고 있으므로, 미리 두 사람의 대화를 정리해 보기로 한다. 의사는 고인을 정직하고 양심적인 평범한 공무원으로 기억하는 노신사에게 고인이 남긴 자서전을 빌려준다. 일흔 살이 안 되어 세상을 떠난 고인보다 조금 연배가 위인 노신사는 그렇게 규칙적이고 평범한 사람도 죽음을 맞는 걸 보면 죽음 또한 평범한 일일 거라고 생각한다. 자신의 삶은 고인처럼 〈단순하지도 평범하지도〉 않았다고 노신사는 말한다. 의사는 자신의 〈내면을 뒤져 보는 일〉이나 남에 대한 관심이 없다는 덤덤한 태도를 보인다. 다만 고인의 정원에 가서 나무 갈이를 해줌으로써 고인이 없더라도 모든 게 정상으로 남아 있게 해주었다고 말한다. 이어지는 자서전을 읽고 나서 이 대화 장면을 연결해 보면 평범과 죽음, 젊음과 늙음이라는 개념들의 연관성을 해석해 볼 수 있을 것이다.

이 소설은 앞과 뒷부분 줄거리(의사의 정원)와 별도의 줄거리(자서전)로 구성되는 액자 소설 형식을 띠고 있다. 자서전은 총 34개의 단락으로 나뉘어 있는데, 7단락까지 어린 시절, 8단락은 청소년기, 9단락은 대학생 시기, 19단락까지는 직장과 가정을 이룬 평범한 삶이 기록되어 있고, 20단락부터는 다른 자아(들)이 나타나 갈등을 빚고 33~34단락에 이르러서는 화합과 합치가 이루어지는 내용으로 전개된다.

정년퇴직한 철도 공무원은 심장병이 악화되어 죽음이 다가오는 것을 감지한다. 평소 습관대로 주변을 완벽하게 정돈하고 나서도 시간이 남자, 자신의 삶을 마지막 정돈의 대상으로 삼고 자서전을 쓰기로 마음먹는다. 남아 있는 며칠간의 시간 동안 자신의 인생을 회고하며 정리하려는 것이다. 그는 자신이 극히 평범하고 행복한 삶을 살았다고 생각하며, 〈정상적이고 평범한 삶은 영광스러울 수 없는 것인가?〉라는 질문을 던진다. 소목장이 아들로서 부모와 인부들로부터 보호를 받고 자신만의 톱밥 울타리를 누리며 행복했던 유년기와,

약한 몸과 소극적인 자신을 위해 악착같이 노력해 우수한 성적을 받고 아버지로부터 인정을 받던 학창 시절, 대학 철학과에 입학한 후 시와 음주로 지내던 생활을 중단하고 철도청에 입사해 열심히 근무하다가 상관의 딸과 결혼한 일, 마침내 자신의 역을 관리하는 역장으로 승진한 일, 제1차 세계 대전이 끝나고 오스트리아로부터 독립하자 교통부의 높은 지위에 오른 일…… 여기까지는 평범하고 〈깨끗이 쓰인 듯한〉 삶인데, 회상의 기록이 계속되면서 주인공은 자신이 세 개의 삶을 살았음을 발견한다. 즉 유년기의 〈평범하고 행복한 인간〉으로서, 직업 생활에서의 〈자유로운 행동 범위가 허용된 인간〉으로서, 나이가 들어서는 〈우울증 환자〉로서 살아온 삶을 보게 된다.

그러나 갑자기 자신 속의 다른 알터 에고alter ego가 차례로 나타나고, 세상을 떠난 부모와 조부모까지 등장하면서 자신의 삶에 들어 있었거나 있을 수 있었던 가능성들을 마주하게 되며, 내면과의 대화를 통해 자신이 다른 모든 사람들과 마찬가지로 수많은 실제적일 수도, 가상적일 수도 있는 사람들의 집합이며, 따라서 자신의 삶이 결코 객관적으로 파악될 수 없다는 사실을 깨닫는다.

앞의 두 작품 『호르두발』과 『별똥별』에서 인간을 합리적으로나 육감적으로 파악할 수 있는 가능성을 부인한 작가는 이 작품에서 인식론적 허무주의에 머물지 않고, 허무주의적 사고를 포용하여 일종의 관용 개념으로 승화시킨다. 철도 공무원의 기술(記述) 능력은 다시 공고화되고, 모든 타인은 자신의 내면에 들어 있던 가능성들의 실현이며 자신도 그 타인이 될 수 있다는 인식에 도달한다. 그 같은 평화를 찾은 철도 공무원은 자신의 삶과 함께했던 사람들과 기차를 타고 떠난다. 작가는 후기에서 〈세상에는 나만이 존재하는 것이 아니라 우리가 있기 때문이다. 우리는 우리 안에 들어 있는 많은 언어를 통하여 서로의 의사를 교환할 수 있다. 이제 우리는 우리와 다른 인간을 존중할 수 있으며, 그가 우리와 같기 때문에 그를 이해할 수 있다. 형제애와 다양성!〉이라고 결론을 내린다.

은유이자 모티브로서의 심장은 『호르두발』(합리적으로는 탐구할 수 없는 인간의 감성 / 쓰레기통에 버려져 실종되는 심장)과 『별똥별』(환상의 좌절 / 육감적 인식에 대한 회의 / 해부해 봐도 아무것도 발견되지 않는 심장)에 이어 이 작품에서는 심장병(동맥 경화)으로 나타나는데, 따뜻한 감성이 없는 독백적인 삶이 인간에게 유해하며 인간은 결국 사랑을 통해 존재한다는 것을 상징한다. 철도 공무원과 담당 의사가 가꾸는 정원의 묘사는 아마추어 정원사였던 작가 차페크의 작품에 많이 등장하며, 삶의 변화와 의미를 빗대어 상징하는 기능을 한다. 고향 마을의 철도 건설, 철도 공무원, 기차역, 죽음을 받아들이며 동승하는 기차 등은 소설 전체에서 배경을 이루는 주 모티브가 된다.

삶에 대한 해석과 예찬을 다루고 있는 차페크 소설 『평범한 인생』은 〈우리〉라는 범주 안에서 서로를 포용할 때 〈뛰어나거나 색다른 점이 없이 보통이다〉라는 평범함의 사전적 의미를 넘어서는 삶의 오마주로 읽힐 수 있을 것이다.

끝으로, 이 책의 번역 원본으로는 Karel Čapek, *Obyčejný život*, in *Karel Čapek: Spisy VIII* (Praha: Československý spisovatel, 1985)를 사용했음을 밝힌다.

2021년 11월
송순섭

카렐 차페크 연보

1890년 출생 1월 9일 오스트리아-헝가리 제국 보헤미아 북동부의 말레 스바토뇨비체Malé Svatoňovice에서 의사 안토닌 차페크Antonín Čapek와 보제나Božena의 막내로 태어남. 형 요세프Josef와 누나 헬레나Helena는 훗날 각기 화가와 작가로 명성을 날리게 되며, 평생 동생 카렐에게 영혼의 동반자로서 힘이 되어 줌.

1895~1900년 5~10세 아버지가 병원을 개업한 우피체Úpice에서 초등학교를 다님. 차페크의 언어와 사회사상에 큰 영향을 끼친 할머니를 한집에 모시고 살게 됨.

1901년 11세 대도시에서 교육받기 위해 할머니와 함께 동부 보헤미아의 주도 흐라데츠 크랄로베Hradec Králové로 이사함. 그곳에서 중고등학교 2년을 보냄.

1905년 15세 반(反)오스트리아 모임을 결성했다는 이유로 다니던 고등학교에서 퇴학을 당한 후 결혼한 누나 헬레나가 살고 있던 브르노Brno로 전학감.

1907~1909년 17~19세 부모님과 함께 프라하로 이주. 명문 아카데미 김나지움Akademické Gymnázium에서 2년간 수학함. 1909년 6월, 전 과목 A의 우수한 성적으로 졸업함. 9월, 형 요세프와 뮌헨을 여행함. 박물관, 대학 등 문화유산에 깊은 감명을 받음. 10월, 중부 유럽에서 가장

오래된 대학인 프라하의 카렐Karel 대학 철학과에 입학함.

1910년 20세   대학 2년 차 과정을 독일 베를린의 프리드리히 빌헬름 Friedrich Wilhelm 대학에서 수강.

1911년 21세   대학 3학년 1학기는 카렐 대학에서, 2학기는 프랑스 파리의 소르본 대학에서 수강. 학기를 마치고 프랑스를 여행한 후 다시 체코슬로바키아로 돌아와 3년간 학업에 매진함.

1914년 24세   세르비아 황태자 부부 암살과 함께 제1차 세계 대전이 발발함. 대량 학살 무기와 화학전 등 문명의 이기가 총동원된 이 잔인한 전쟁은 서구 지식인들로 하여금 세계와 인류의 미래에 대한 깊은 우려와 인간성에 대한 전반적 회의를 품게 함. 이는 애국자였던 카렐 차페크의 입장에서는 체코 독립 공화국을 가능하게 해준 역사적인 분수령이 되는 양가적인 사건이었음. 새로운 체코 민주 공화국에서 카렐 차페크는 문화적 선각자로 큰 역할을 담당하게 됨.

1915년 25세   에드바르트 베네시Edvard Beneš 박사(훗날 제2대 체코 대통령이 됨)를 사사하며 실용주의를 수용함. 11월, 철학 박사 학위를 받음. 허리에 이상이 있는 것으로 진단받아 제1차 세계 대전에 징집되지 않음. 이때부터 척추 질병은 그가 평생 짊어져야 할 지병이 됨.

1916년 26세   형 요세프와 함께 쓴 산문집 『빛나는 심연 외(外)Zářivé hlubiny a jiné prózy』 출간.

1917년 27세   단편집 『그리스도 수난비Boží muka』 출간. 3월, 라잔스키 백작의 아들 프로코프 라잔스키Prokop Lažanský의 가정 교사 일을 시작. 그러나 같은 해 9월에 그 일을 그만두고 10월 22일 자로 형 요세프와 함께 우익 계열 일간지 『나로드니 리스티Národní listy』의 문화부 편집자로 취직함. 형제는 동시에 풍자 주간지 『네보이사Nebojsa』 창간에도 참여함.

1918년 28세   미국 실용주의를 소개하는 『실용주의 — 실용적 삶의 철학*Pragmatismus čili Filosofie praktického života*』, 『크라코노시의 정원 *Krakonošova zahrada*』(요세프 차페크와 공저) 출간.

1919년 29세 프랑스 시인 기욤 아폴리네르Guillaume Apollinaire의 시집 『변두리*Pásmo*』(원제: *Zone*) 번역 출간.

1920년 30세 여배우이자 미래의 배우자가 될 올가 샤인플루고바Olga Scheinpflugová와 친분을 맺음. 우파 일간지 『나로드니 리스티』의 정치적 노선에 반발, 차페크 형제를 비롯한 몇몇 편집자들이 자발적으로 집단 퇴사함. 『새로운 시대의 프랑스 시*Francouzská poezie nové doby*』 번역 출간. 첫 주요 작품인 희곡 「R.U.R.」 발표. 이 작품을 통해 신조어 〈로봇robot〉이 세계적으로 널리 쓰이게 됨. 이는 〈농노의 강제 노동〉을 뜻하는 〈로보타robota〉에서 착안해 만든 말로, 카렐이 아니라 형인 요세프가 만들어 낸 단어임. 카렐 차페크는 『옥스퍼드 영어 사전』의 어원 담당자에게 짤막한 서신을 보내 요세프가 신조어를 만든 장본인이라고 직접 보고함. 희곡 「강도Loupežník」 발표. 에세이집 『어휘 비판*Kritika slov*』 출간.

1921년 31세 단편집 『고통스러운 이야기들*Trapné povídky*』, 요세프와 함께 창작한 희곡 「곤충 극장Ze života hmyzu」 발표. 형제가 함께 훗날 체코 최고의 유력 일간지로 성장하는 『리도베 노비니*Lidové noviny*』에서 훨씬 더 좋은 조건으로 편집자 일을 제안받음. 카렐 차페크는 크랄로프스케 비노흐라디Královské Vinohrady 극장에서 1921~1923년까지 드라마투르그 및 연출가로 활동. 미래의 배우자 올가는 당시 이 극장에서 연기자로 활동하고 있었음.

1922년 32세 희곡 「사랑이라는 숙명적 게임Lásky hra osudná」(요세프 차페크와 공저), 「마크로폴로스의 비밀Věc Makropulos」 발표. 소설 『절대성 공장*Továrna na absolutno*』 출간. 당시 체코슬로바키아의 대통령 T. G. 마사리크Tomáš Garrigue Masaryk와 처음 만남. 차페크는 곧 그와 친구가 되었고, 훗날 일련의 인터뷰를 쓰게 됨. 작가와 애국적 정치가의 이 특별한 관계는 훗날 바츨라프 하벨Václav Havel(체코 독립 공화국의 초대 대통령이자 극작가)에게 크나큰 영감을 줌. 이 무렵 체코 국립 극장의 배우 재고용 사건에 항의하는 뜻으로 극장 고문직에서 사임할 의사를 표명했으나 사태가 해결되자 계속 머무름. 르쥐치니Říční 거리의 널찍한 아파트로 이사한 차페크의 집에서 금요일마다 다양한 견해를 표방하는 지식인들이 회합을 갖기 시작함. 훗날 빌라의 가든파티로 발전한 〈매주 금요일 체코 애국자들의 회합〉은 차페크가 세상을 뜰 때까지 계속됨.

1923년 33세 극장을 떠나 지병인 척추 질병을 치료하기 위해 이탈리아로 여행을 떠남. 서한집 『이탈리아에서 보낸 편지들 Italské listy』 출간.

1924년 34세 모친 별세. 국제 펜클럽 총회와 대영 제국 박람회 건으로 두 차례 영국을 방문함. 대영 제국 박람회에서 현대 문명과 대량 생산 체제에 대한 우려를 표명함. 장편소설 『크라카티트 Krakatit』, 서한집 『영국에서 보낸 편지들 Anglické listy』 출간.

1925년 35세 문예 소품집 『사사로운 것들 O nejbližších věcech』 출간. 체코슬로바키아 펜클럽 결성을 위한 준비 회합을 만듦. 체코 대통령 관저인 프라하궁으로 마사리크 대통령을 방문함. 2월 체코슬로바키아 펜클럽 초대 회장으로 추대됨. 체코 과학 아카데미 회원 자격을 얻게 되지만 더 중요한 작가가 차지해야 할 자리라면서 곧 사임함. 입체파 화가로 명망을 얻게 된 형 요세프와 함께 전국 노동자 정당에 가입해 의회 의석에 도전하지만 실패함. 정당 자체가 몇 년 후에 와해됨. 비노흐라디로 이사함.

1926년 36세 다양한 선언문 작성에 적극적으로 참여함. 여름휴가 기간 동안 슬로바키아 토폴치안키Topoľčianky의 대통령 별장에서 지내면서 마사리크와 대화를 나눔. 이를 정리해 『T. G. 마사리크와의 대화 Hovory s T. G. Masarykem』 집필. 신년 전야 파티에서 체코의 정치 상황을 풍자하는 연극을 상연하고 이로 인해 일부 언론의 미움을 사게 됨.

1927년 37세   펜클럽 회장직 사임 의사를 밝혔으나 회원들의 압력으로 유임함. 일부 언론에서 차페크의 명성을 흠집 내고자 비방성 기사를 게재함. 차페크 측에서는 명예 훼손으로 언론사를 고소함. 작가 협회의 일원으로 파리를 여행하는 동안 프랑스 지식인들과 친분을 쌓음. 형 요세프와 함께 희곡 「창조자 아담Adam stvořitel」 발표. 이 작품으로 체코 내셔널 어워드 연극 부문 수상.

1928년 38세   마사리크 대통령과의 인터뷰를 정리해 인터뷰집 제1권인 『T. G. 마사리크와의 대화 1: 젊음의 시대Hovory s T. G. Masarykem 1: Věk mladosti』를 출간. 심도 깊은 정치, 종교, 철학적 토의로 점철된 차원 높은 일련의 인터뷰가 실려 있음.

1929년 39세   2부작 단편집 『왼쪽 호주머니에서 나온 이야기Povídky z jedné kapsy』와 『오른쪽 호주머니에서 나온 이야기Povídky z druhé kapsy』, 정원 가꾸기에 대한 에세이집 『원예가의 열두 달Zahradníkův rok』 출간. 차페크가 1927년 고소했던 언론사 편집자에게 보상금을 지급하고 정정 보도를 하라는 판결이 내려짐. 4월, 부친 별세. 10월, 올가와 함께 스페인을 여행함.

1930년 40세   서한집 『스페인 여행Výlet do Španěl』 출간. 체코 국립 극장 상임 위원으로 추대됨.

1931년 41세   UN의 전신인 국제 연맹의 문학 예술 위원회 위원으로 추대됨. 체코 펜클럽 회장에 재선됨. 에세이집 『마르시아스: 혹은 문학의 언저리에서Marsyas čili na okraj literatury』, 마사리크 대통령과의 인터뷰집 제2권인 『T. G. 마사리크와의 대화 2: 인고의 세월Hovory s T. G. Masarykem 2: Život a práce』 출산.

1932년 42세   동화집 『아홉 편의 동화: 그리고 또 하나의 이야기Devatero pohádek a ještě jedna od Josefa Čapka jako přívažek』, 우화 및 소품집 『외경 이야기Kniha apokryfů』, 서한집 『네덜란드 풍경Obrázky z Holandska』 출간. 아벤티움Aventinum 출판사를 떠나 관록 있는 출판사인 프란티셰

크 보로비František Borový로 이적. 이와 동시에 출판사에 거액을 투자해 주주가 됨.

1933년 43세 동화집 『다센카: 어느 강아지의 일대기*Dášeňka čili život štěněte*』, 소설 『호르두발*Hordubal*』 출간. 문화지에서 비평의 본질과 기능에 대한 열띤 논쟁을 주도함. 펜클럽 회장직에서 물러남.

1934년 44세 『호르두발』과 함께 소설 3부작을 완성하는 『별똥별 *Povětroň*』, 『평범한 인생*Obyčejný život*』, 마사리크 대통령과의 인터뷰집 제3권인 『T. G. 마사리크와의 대화 3: 삶에 대한 숙고*Hovory s T. G. Masarykem 3: Myšlení a život*』 출간. 경제 위기로 고통받는 어린이들을 위한 서명 운동과 조직적인 나치스 선동에 반대하는 서명 운동을 주도함.

1935년 45세 국제 펜클럽 상임 회장 허버트 조지 웰스Herbert George Wells가 차페크를 국제 펜클럽 회장 후보로 추대하나 차페크는 사양함. 8월 26일 올가와 결혼함.

1936년 46세 소설 『도롱뇽과의 전쟁*Válka s mloky*』 출간. 부다페스트에서 열린 국제 연맹 주최 심포지엄에 참가함. 올가와 함께 덴마크, 노르웨이, 스웨덴을 여행한 후 『북유럽 여행기*Cesta na sever*』 출간. 노르웨이 언론이 차페크를 노벨 문학상 주요 후보로 낙점함.

1937년 47세 희곡 「하얀 역병*Bílá nemoc*」 발표, 소설 『제1구조대*První parta*』 출간. 새 대통령으로 취임한 에드바르트 베네시Edvard Beneš를 방문함. 파리 펜클럽 총회에 특별 초대 손님으로 참가함. 10월, 서거한 전 대통령 마사리크의 장례식에 참석함.

1938년 48세 희곡 「어머니*Matka*」 발표. 히틀러 치하 나치스의 급속한 세력 확장과 오스트리아 점령으로 국제 정세가 격동함. 프랑스와 영국 등 강대국들이 개입한 뮌헨 조약으로 체코 국경 지대가 독일령이 됨. 그러나 독일은 국경 지대에 만족하지 않고 1939년 끝내 체코를 침략하고 폴란드로 진군하여 제2차 세계 대전이 발발함. 1938년 차페크는 체코의 국민적 자구 노력의 구심점에 서서 동맹국들을 설득하기 위해 최선을 다함. 프라하 국제 펜클럽 총회에서 독일의 임박한 침략을 경고하고 체코슬로바키아 작가들의 탄원서를 작성했고, 9월에는 프랑스와 영국의 방관으로 일어난 사태를 국민들에게 설명하는 정부 성명을 작성했으며, 세계의 양심을 촉구하는 체코 작가 성명서를 집필함. 노벨 문학상 후보로 재차 낙점됨. 암울한 전망이 드리우던 11월에 영국 망명 제안이 들어오지만, 나치스 점령 후 누구보다 먼저 체포될 줄 알면서도 — 게슈타포가 그를 〈공공의 적 3번〉으로 지목함 — 체코에 그대로 머무름. 1938년 12월 25일 저녁 인플루엔자 합병증으로 사망함. 12월 29일 비셰흐라트 Vyšehrad 공동묘지에 묻힘. 평생의 동지였던 형 요세프 차페크는 베르겐-벨젠Bergen-Belsen 강제 수용소로 끌려가 7년 후인 1945년 4월에 사망함.

1939년 소설 『작곡가 폴틴의 삶과 작품Život a dílo skladatele Foltýna』 (미완성), 산문집 『나는 개와 고양이를 길렀다Měl jsem psa a kočku』(요세프 차페크와 공저) 출간.

1940년 칼럼집 『달력Kalendář』, 『사람들에 대하여O lidech』 출간.

1946년 시집 『정열의 춤Vzrušené tance』, 우화 및 소품집 『우화, 그리고 짧은 글Bajky a podpovídky』, 현대의 이슈에 대한 시적 코멘트 『카렐 차페크 일곱 편의 풍자시Sedm rozhlásků K. Č.』 출간.

1947년 칼럼집 『나뭇가지와 월계수Ratolest a vavřín』 출간.

1953년 문예 소품 및 칼럼집 『집에서 찍은 사진Obrázky z domova』 출간.

1954년 문예 소품 및 칼럼집 『우리를 둘러싼 것들Věci kolem nás』 출간.

1957년 칼럼집 『칼럼의 영역Sloupkový ambit』 출간.

1959년 비평집 『창조에 관한 비망록Poznámky o tvorbě』 출간.

1966년 잡기 기사 모음집 『둑에서 바라본 나날들의 흐름*Na břehu dnů*』 출간.

1970년 문학 및 문화 비평 에세이집 『요나단을 위한 자리!*Místo pro Jonathana!*』 출간.

1971년 서한집 『올가에게 보낸 편지*Listy Olze*』 출간.

1975년 시적 논평집 『시간의 테이블 아래 부스러기*Drobty pod stolem doby*』 출간.

1977년 풍자 2부작 『요세프 홀로우셰크 스캔들*Skandální aféra Josefa Holouška*』, 『코우베크 편집장의 기이한 꿈*Podivuhodné sny redaktora Koubka*』 출간.

1978년 서한집 『아니엘카에게 보낸 편지*Listy Anielce*』 출간.

1980년 서한집 『서랍장에서 나온 편지*Dopisy ze zásuvky*』 출간.

1988년 영화 단상 모음집 『영화 대본*Filmová libreta*』 출간.

평범한 인생

지은이 카렐 차페크 카프카, 쿤데라와 함께 체코 문학의 길을 낸 국민 작가 카렐 차페크는 1890년 1월 9일 오스트리아-헝가리 제국 보헤미아 북동부 지역에서 태어났다. 김나지움을 우수한 성적으로 졸업하고 프라하 카렐 대학에 입학했다. 대학 시절 베를린과 파리의 대학을 오가며 수학했고, 1915년 철학 박사 학위를 받았다. 1916년 산문집 『빛나는 심연 외(外)』를 시작으로 소설, 희곡, 에세이, 동화, 번역 작품에 이르기까지 여러 장르에서 뛰어난 작품들을 발표했다. 일곱 차례나 노벨 문학상 후보로 거론되었지만 끝내 수상자가 되지 못한 차페크는, 독일이 프라하를 점령하기 몇 달 전인 1938년 12월 25일 인플루엔자 합병증으로 사망했다.
1934년에 출간된 『평범한 인생』은 『호르두발』, 『별똥별』과 함께 철학 소설 3부작의 대미를 장식한다. 회상 형식으로 전개되는 이 작품은 현재(顯在)하는 자신에게는 겉으로 드러나지 않는 여러 개의 자아가 존재하며, 그 내면에 있는 자아들을 통해 자신의 정체성에 대한 진실을 찾아간다는 이야기다. 서로의 차이점과 다양성을 인정하고 형제애를 실천하는 것을 지향하는 차페크 문학의 본질인 휴머니즘의 정수를 보여 준다. 그 밖의 작품으로는 〈로봇robot〉이라는 신조어를 세상에 알린 희곡 「R. U. R.」를 비롯하여 「곤충 극장」, 「마크로풀로스의 비밀」, 「하얀 역병」, 「어머니」 등과 소설 『도롱뇽과의 전쟁』, 『절대성 공장』, 『크라카티트』 외 다수의 동화와 에세이집이 있다.

옮긴이 송순섭 한국외국어대학교 독일어교육과를 졸업하고 독일 프라이부르크 대학 슬라브어문학과에서 체코 문학을 전공했다. 1993년부터 한국외국어대학교 체코슬로바키아어과에서 강사로 재직했다. 공동 저서로는 학술진흥재단의 지원으로 『한국문학의 외국어 번역』(2004)과 『한국문학의 해외 수용 현황』(2005)이 있는데, 한국 문학의 체코 수용을 다루었다. 옮긴 글로는 밀란 쿤데라의 희곡 「야콥과 그의 주인」과 바츨라프 하벨의 희곡 「재개발」이 있다. 보후밀 흐라발의 단편과 리보르 코발의 시집, 레나타 푸치코바의 『드보르자크의 삶과 음악』 등을 번역했다. 그 외 프란치스카 비어만의 『책 먹는 여우와 이야기 도둑』, 『잭키 마론과 악당손』 등 현재까지 독일 아동 문학 작품 50여 편을 번역했다.

지은이 카렐 차페크 옮긴이 송순섭 발행인 홍예빈
발행처 주식회사 열린책들 주소 경기도 파주시 문발로 253 파주출판도시
전화 031-955-4000 팩스 031-955-4004
홈페이지 www.openbooks.co.kr 이메일 literature@openbooks.co.kr
Copyright (C) 주식회사 열린책들, 2021, 2025, *Printed in Korea*.
ISBN 978-89-329-2513-4 04890 ISBN 978-89-329-2511-0 (세트)
발행일 2021년 12월 10일 세계문학판 1쇄 2025년 1월 10일 세계문학판 11쇄 2025년 5월 5일 세계문학 모노 에디션 1쇄